火星编年史

The Martian
Chronicles
–
Ray
Bradbury

［美］雷·布拉德伯里 著
林翰昌 译

上海译文出版社

目 录

一九九九年元月	火箭之夏	/ 1
一九九九年二月	伊拉	/ 3
一九九九年八月	夏夜	/ 24
一九九九年八月	地球人	/ 28
二〇〇〇年三月	纳税人	/ 53
二〇〇〇年四月	第三次探访	/ 55
二〇〇一年六月	——而月色依然明亮	/ 82
二〇〇一年八月	开拓者	/ 125
二〇〇一年十二月	绿色早晨	/ 127
二〇〇二年二月	蝗虫压境	/ 135
二〇〇二年八月	夜半的交会	/ 136
二〇〇二年十月	彼岸	/ 151
二〇〇三年二月	过渡时期	/ 153
二〇〇三年四月	音乐家	/ 154
二〇〇三年六月	翱翔天际	/ 157
二〇〇四至二〇〇五年	命名	/ 180
二〇〇五年四月	厄舍古屋的续篇	/ 182
二〇〇五年八月	老人	/ 212

二〇〇五年九月	火星人 / 213
二〇〇五年十一月	旅行用品店 / 235
二〇〇五年十一月	淡季 / 238
二〇〇五年十一月	观望者 / 258
二〇〇五年十二月	寂静的城镇 / 261
二〇二六年四月	漫长的岁月 / 279
二〇二六年八月	细雨将至 / 297
二〇二六年十月	百万年的野餐 / 308

"恢复好奇心是件好事。"哲学家如是说,"太空旅行又一次让我们所有人重返童年。"

一九九九年元月　火箭之夏

一分钟前，俄亥俄州还笼罩在冰天雪地的寒冬之下。大门深锁，窗户紧闭，块块窗格也因霜雪的覆盖而失去了光彩；细长的冰柱如珠帘般自屋檐垂下；孩童在山坡上滑雪嬉戏；主妇们则在冰冻的街道上踽踽而行，身着厚重的衣物，像极了紧紧裹着毛皮的黑熊。

倏地，一股绵长的暖意穿过了这座小镇。热风如海水般恣意泛滥奔流，仿佛有人忘了将面包烘焙坊的大门关上。热浪惊动了小屋，唤醒了树丛，直往小孩身上招呼。冰柱坠落、粉碎，随即化为一滩清水。

门扉打开，窗户拉起，孩子们纷纷褪去毛织服饰，主妇也卸下她们熊一般的伪装。地上霜雪初融，现出昨夏青葱的草地。

火箭之夏。话语在开敞通风的房舍间口耳相传。火箭之夏。温暖、干燥的空气改变了窗上冰霜所构成的图案，拭去冬季特有的自然艺术。突然间，雪橇与滑雪板完全失去作用。雪，原本欲从寒冷天空下落至镇上的土壤，也在坠地之前就变成热呼呼的雨滴。

火箭之夏。人们倚靠在滴水湿漉的门廊，仰望着泛红的苍穹。

火箭矗立在发射场,大口大口地喷出粉红色的火光和热气。在这个寒冬的早晨,它却直挺挺地站在那儿,每一次深呼吸都带着夏日的信息。火箭,改变了时节;夏,就在短短的刹那,驻足于这片冰封的土地……

一九九九年二月　伊拉

红红的火星上，寂寥空旷的海滨，坐落着一幢由晶柱搭建的房舍。那儿就是 K 氏夫妇的家。每天早晨，你会看见 K 太太品尝着水晶墙孕育出的金色果实；或是手捧磁尘，将屋子内外清理得一干二净。磁尘能吸附污垢，熏风一吹就了无踪迹。午后，恒常不变的大海依旧平静、温暖；园中的酒树站得挺直；不远处的火星骨镇悄悄掩上门扉，街道上不见任何人影。你会看见 K 先生端坐房中，阅读着一本金属制成的书册。他的手宛如弹奏竖琴般轻拂着书中浮雕的象形文字；就在指尖滑过之处，一种古老而轻柔的声音响起，咏唱着当年大海仍是陆缘一片殷红雾气的时候，古代人们率领成群金属昆虫和电动蜘蛛投入战场的故事。

K 氏夫妇在这死寂的海边生活了二十个年头。他们的父执先祖也在同一间屋舍里度过一生。这栋房子，如花朵般随着太阳旋转，日复一日，已有千年之久。

K 先生与 K 太太的年纪不算大。他们有着纯种火星人细致的古铜色肌肤，黄色眼睛大如铜钱，柔软的声音和音乐一样悦耳。曾经，以化学火花谱出幅幅美丽图画，是他们钟爱的休闲；当酒树所酝酿的碧绿琼浆溢注运河，他们也曾在其中泅泳嬉戏；或者，两人相偕进入挂满蓝色磷质画像的聊天室促膝畅谈，直到破晓时分。

然而，他们现在并不快乐。

今早，K太太站在楹柱间，倾听阳光蒸融着瀚漠黄沙，将之融聚成蜡；远远看去似乎就奔驰在地平线的彼方。

有事情要发生了。

她等待着。

她望着火星的蓝色天空，仿佛它随时可能收紧、溃缩，在那滚滚的沙尘之上，释放闪耀的奇迹。

结果，什么事都没有发生。

她等得累了，回身穿过烟雾缭绕的廊柱。一股柔和的水花从柱顶凹槽溅下，舒缓周遭焦灼的空气，轻轻地落在她的身上。炎热的天气里，这总像漫步在山涧里一样畅快；清凉的涓涓细流在地板闪烁着晶莹光彩。远远地，她听见丈夫不停弹奏他的书本；手指操控着古老的旋律，毫无倦怠之意。静静地，她期盼有朝一日，他能再度亲近她、拥抱她，好似抚弄着小竖琴，一如当下触读那些奇妙书本的时间和心神。

但这一刻恐怕永远也不会到来。她摇摇头，不自觉地耸了耸肩，带着几许宽恕与包容。她轻轻合上眼睑，覆住金色的眼珠。尽管青春美丽犹在，婚姻却让人显得惯常而苍老。她躺在一张可随不同姿势而调整的椅子上。紧闭的双眼掩饰不了内心的悸动和紧张。

梦境开始了。

伸直的棕色手指剧烈抖动,在空中挥舞,好像急切地要抓住什么。她随即坐起,仿佛受到某种惊吓,大口大口地喘着气。

K太太迅速环顾四周,像是期待有什么人会出现在她面前。楹柱之间一片空无,她似乎觉得有点失望。

她丈夫出现在三角门前。"你在叫我吗?"他急躁地斥问。

"没有!"她大声否认。

"我刚刚好像听到你在大吼大叫。"

"有吗?我刚刚快睡着了,还做了个梦!"

"现在是白天啊!你以前很少这样的。"

她呆若木鸡地坐着,方才的梦境直扑而来,历历在目。"那个梦好奇怪,真的好奇怪。"她喃喃低语。

"哦?"他显然想要快点回到书中世界。

"我梦见了一个男人。"

"男人?"

"一个高大的男人,有六英尺一英寸高。"

"这么诡异?你竟然梦到一个巨人,一个畸形的巨人。"

"不能这么说,"她试着要找出适切的词汇,"他看起来还算不错,只是高了点。而且他还有——噢,我知道你一定会认为这听起来很愚蠢——他有着蓝色的眼睛!"

"蓝眼睛!我的天哪!"K先生叫道,"你还梦到些什么?别跟我说他的头发是黑色的……"

"你怎么猜到的?"K太太兴奋异常。

"我只不过挑一个最不可能的颜色而已。"他冷冷地回答。

"没错,就是黑色!"她叫道,"还有还有,他的皮肤好白好白;噢!他真的很不一样!他穿着一套奇怪的制服,从天而降,还客客气气地跟我说话。"K太太言谈中未掩愉悦之情。

"从天而降?这太荒谬了!"

"他是搭乘一个在阳光下闪闪发亮的金属物体而来的。"她回忆着梦境,合上眼,试图让画面在脑海中重新成形,"我梦见有个像硬币一样闪耀的东西划过整片天空;突然间,它竟然就变大了,然后缓缓降落到地面。那是一艘长形的银色飞船,圆圆的,十分怪异。接着银色物体的边缘开启一道门,高大的男人就走了出来。"

"如果你工作勤快一点,就不会做这种胡思乱想的梦了。"

"我还比较喜欢这样呢!"她回应着,同时身子往后躺下,"以前我从未发觉自己还有这样的想象力。黑头发、蓝眼睛,还有白色的肌肤!多么奇怪的一个人哪!而且——

他长得还挺俊的。"

"真是欲求不满的想法。"

"你这个人真不厚道。又不是我刻意把他幻想出来的，只不过是打盹的时候，偷偷映入我的脑海而已。可是感觉上又跟做梦不太一样，它是这么突然，又这么特别。这个男人看着我，然后对我说：'我是从第三行星驾宇宙飞船过来的。我叫纳撒尼尔·约克……'"

"这名字听起来怎么这么愚蠢？根本不是人会取的名字嘛！"K先生的反感表露无遗。

"当然很笨，这只是个梦而已啊！"K太太轻声辩解着，"他接着说：'这是我们的第一次星际航行。船上只有两个人，一个是我，另一个是我朋友伯特。'"

"又一个蠢到极点的名字。"

"然后他说：'我们来自地球上的一座城市，噢，地球是我们行星的名字。'"她继续说道，"他就说了这么多。那个名字是'地球'没错，他是这么说的。尽管用的是另一种语言，但我竟然可以在心中完全了解他说的话，我猜这大概就是心电感应吧！"

K先生转过身去，准备离开，然而她脱口说出的话却止住了他的脚步。"伊尔？"她轻声呼唤着，"你有没有想过——呃，或许真的有人住在第三行星上面？"

他耐着性子解释："第三行星是不宜人居的。科学家说那里的大气含氧比例太高了。"

"但如果那边真有人住,不是很神奇吗?何况他们还能乘坐某种飞船穿梭在星际间呢!"

"伊拉,说真的,你知道我有多讨厌别人在我身边闹情绪。我们还是继续做自己的事吧!"

当日,接近黄昏时分,她在楹柱下漫步,伴着溅洒而出的水花,开始唱起歌来。她不停地唱着,反复地唱着。

"那是什么歌?"她丈夫终于按捺不住,手指啪地一响打断歌声。他走了进来,坐在桌炉旁边。

"我不知道。"她被自己吓了一跳,惊讶地抬起头,不可置信地捂着嘴。太阳渐渐西沉,房子随着光线的消逝,像朵巨花慢慢合拢。柱间吹起了风,桌炉里滚烫炽热的银白岩浆不停冒出气泡。风儿扬起她红褐色的头发,在耳边轻轻吟唱。伊拉一语不发,眺望着远方一片灰黄辽阔的干涸海床;她似乎忆起什么,黄橙眼睛变得柔和、湿润。"在你双眸凝视下,我俩共进此酒;吾亦回眸以报君,誓言此心不变。"[①] 她启齿而歌,歌声呢喃、纤细、舒缓,"抑或杯中留一吻,吾终不再续斟。"一面哼着,双手一面在风中微微摇摆。她眼眸轻闭,唱完了这一曲。

[①] 英国诗人本·琼森(Ben Johnson,1572—1637)的作品《给西莉亚的歌》(*Song to Celia*)。

歌声真是美妙。

"我从来没听过这首歌。是你自己编的吗？"K先生质问着，眼神甚为锐利。

"不！是的！不！不！我真的不知道！"她慌乱地回答，言辞闪烁不定，"我甚至不晓得那些话是什么意思！那是别的语言！"

"什么语言？"

伊拉完全不带任何知觉，愣愣地将部分餐肉投入炖煮用的熔岩里。"我不知道。"须臾，她取回餐肉，稍事料理之后，盛在盘中端给K先生，"我猜，这只是我自己的疯狂想象吧，我也不明白为什么。"

他不发一言，只是盯着她在嘶嘶作响的火盆上烹煮晚餐。太阳早已隐遁。慢慢地、慢慢地，夜色笼罩整个房间，像是泼上天花板的暗色酒液，淹没了楹柱，也淹没了两人。只有银色熔岩散发出的光芒，照耀着他们的脸孔。

她又开始哼起那首奇怪的歌曲。

K先生忽然从椅上跃起，怒气冲冲，大步走出房门。

稍晚，他独自一人用完晚餐。

他站起来，伸了伸懒腰，看了太太一眼，一面打呵欠，一面提议说："咱们今晚骑焰鸟进城，找点乐子吧！"

"你不是认真的吧？"她说，"你还好吗？"

"这有什么好奇怪的？"

"可是我们已经有半年没出去玩了！"

"所以我觉得这主意不错。"

"你怎么突然变得这么想出去啦？"K太太说道。

"别用这种口气说话。"他语带怒意地回答，"你到底要不要去？"

她远眺着黯淡的沙漠。一双皓月正缓缓升起。清凉流水轻柔地滑过趾间。她开始微微颤抖。她真的很想静静地坐在这儿，无声无息，就这么静止不动，直到事情发生。那件她成天都在期盼、虽然希望不大、但还是有可能发生的事。歌声在她心头浮掠而过。

"我……"

"为了你好，还是去吧！"他催促着。

"我累了。"她回答道，"改天再说吧。"

"你的围巾在这儿。"他递上一个小瓶，"我们已经好几个月没出去走走了。"

"你每星期不是都会去硅市两次？"她正眼也不瞧他一下。

"生意嘛。"

"噢？"她轻声地对自己说。

小瓶内倒出某种奇特液体，接触到空气就化作一缕蓝雾，环绕在她颈上，冉冉飘动。

焰鸟静静地等待，如同炉中煤火，在清凉平缓的沙地散发光彩。白色的座篷在夜风中鼓起，轻轻摇曳着，上千绿色丝带将之牢系在鸟儿身上。

伊拉躺在篷中，丈夫号令一发，焰鸟腾跃、燃起，飞向黑暗的天空。丝带绷紧，篷子也随之扬升。滑过的沙土因摩擦而低鸣；蓝色的山丘不断地向后飘移、浮掠；他们的家园远远地被抛在后头：还有那洒水的雨柱、合拢的花朵、歌唱的书册，以及地板上潺潺的涓流。她的眼睛没有注视先生，只是听他吆喝鸟儿，命令它们愈飞愈高；千万个火光，就是天空中红黄相间的烟火，牵引着花瓣般的座篷，在风中焚烧、飞翔。

她并未鸟瞰其下细小如骨制棋子、死寂而古老的城市，亦不俯视那充塞着空虚和幻梦的老旧运河。他们好似月亮暗影，如同熊熊火炬，飞过枯竭的河流，越过干涸的湖泊。

她只是呆呆地凝视着天空。

伊尔说了些话。

她还是呆呆地凝视着天空。

"你有没有听到我刚刚在说什么？"

"嗯？"

他吐了口怨气。"你应该要仔细听的。"

"我在想事情。"

"我从来不认为你是个爱好大自然的人,不过今晚你对天空倒蛮有兴趣的。"他说。

"今晚的夜空很漂亮啊!"

"我在想,"她丈夫缓慢地吐出一字一句,"晚一点我要打个电话给胡乐。跟他说我们找个时间,噢,大概一整个礼拜吧,到蓝山度个假。这只是个初步的想法……"

"蓝山!"伊拉一手抓着座篷的边缘,猛然转身面向他。

"我只不过提议一下而已。"

"什么时候去?"她颤声问道。

"我想明天就出发好了。你知道,早点去什么的。"他随性地回应。

"但是我们从来没有这么早去过呀!"

"就这一次嘛,我想……"他笑着说,"你也知道。偶尔找点刺激,脱离那些平静和寂寥也不错啊!你没有其他打算吧?我们一起去,好不好?"

她吸了口气,迟疑了一会儿,然后回答:"不要。"

"什么?"他大吼大叫,吓到了焰鸟,座篷被猛然拉扯。

"不。"她的语气坚定,"就这么决定了。我不去。"

丈夫看着她,两人都不做声。伊拉就这么转过身去。

鸟儿持续飞着,千万星火随风飘降。

破晓，朝阳穿透晶柱，蒸融了伊拉寝眠时所躺的雾气。她整夜都悬浮在地板之上。自墙壁倾注而出，有如柔软地毯般的薄雾，支撑着她的身躯。整夜，她就睡在寂静的水流之上，像只小舟随着无声的浪潮起伏。如今云烟散去，整张雾毯的厚度渐渐下降，直到她轻轻落在唤人清梦的水际。

她睁开双眼。

丈夫站在她身旁，看起来像是站了好几个钟头，目不转睛地看着她。她不知缘由，但就是无法直视他的面孔。

"你又做梦了！"他说，"你一直不停说梦话，害我整夜都没办法好好睡觉。我真的觉得你该去看个医生。"

"我会没事的。"

"可是你在梦里说了一大堆话！"

"有吗？"她吃了一惊。

黎明曙光照进冷冽的房内。伊拉躺在那儿，一道灰色光线笼罩着她。

"你梦见了什么？"

她得回想一会儿，才忆起内容："那艘船再度从天而降；那高个儿走出船舱和我聊天，开心地跟我说些小笑话。过程十分愉快。"

K先生触摸楹柱。温水冒着蒸汽，如喷泉般涌出，驱走室内的寒意。他的表情颇为冷漠。

"然后,"她接着说,"他,就是自称有个奇怪名字、叫纳撒尼尔·约克的男人,说我很漂亮,然后——然后就亲了我。"

"哈!"丈夫大喝一声,猛然转过头去,下巴不住抽动。

"不过是个梦嘛!"她开始觉得好笑。

"把那愚蠢的、只有女人才会做的梦留给你自己吧!"

"你这样很孩子气耶!"伊拉躺回残存的化学烟雾之上,过了一会儿,轻轻地笑了,"我想起更多梦里的内容。"她承认道。

"唔,那是什么?那是什么?"他尖叫着。

"伊尔,你的脾气真坏。"

"告诉我!"他强烈质问,"不准对我有任何隐瞒!"他脸孔僵硬,怒气冲冲地逼视着她。

"我从来没看过你这个样子。"她惊讶中半带愉悦地回应道,"整件事只不过是这个纳撒尼尔·约克跟我说——唔,他说要带我上船,和他一起飞上天,然后回到他的星球。真的很莫名其妙。"

"莫名其妙?是哦?"他几乎按捺不住嘶吼的冲动,"你听听自己说的,和他说话,和他打情骂俏,和他一起唱歌,天哪!一整晚;你真该好好听听自己在说什么!"

"伊尔!"

"他什么时候降落？在哪里从他那艘该死的船上滚下来？"

"伊尔，小声点。"

"小声个屁！"他僵硬地屈身弯向伊拉。"梦里头，"他抓住她的手腕，"宇宙飞船是不是降落在绿谷？是不是？回答我！"

"怎么了？是啊……"

"是今天下午降落，对不对？"他继续逼问。

"是，是，我想是这样没错，但那只是个梦啊！"

"很好，"他硬生生把她的手甩开，"你很诚实！你睡觉时所讲的每个字我都听得一清二楚。你提到了确切的地点和时间。"丈夫呼吸浊重，像个因目睹闪电而失明的人走过廊柱之间。随后，他缓缓调匀呼吸。伊拉注视着他，仿佛他已经疯了。最后，她起身走过去。"伊尔。"她悄声唤道。

"我没事。"

"你病了。"

"不。"他勉强挤出一丝疲惫的笑容，"我太孩子气了。原谅我，亲爱的。"他敷衍地轻拍妻子一下，"很抱歉，最近工作太多了。我想我该去躺一下……"

"你太激动了。"

"现在好多了。没事了。"他的气似乎消了，"忘掉它吧！对了，我想跟你说昨天听到的一个有关乌尔的笑话。不然你去准备早餐，我来讲笑话，别再谈这件事了，好不好？"

"不过是个梦嘛！"

"当然。"他吻上她的脸颊，不带任何表情，"不过是个梦啊！"

炎热的正午，太阳高高挂在天空，山丘在日照下闪闪发光。

"你不进城吗？"伊拉问道。

"进城？"她丈夫微微扬起眉头。

"每到这个日子你总会去的。"她调整一下台上的花笼。花儿开始骚动，张开饥饿的黄色大嘴。

他合上书本。"不。太热了，也太晚了。"

"噢。"工作完毕，伊拉走向门扉，"唔，我马上回来。"

"等一下！你要去哪？"

很快地，她已走到门口。"阿宝找我去她那里！"

"今天？"

"我很久没跟她见面了。不过一小段路而已。"

"就在绿谷里边，不是吗？"

"是啊，走一下就到了，不远。我想我会……"她神色匆匆。

"我很抱歉,真的很对不起。"他说着跑上前要接回妻子,看来对自己的健忘十分在意,"我居然忘了今天下午请了恩勒医生过来。"

"恩勒医生!"她的身子移向大门。

他抓着她的手肘,稳稳地将她拉回。"没错。"

"可是阿宝……"

"伊拉,阿宝可以等。但我们一定得招呼恩勒。"

"就几分钟而已呀……"

"不,伊拉。"

"真的不行?"

他摇摇头。"真的不行。更何况,去阿宝家得要走好长的一段路。不但要穿过绿谷,然后还得通过大运河和镇上,不是吗?一路走过去会非常非常热。再说恩勒医生见到你也会很高兴。你说呢?"

她并没有应声。她想要挣脱、逃跑;她想大吼大叫。然而她却只是坐在椅子上,缓缓地翻转手指,面无表情地盯着它们,此身此心都受到束缚。

"伊拉?"他小声问道,"你会待在家里吧?"

良久,她终于开口:"是的,我会在家。"

"整个下午?"

"整个下午。"声音懒洋洋,没有生气。

这一天都要过完了,恩勒医生仍未出现。伊拉的丈夫看来对此不甚惊讶。向晚时分,他喃喃自语说了些什么,走向橱柜,取出一把邪恶的武器,那是根尾端附有扳机的泛黄长管,还连上一个风箱。转过身,他脸上戴着一张由银色金属打制、毫无表情的生冷面具。每当他想隐藏感情的时候,它就是最好的掩护。凹陷与弧度完美地贴着他瘦削的双颊、下巴,还有脑门。面具泛着光彩,他手执武器,细细打量。金属管不时发出嗡嗡虫鸣声。只要里面尖声嗡鸣的恐怖金色群蜂一拥而出,它们将会叮咬、放毒,最后纷纷落下,如同沙地里的种子般失去生命。

"你去哪儿?"伊拉问道。

"什么?"他正聆听着风箱里的邪恶嗡鸣声,"恩勒医生来晚了,我再这样等下去一定会疯掉。我要出去打个猎,等会儿就回来。你要确定待在家里哦,你会吧?"银色面具闪闪发光。

"好。"

"还有要告诉恩勒医生,我马上回来。只是打猎而已。"

三角门关上。他的足迹渐渐消失在山丘之中。

她看着丈夫漫步在阳光下,直到不见踪影。接着她继续未完的工作:手捧磁尘清扫屋舍,撷取晶墙上新生的水果。她元气充沛、动作利落,但偶尔会迟疑一下,发现自己正唱着那首奇怪却难忘的歌曲，看着晶柱之外的朗朗晴空。

她屏住呼吸，挺直站立，静静等待。

它来了，更近了。

好像随时都可能发生。

就像是雷雨即将来临的日子：先是等待中的寂静，然后感觉到空气里最微弱的压力随着气流不时扰动，带着暗影和云雾，吹拂整片大地。在这风雨前的一刻，耳朵感受到气压变化，你焦躁不安，开始发抖。接着污渍沾染天空，云块增厚；山头蒙上一层铁灰。笼里花朵无力地叹息示警；你的头发也微微竖起。屋中某处的语音时钟吟唱着："几点，几分，几点，几分……"声音如此轻柔，不掩流水拍击丝绒的潺响。

接着，暴风雨就来了。电光石火之中，声势浩大的黑暗涡流席卷大地，迫近、降临，久久挥之不去。

那就是当时的景况。风暴聚集，然而天空晴朗依旧。闪电在意料之中，却不见一朵云彩。

伊拉穿过令人窒息的夏日家屋。闪电随时会从天而降，届时将晴天霹雳，硝烟四起；万籁俱寂，只有小径上的脚步声，还有水晶门上的轻叩，她立即奔跑前去应答……

伊拉，你疯了！她自嘲着。你那恬淡的心灵怎么会有这些疯狂的念头？

然后，它竟发生了。

一股热浪如熊熊烈火划过空气，伴随着急速旋音，天空中一阵闪亮，泛着金属光辉。

伊拉大叫出声。

她冲过楹柱，敞开门扉，面对山丘。但在此时，却没有任何动静。

当她停下脚步，才发现自己即将飞驰下山。她得待在家里，哪儿也不能去。医生要来拜访，如果她出门的话，丈夫铁定会勃然大怒。

她呼吸急促，在门内等待，手则焦躁地向外伸去。

她努力想看到绿谷，却不见任何景物。

笨女人。她走进屋里。只不过是你和你的想象罢了，她心想。那没什么，不过是一只鸟、一片树叶、一阵风，或是运河里的一条鱼而已。坐下。休息。

她坐了下来。

一声枪响。

非常清晰、尖锐，是那邪恶的毒虫枪发出的声音。

她的身体随着音波抽动。

它来自远方。一枪。迅捷的、遥远的蜂鸣。清楚的一枪。接着，又一枪，精准、冷酷，却又遥不可及。

她又缩起身子；不知为何，开始尖叫，不住地尖叫，永不停歇。她飞奔穿越房舍，再度甩开大门。

回声淡去，消失在很远很远的远方。

再也听不见了。

她脸色惨白，在庭园中等着，整整五分钟。

终于，伊拉低下头，拖着缓慢的脚步，游荡在房内柱间，双手不停地摸摸碰碰，嘴唇颤动，直到独自一人坐在渐次昏暗的品酒室里等候。她开始拿起围巾底边，擦拭一只琥珀杯。

然后，远方传来踏过碎细石砾的脚步声。

她起身站在这静室的中央。酒杯从指间滑落，坠地粉碎。

脚步声在门外踯躅不前。

她该出声吗？她该放声叫着"请进，噢，请进来"吗？

她上前几步。

脚步走上斜坡。一只手扭动门闩。

她对着门微笑。

大门敞开。她收起笑容。

是她丈夫。银色面具光泽黯淡。

他走进来，只看了妻子一眼，就按钮打开武器的风箱，两只死蜂从裂口弹出；一听到落地声，就立即踩踩蜂尸，然后把空枪摆在房间的角落。此时伊拉弯下腰，不断试着要捡起杯子碎片，却徒劳无功。"你刚刚在做什么？"她问道。

"没事。"他转过身回答,面具已经取下。

"但是——我听到你开了枪。而且还是两枪。"

"只是打猎嘛,你偶尔也喜欢打猎的。恩勒医生来了吗?"

"还没。"

"等等。"他捻了一下手指,表情颇为气恼,"啊!我现在想起来了。他是明天下午才要来拜访我们。我真笨。"

他们坐下用餐。伊拉看着食物,没有动手。"怎么了?"她丈夫头也不抬地问道,继续忙着把餐肉浸在滚烫的岩浆里。

"不知道。我不饿。"她回答说。

"怎么不饿?"

"不知道。就是吃不下。"

风儿扬起,吹过天空;太阳正在西沉。狭小的斗室霎时变得寒冷。

"我一直试着记起。"她在寂静的房里诉说;对面金色眼睛的丈夫表情冷漠、身形直挺。

"记起什么?"他啜饮一口美酒。

"那首歌。那首美妙的歌曲。"她闭上双眼,开始哼唱,却不是原来的曲调,"我把它给忘了。可是,不晓得是怎么回事,我并不想忘记它。那是我想永远记得的歌。"她摆动双手,仿佛这样的律动可以帮她回想起整首曲子。

随后,她瘫在椅子上。"我记不起来。"她哭了出来。

"你干吗哭?"他问道。

"不知道,不知道,我就是忍不住。我很难过却不知道为什么,我哭了却不知道为什么要哭,但我就是想哭。"

她以手掩面,肩膀一次又一次地抽动。

"明天你就会好起来了。"他说。

她抬起头,但没有看着她丈夫;只是远望那空旷的沙漠,以及浮现在黑暗天空中的闪耀群星。远方夜风吹拂,沙沙作响;绵长运河里,流水潺潺,激起一丝冷意。伊拉合上双眼,不住地颤抖。

"是的。"她回应道,"明天我就会好起来了。"

一九九九年八月　夏夜

　　人群丛聚在石廊,分流鱼贯前进,身影交错于蓝色山丘之间。照耀他们的柔和夜光,来自天上繁星,以及火星的一双皎洁明月。从大理石堆砌而成的圆形剧场再走下去,那一整片遥远的漆黑地带,坐落着小小的市镇和庄园。银色池水静止不动;纵横交错的运河,从地平线的这头闪烁至彼端。夏日傍晚,降临在宁静安详的火星。扁舟精致如铜花,在青色水酒运河上来来回回,随波逐流。绵延不绝、无边无际的家屋,如同静止长蛇横贯丘陵。一对对恋人细语呢喃,慵懒地倒卧在夜里沁凉的床榻。火炬照亮的巷弄里,仅剩几个孩子奔跑其间,手中握着的金色蜘蛛不停吐出丝丝细网。间或可见桌上准备着迟迟未开动的晚餐,岩浆时而冒出银色泡沫,时而又平静无波。黑夜笼罩的半球,上百座城镇的剧场里,拥有铜钱般金色大眼的棕肤火星人悠闲地聚在一块儿,专注于舞台上音乐家所演奏的曲目;乐音流泻,犹如寂静空气中飘散的花香。

　　某个舞台上,一名女子开始歌唱。

　　听众一阵骚动。

　　她停了下来,摸摸自己的喉咙。对着乐师点头示意,他们重新开始。

乐声扬起,她引吭高歌,这回听众惊叹着坐向前,一些人突然站起,满脸诧异;严冬的寒意穿过整座剧场。因为女子唱的是一首奇特、令人惊骇而又诡异的歌曲。她试图止住唇间流泻出的字句:

> 她翩翩而来,如夜一般
> 万里无云,星空灿烂;
> 黑暗与光明之美,
> 尽在其丽影与美目顾盼……①

歌者连忙用手捂住嘴巴,惊慌失措地起身。

"那是什么词?"乐师们问道。

"那是什么歌?"

"那是什么语言?"

他们再度吹响金黄管乐,蹦出的竟是奇怪的乐曲,缓缓流过业已站立、高声议论的听众。

"你究竟怎么了?"乐师们交相诘问。

"你演奏的是什么曲调?"

"那你又是怎么吹的?"

---

① 出自英国诗人拜伦的作品《伊人倩影》(*She Walks in Beauty*)。

女子哭着跑下舞台。听众鱼贯步出圆形剧场。类似的场景在火星上所有不安的城镇里持续上演。空气中的寒意一如白雪飘降。

黑暗的巷弄中,孩子们在火炬下高唱:

——当她走过去,橱柜里的东西没了影儿,
可怜小狗只能饿肚皮!①

"孩子!"有人叫道,"这是什么歌?你们打哪儿学来的?"

"我们刚刚突然想到的。我们也不懂这些话。"

一扇扇门扉砰然关合。一条条街道杳无人迹。蓝色的山丘上空,升起一颗绿色的星星。

火星夜半球的恋人猛然惊醒,听着爱侣躺在黑暗里哼唱。

"那是什么曲子?"

午夜里千百座庄园,不时有女人惊醒、尖叫。她们泪流满面,亟待抚慰。"好啦,好啦,睡吧!怎么了?做梦啦?"

"等天一亮,就有可怕的事要发生了。"

---

① 英国民间童谣《胡巴德大妈》(*Old Mother Hubbard*),出自《鹅妈妈童谣》。

"没事啦,不会有事的。"

接着是一阵阵歇斯底里的抽噎:"它来了,更近了,更近了,更近了!"

"我们不会有事的。能有什么事呢?睡觉吧,睡啦!"

深邃的火星凌晨,寂静如沁凉而幽暗的深井。群星闪烁运河水面;孩童手里紧握蜘蛛,蜷起身子在屋里舒缓地呼吸;对对恋人手臂交缠。月亮不见了,火炬凉熄了,石砌剧场空无一人。

黎明前唯有的声响,来自一名更夫,踽踽独行于黑暗中,在孤寂街道远远的那头,哼唱着一首奇怪异常的歌曲……

一九九九年八月　地球人

不管是谁，敲门的那家伙没有要停止的迹象。Ttt 太太猛然将门甩开："谁呀？"

"你会说英语？"站在门口的男子一脸惊讶。

"我说我会说的话。"她回答道。

"太神奇了，居然是英语！"那是个身穿制服的男人，旁边还站着三名汉子，一行人匆匆忙忙，蓬头垢面却满脸笑容。

"你要干吗？"Ttt 太太质问道。

"你是火星人！"那名男子笑着说，"当然，你不太可能熟悉这个字眼，那是地球的说法。"他对着同伴点点头，"我们是从地球来的。我是威廉斯舰长。我们降落在火星还不到一个小时。我们来了！这是第二次的探访！之前有过第一次，但我们不知道他们最后的下场。可是不管怎样，我们现在来了。而你是我们遇到的第一个火星人！"

"火星人？"她眉角上扬。

"我的意思是，你住在太阳系的第四颗行星上面，没错吧？"

"废话。"她盯着他们厉声答道。

"而我们,"他把粉红色、胖嘟嘟的手掌摆在自己的胸膛,"我们是从地球来的。对吧,弟兄们?"

"是的,长官!"异口同声。

"这里是泰尔行星,"她说,"如果你们想要用专有名词的话。"

"泰尔,泰尔。"舰长精疲力竭地笑着,"真是个好名字!可是,这位好心的女士,你怎么会说如此标准的英语啊?"

"我不是说出来的,我是想出来的。"她答道,"心电感应啦!失陪了!"砰的一声把门关上。

没过多久,那个讨厌的男人又敲门了。

她猛力把门打开,"现在又怎么啦?"心里十分诧异。

男子还站在那儿,满脸疑惑,试图想要挤出一丝笑容。他伸出双手。"我想你大概不了解……"

"什么?"愈吼愈大声。

男人吓了一跳,眼睛盯着她看。"我们是从地球来的!"

她回答说:"我没时间。我今天要煮很多菜,还要打扫、缝衣服等,一大堆杂七杂八的事。很明显,你们一定很想要跟 Ttt 先生见面,他就在楼上书房。"

"是的。"地球人说道,他困惑地眨眨眼,"无论如何,请务必让我们见见 Ttt 先生。"

"他在忙。"砰!门又关了起来。

这回敲门可真不是普通的大声。

"看这里!"男人大吼大叫,门再一次被撞开。他马上跳进屋内,好像要故意惊吓 Ttt 太太,"你这可不是待客之道!"

"滚出我干净的地板!"她喊道,"泥巴!给我出去!如果你们要进我的屋子,先把靴子洗一洗!"

男人狼狈地看了看自己沾满泥土的靴子。"这……"他说,"没空管这些小细节了,我想,我们应该要来庆祝。"他盯着她好一会儿,仿佛用眼神就能让她理解。

"如果你害我的水晶包掉到炉子里,"她声明道,"我就拿木棍扁你们!"她前去仔细瞧瞧一具小小的高温火炉,又走回门口,满脸通红、热气腾腾。她的眼睛鲜黄,皮肤则是柔和的棕色,身材纤细,行动敏捷,好似昆虫一样。声音带着金属的尖锐刺耳。"在这里等着。我看看能不能让你们和 Ttt 先生打个照面。你们是来做什么的?"

男子咒骂了几句,脸色颇为难看,仿佛手被她用榔头狠狠地锤了一下。"跟他说,我们是从地球来的,而且这档事以前从来没有人成功过!"

"没有什么?"她抬起棕色手臂,"算了。我很快就回来。"

脚步声乒乒乓乓地穿过石屋。

外头，无垠的蓝色火星天空像是温暖的深层海水，炎热而平静。沙漠炙烤有如史前泥坑，阵阵热浪起伏不定。邻近山丘顶端，有艘小小的宇宙飞船倚靠其上；巨大足印从火箭一直延伸到这栋石屋的大门。

争吵声自楼上传来。进门的人群面面相觑，四个人八只脚动来动去，不时玩弄着手指，握着臀部的皮带。楼上有男人吼叫的声音，女子也高声回应。十五分钟后，什么事也不能做的地球人开始在厨房里进进出出。

"来根烟吧？"其中一人道。

有人掏出一包，大伙各自点上。他们缓缓吞吐一股股苍白的烟雾，稍事整理自己的制服，调整一下衣领。楼上的声音持续反复地嘟囔着。领头的人看了看手表。

他说："已经过了二十五分钟了。我怀疑他们在上面搞些什么。"他走向一扇窗，向外看去。

"是呀！"另一人在这温暖午后的缓慢时光中回答道。话语渐渐低沉，直至寂静。屋内鸦雀无声。众人都只听见自己的呼吸。

静默的一小时过去了。舰长道："希望我们没有带来任何麻烦。"他走向客厅，探头窥伺。

Ttt 太太在那儿，浇着长在房间中央的花朵。

"我知道我忘了某件事。"当她看到舰长时，便走进厨房，开口说道，"很抱歉。"Ttt 太太递上一张纸条，"Ttt

先生实在太忙了。"随即转往烹煮中的菜肴,"不管怎样,你们该见的不是 Ttt 先生,而是 Aaa 先生。拿那张纸到隔壁农庄,就在蓝色运河的旁边,Aaa 先生会告诉你们所有想要知道的事情。"

"我们才不想知道什么呢。"舰长嘟着他的厚嘴唇,抗议道,"我们早就明白了。"

"你们有了那张纸,还想要什么?"她咄咄逼人地追问,之后再也不发一语。

"唔。"舰长支支吾吾,却不想离开。他直挺挺地站立,仿佛在等待什么。看起来就好像小孩子盯着空荡荡的圣诞树。"好吧,"他再度出声,"大伙儿,咱们走吧!"

一行四人步出房舍,进入炎热而死寂的白昼。

过了半小时,安坐在图书室内,自金属杯中啜饮几许电火的 Aaa 先生,听到外头石子路面传来的声响。他屈身挨着窗台,注意到四名制服男眯眼对着他看。

"你是 Aaa 先生吗?"他们叫道。

"是的。"

"Ttt 叫我们来找你!"舰长喊道。

"他为什么要这么做?"Aaa 先生提问。

"因为他在忙!"

"哎呀,真不要脸哪!"Aaa 先生挖苦道,"难道他认为我就闲着没事做,有空招呼人,而他就忙到别人不能打扰?"

"先生,这不是重点。"舰长呼喊着回应。

"噢,对我来说可重要了。我有一大堆东西要读。Ttt先生真是不体谅人。这可不是他第一次对我这么不厚道了。先生,别再挥手了,听我说完。还有,要专心一点。我讲话的时候人们通常都很注意的。要么你们就有礼貌地乖乖听好,否则我一句话都不说。"

四人心神不宁地在庭中游移,试着想要开口;舰长脸部的青筋一度浮现,眼里闪烁点点泪光。

"好,"Aaa先生以训诫的口吻说,"这下子你们认为Ttt先生如此失礼是合宜的吗?"

四个地球人眼神穿过重重热气,向上凝视。舰长回答说:"我们是从地球来的!"

"我觉得他这样实在没什么绅士风度。"Aaa先生沉思着。

"我们是搭火箭来的!它就在那里!"

"你知道,Ttt也不是第一次这么过分。"

"一路从地球过来!"

"唉,我还真有点想打电话骂他一顿。"

"我们一共四个人;我和我的船员,这三位弟兄。"

"我会打给他,没错,这正是我要做的!"

"地球。火箭。人类。航行。太空。"

"打给他,好好教训他一下!"Aaa先生叫喊道。他就像戏台上的傀儡,瞬间消失,无影无踪。接下来的一分钟,某具奇怪的机械来来回回传递着怒气冲冲的话语。底下,舰长和船员充满渴望地看着他们美丽的宇宙飞船躺在山丘上,如此亲切、可爱,又美好。

Aaa先生带着狂喜,在窗户里猛然跳了起来:"下战书跟他决斗!众神明鉴!要单挑了啊!"

"Aaa先生……"舰长小声地从头来过。

"我会一枪打死他,你听到了没有!"

"Aaa先生,我要告诉你,我们可是飞越六千万英里而来的。"

Aaa先生这时才开始注意到舰长。"你说你们打哪儿来?"

舰长闪过一丝真挚的微笑,对身旁的手下悄悄说:"我们总算有点进展了。"接着扬声响应,"我们航行了六千万英里的距离。从地球!"

Aaa先生打了个呵欠。"每年这时候只有五千万英里而已啦!"他举起一件骇人的武器,"好了,我得走了。虽然我不晓得那张无聊的字条有什么用,你们还是拿着它,越过那座山丘,进入优普尔小镇,找Iii先生说明这一切。他才是你们该见的人,而不是Ttt先生。那家伙是个笨蛋;

我现在就要去把他干掉。要见的人也不是我，因为你们不在我的工作范围之内。"

"工作范围！工作范围！"舰长抱怨道，"一定得在所谓的工作范围之内，你们才会好好欢迎地球人吗？"

"别笨了，这是大家都知道的事！"Aaa先生冲下楼，"再见！"他像把狂野的卡钳，沿着石子路狂奔而去。

四人吓傻了，呆呆地站在原地。舰长最后终于说道："我们总会找到一个肯好好听我们讲话的人。"

"或许我们可以出去，然后再进来一次。"队员中有人以沮丧的口吻说，"我们应该起飞，再重新降落。给他们时间准备好欢迎会。"

"听起来或许是个不错的主意。"疲惫的舰长低声说道。

小镇里人山人海，在门里门外进进出出，相互招呼。他们脸上戴着金色、蓝色还有绯红色的面具；依个人喜好不同，有的面具装饰着银色嘴唇和青铜眉毛，有的笑，有的皱眉，随着主人的性情有所变化。

由于长时间的行走，四人早已满身大汗；他们停下脚步，向一名小女孩询问Iii先生的住处。

"就在那里。"小女孩点点头。

舰长急切但小心翼翼地屈下身子，单膝跪地，两眼直视那张青春甜美的小脸。"小妹妹，我想跟你谈一谈。"

他将女孩抱在膝上,大手刚好完全包住她的棕色小手,仿佛准备好要以无比的耐心和喜悦,仔仔细细地诉说一个在心中缓缓成形的枕边故事。

"唔,小妹妹,是这样的。六个月之前,有另一架火箭来到了火星。里面载着一个名叫约克的人,还有他的助手。我们不知道他们到底发生了什么事。也许已经坠毁了。他们是坐火箭来的,我们也一样。你应该要看看。好大的一架火箭哟!所以我们是第二次的探访,是跟在第一次后面过来的!然后我们一路从地球……"

小女孩毫不迟疑,松开一只手,匆匆将一张毫无表情的面具挂在脸上。接着,就在舰长喋喋不休的同时,她取出金色玩具蜘蛛,往地面一丢。蜘蛛听话地爬回她的膝盖,女孩透过面具的缝隙,冷冷看着它,若有所思。舰长轻轻地摇晃着女孩,竭力要把这故事塞给她。

他说:"我们是地球人。你相信吗?"

"相信。"女孩窥视着自己扭动着钻入尘土中的脚趾头。

"很好。"舰长捏了捏她的手臂,一方面是有点高兴,一方面也有点要她注意自己的意味,"我们建造了自己的宇宙飞船。你相信吗?"

女孩用手指挖着鼻孔。"相信哪!"

"还有……不要再挖了,小妹妹……我是舰长,而且……"

"历史上从来没有人搭乘这么大的火箭穿越太空。"小家伙背诵着,眼睛紧闭。

"太神奇了!你怎么知道的?"

"噢,心电感应啦。"她漫不经心地用手指在膝上画画。

"呃,难道你不觉得兴奋吗?"舰长喊道,"难道你不高兴吗?"

"你最好马上去见 Iii 先生。"她将玩具丢在地上,"Iii 先生会跟你说的。"她随即跑开,蜘蛛则顺从地跟在后面快速走避。

舰长蹲在那儿,两手张开,望着她离去的背影,泪水濡湿眼帘,看看空空如也的双手,呆呆地合不拢嘴。其余三人也只能站着,影子就在他们的正下方。一行人朝着石砌街道啐了几口唾沫……

Iii 先生前来应门。他正要外出讲课,不过倒还有一点时间,如果这些地球人赶忙冲进去告诉他,他们所要求的礼遇……

"请注意听我说,一下子就好。"舰长红着眼,疲倦地说着,"我们是从地球来的,有一架火箭,船员加舰长,总共四个人;我们累翻了,我们饿昏了,想要找个地方睡觉。我们希望有人能颁给我们市钥①或者类似的东西,然后握握手,高呼'好哇'、'老家伙,恭喜啦!'这类祝贺的话。大概就这样了。"

Iii 先生身材高瘦,黄色眼睛外头挂着厚厚的蓝水晶眼罩。他屈身弯向书桌,遮住了一些文件,一次又一次地扫视着访客,好像要把他们看穿似的。

"唔,我这里没有表格哩,至少我不这么认为。"他翻遍了书桌里所有的抽屉,"咦,我到底把表格放在哪里了?"沉思了一会儿,"在哪里?在哪里?噢,就在这儿!好啊!"他递过文件,动作干净利落,"你们必须在这些文件上签字,这是一定要的。"

"我们一定得经过如此繁琐的程序吗?"

Iii 面无表情地看了他一眼。"你说你们是从地球来的,不是吗?很好,除非你签字,否则一切根本就不算数。"

舰长写下他的名字。"你要我的船员也签吗?"

Iii 先生看着舰长,又看看其他三人,突然大声嘲弄地叫道:"他们也签!呵!真了不起啊!他们,噢,他们也签!"眼睛喷出泪水。他拍着膝盖,弯着身子,好让笑声能从咧开的大嘴猛烈进出,得靠着桌子才能重新站稳。"他们也签!"

---

① 城市钥匙,原文 the key to the city,由纽约市市长颁给对社会有功人士的象征性物件,以示表彰。

四人皱眉表示不满:"有什么好笑的?"

"他们也签!"Iii先生太过兴奋,以至于音调微弱,喘着气说,"真是太有趣了。我一定要告诉Xxx先生这档事!"他检视填妥的表格,依旧不停地笑着,"一切似乎都上了轨道。"他点点头继续说道,"就算你们终究决定要走上这一步,安乐死的同意书仍然是不可或缺的。"还是咯咯地暗自发笑。

"什么的同意书?"

"别做声。我有东西给你们。在这里。拿着这把钥匙。"

舰长脸红了:"真是无上的光荣。"

"又不是市钥,你这个笨蛋!"Iii先生厉声说道,"只不过是那屋子的钥匙。沿着那条走廊一直走,打开那扇大门,走进去,然后把门紧紧关上。你们可以在那里过夜。明天一早我会派Xxx先生去看你们。"

舰长一脸狐疑,将钥匙拿在手中,眼睛直直望着地板。部属们也没有动作。全身血液以及对火箭航行的热情似乎全被抽光,不折不扣地被榨干了。

"怎么回事?又有什么问题?"Iii先生质问道,"你们在等什么?你们还想要什么?"他走了过来,弯腰瞪着舰长的脸,"你!拿着钥匙给我出去!"

"我不期望你可以……"舰长暗示地说,"我的意思是,也就是,试着,或想想……"口气吞吞吐吐,"我们那么努力,又从那么远的地方来,或许你只要握握我们的手,说一声'干得好!'也就可以了。你认为——如何?"声音越说越细。

Iii 先生僵直地伸出他的手。"恭喜呀!"他冷笑着说,"恭喜。"随即转过身去,"我现在得走了。一定要用那把钥匙开那扇门哪。"

这几个人仿佛融入地板似的,Iii 先生完全不理不睬,只在房间内走动,一面把文件收拾在小巧的公文包中。他又待了五分钟,但是再也没有和严肃的四人组交谈。地球人低着头,沉重的腿垮了下去,眼中的神采也减弱了。当 Iii 先生步出门外的同时,还忙着检视自己的指甲……

晦暗、宁静的午后阳光下,他们零零散散地沿着长廊走去,来到一扇光亮的银色大门之前,使用银钥把它打开。一行人入内、关门,然后转弯。

此时他们身处一座自然采光的巨大厅堂。男男女女坐在桌旁,或是站立成群,相互交谈。一听到大门的声响,这些人开始注意到四个身穿制服的男子。

一名火星人向前鞠躬。"我叫 Uuu。"他说。

"我是乔纳森·威廉斯舰长,来自地球的纽约市。"舰长并没有特别强调他的来历。

刹那间,整座厅堂发出轰然巨响!

喊声惊天，震动屋椽。这些人冲向前，高兴地挥手、尖叫，推倒桌子蜂拥而至，嬉闹着抓住四个地球人，灵巧地抬在肩膀上。他们绕着大厅整整冲了六次，六个圆满而美好的圆圈；他们快乐地跳着、唱着。

地球人都傻了，骑在摇摇晃晃的肩头整整过了一分钟，这才开始开怀大笑，彼此高叫着：

"嘿！这才像话嘛！"

"小子！这就是人生！耶！呦！呼哈！"

他们互相使劲地眨眼示意，举高手臂在空中击掌。

"嘿！"

"好耶！"群众欢呼道。

地球人被安置在一张桌上。呼喊声随即停止。

舰长几乎要喷出泪水。"谢谢你们。太好了，真是太好了。"

"谈谈你们自己吧。"Uuu 先生建议道。

舰长清清喉咙。

随着舰长的谈话内容，群众不时发出惊叹。他介绍了船员；每个人也都发表一段简短的演说，还因为如雷的掌声而感到不好意思。

Uuu 先生拍了拍舰长的肩膀："能看到另一个从地球来的人真好。我也是来自地球。"

"请再说一次？"

"在座有许多人也是从地球来的。"

"你？来自地球？"舰长瞪大了眼睛，"这有可能吗？你是坐火箭来的？难道星际航行已经持续了好几个世纪？"声音难掩失望之情，"你是从哪个——哪个国家来的？"

"突耶瑞尔。我是借由自身的灵魂来到这儿的。很久以前的事了。"

"突耶瑞尔。"舰长呆呆地复诵这个字眼，"我不知道有这个国家。自身的灵魂，又是怎么一回事？"

"还有这边的 Rrr 小姐，她也是从地球来的，不是吗？Rrr 小姐？"

Rrr 小姐点点头，诡异地笑着。

"Www 先生、Qqq 先生，还有 Vvv 先生也都是！"

"我从木星来的。"一名男子得意洋洋地如此声称。

"我是从土星来的。"另一个人也跟着说，眼神流露出一丝狡诈。

"木星、土星。"舰长困惑地眨眨眼，嘟囔道。

四下安静无声；人们或站或坐，空荡荡的桌面诡异地不像是要举办宴会的样子。火星人黄色的眼睛鲜艳夺目，脸颊下方却黯淡一片。此时舰长才初次发现，这座厅堂竟然没有窗户；光线似乎是从墙壁渗透进来。门也仅有一扇。舰长开始畏缩了："真是奇怪。突耶瑞尔究竟是在地球的哪个地方？靠近美国吗？"

"什么是美国？"

"你们居然没听过美国！你们说你们是从地球来的，却连美国都不知道！"

Uuu先生发怒了，猛然起身："地球是一个被海所覆盖的世界，除了大海之外，什么也没有。没有陆地。我是从地球来的，可清楚得很。"

"等等。"舰长坐了回去，"你看起来像个寻常的火星人。黄色眼睛，棕色皮肤。"

"地球是个充满丛林的地方。"Rrr小姐自豪地说，"我来自地球上的欧瑞，那是个由白银所建构的文明世界！"

听到这里，舰长转头看着Uuu先生，然后环顾Www、Zzz、Nnn、Hhh和Bbb。眼见他们的黄色瞳孔在亮光下放大又缩小，神情专注又放松。他开始颤抖。最后，他转向自己的部属，面带愁容地端详着。

"你们能了解这是怎么一回事吗？"

"是什么，长官？"

"这根本不是什么庆祝活动，"身心俱疲的舰长答复道，"也不是什么宴会。这些人更不是啥政府代表。一切的一切完全不是要给我们惊喜的派对。看看他们的眼睛。听听他们所说的话！"

没人胆敢喘口大气。封闭的密室里，只有眼神柔和的游移。

"现在我晓得了，"舰长的声音听起来好远好远，"为什么每个人都只给我们字条，一个接一个地把我们丢过来丢过去，直到我们遇上 Iii 先生。他要我们走上回廊，给我们钥匙打开门，走进去以后把门关好。而现在我们就在……"

"长官，我们在哪里？"

舰长轻轻叹了口气："在疯人院里。"

夜晚降临。偌大的厅堂鸦雀无声，只有隐藏光源所发出的昏暗灯光，穿过透明墙壁照耀室内。四名地球人围着圆桌坐着，落寞的脑袋挤在一块，遮掩他们的悄悄细语。地板上，男男女女躺成一团。阴暗的角落偶尔传来微弱的骚动，落单的人兀自比手画脚。每隔半小时，舰长的手下会前去试着开启银色大门，但又失望地走回来。"长官，根本没用。我们被关得牢牢的。"

"他们真以为我们疯了吗？长官？"

"差不多。这就是为什么没有大场面来欢迎我们的原因。他们只是受够了，对他们来说，这一定是三不五时就会发生的精神异常现象。"他比了比四周暗处沉睡中的身影，"偏执狂！每一个都是！好一场欢迎仪式！有好一阵子，"一股小小的火苗在他眼里燃起又熄灭，"我还以为我们受到真正的款待。这些呐喊、歌唱，还有演讲。多么的美好，不是吗？——在这一切还持续着的时候。"

"长官,他们会把我们关在这里多久?"

"直到我们能证明自己不是神经病为止。"

"应该还算容易吧。"

"希望如此。"

"长官,您听起来不像很有把握的样子。"

"的确没什么把握。看看那个角落。"

一个男人独自蹲在黑暗里。口中喷出蓝色火焰,随即化成一个小巧圆润的裸女形体。它飘浮在空中,在深蓝钴光里手舞足蹈,轻语叹息。

舰长点点头,示意大家观看另一处墙角。一名女子站在那儿,不停地变身。首先把自己嵌入一根晶柱,然后融化,形成一座金色雕像,再来是一支磨光的西洋杉手杖,最后变回女人的形态。

整个午夜,大厅里所有人都在戏耍着紫色火焰,或游移、或变化,只因夜晚正是异变与苦恼的时分。

"魔术师啊,他们是魔术师啊!"其中一个地球人悄声道。

"不,只是幻觉而已。他们把自己的疯狂传递给我们,因此我们可以看见他们的幻象。这是心电感应。自我暗示加上心电感应的结果。"

"长官,这让您担忧吗?"

"没错,倘若幻觉可以如此'逼真'地呈现在我们,或是任何人的眼前，倘若幻象如此迷人，让人几乎忍不住要相信的话，那也难怪他们会把我们错认为疯子。假使那男的可以制造出小小的蓝焰女人，那女的可以融成一根柱子，这样一来，正常的火星人认为我们是用心灵制造出我们的宇宙飞船，就再自然不过了。"

"哦。"队员们在暗处回应道。

巨大的厅堂里，围绕他们的是跳动的蓝色火焰，四处摇曳，随即挥发。小巧的红沙恶魔在入睡的男人齿缝间来回奔跑。女人变成滑溜的蛇形。遍地满是爬虫和禽兽的气味。

到了早晨，每个人站起身，看起来显得清爽、快乐，而又毫无异状。火焰和恶魔早已消失无踪。舰长和三名部属等在银色门边，盼望它有开启的一刻。

四小时后，Xxx 先生姗姗来迟。他们怀疑他其实早等在门外，于入内召唤他们、带领他们前往他的小办公室之前，至少窥伺了三个小时之久。

他神情愉快，面带笑意，如果他脸上的面具可信的话，毕竟那上头所画的笑脸还不止一个，而有三个之多。面具背后，这位心理学家的声音可就没那么笑容可掬了。"你们哪里不对劲啊？"

"你认为我们疯了，可是我们没有。"舰长回答说。

"恰好相反，我不认为你们四个的精神都有问题。"他手执一根小杖指向舰长,"不不,先生,只有你而已。其他的人都是二级幻觉。"

舰长拍了一下膝盖。"那就对啦!那就是为什么当我提议我的手下也在文件上签字时,Iii 先生居然大声狂笑的原因!"

"是的,Iii 先生已经跟我说过了。"面具所刻画出的微笑嘴巴传来心理学家的笑声,"这个笑话够正点。我刚刚说到哪?二级幻觉,没错。像是那些耳朵会爬出蛇的女人。经过我的治疗之后,蛇就不见了。"

"我们很乐意接受治疗。请马上动手吧!"

Xxx 先生似乎很惊讶。"这不寻常啊!人们多半不想被矫治。你要知道,治疗的过程十分激烈。"

"要治就快治!我有信心你会发现我们都没疯。"

"我看一下你的病历,确认是否要经过'治疗'的程序。"他查阅了档案,"是的。你知道吗?像你这样的个案需要特别的'治疗'。大厅里的那些类型还比较简单。不过一旦到了你这种地步,我必须指出,你的病情包括了一级、二级的幻觉,还有听觉、嗅觉、味觉、触觉和视觉方面的幻象等,实在是非常严重啊。我们一定得将你安乐死。"

舰长一听,跳了起来,咆哮道:"好好看着!我们呆呆站在这边也已经够久了!赶快测试我们!敲敲我们的膝盖,听听我们的心跳,让我们动一动,问我们问题啊!"

"你尽管说吧。"

舰长噼里啪啦地讲了整整一小时。心理学家静静聆听。

"真不可思议,"他若有所思地说,"这是我所听过最仔细的幻梦了。"

"去你的,我们带你去看那艘宇宙飞船!"舰长大叫大嚷。

"我倒很想见识见识。你可以在这儿弄给我看吗?"

"噢,当然可以。就在你的档案里面,R 单元底下。"

Xxx 先生认真查阅他的卷宗。翻到"Tsk"那一页,然后神情严肃地将它合上。"你叫我看档案是什么意思?火箭又不在里面。"

"当然没有啊,你这笨蛋!我在开玩笑哪!一个神经病有可能开玩笑吗?"

"你的幽默感还蛮特别的。好,现在带我去看你的火箭。我很想看看它。"

正午时分。他们抵达火箭停靠处的时候,天气炎热异常。

"嗯。"心理学家走向火箭,用手轻敲。金属发出微弱的响声。"我可以进去吗?"他诡秘地问道。

"可以。"

Xxx 先生进入宇宙飞船,消失了好一阵子。

"这些呆瓜,快叫人气死了。"舰长一边抽着雪茄一边等待,"给我两分钱,我很乐意回去告诉人们别过来招惹火星人。他们真是一群疑神疑鬼的大笨蛋。"

"长官,我猜是由于他们有一大部分的人口都疯了。这就是他们会怀疑我们的主要原因。"

"不管怎样,整件事真他妈的令人不爽。"

经过半个钟头,来来回回,东看看、西敲敲,这边听听、那边闻闻,甚至还动口尝一尝,心理学家才从宇宙飞船探出头来。

"现在你总相信了吧!"舰长大声对他吼叫,好像他聋了似的。

心理学家闭上眼睛,抓了抓鼻子。"这是我这辈子所遇过最不可思议的感官幻象和催眠暗示的实例了。我走遍了你所谓的'火箭'。"他用手指敲了敲船壳,"我听到了。这是听觉幻象。"用力吸一口气,"我闻到了。这是嗅觉幻象,是感官心电感应所造成的。"他还亲了亲宇宙飞船,"我尝到了。连味觉幻象都有!"

他握了握舰长的手:"我应该要恭喜你呀!你是疯人界的天才!你达到了最完美的境界!你将疯狂的幻想人生借由心电感应投射到他人的心灵,同时又可以保持这些幻象对感官的刺激程度,这种壮举几乎不可能达成。房子里的那些人通常只专注于视觉,顶多就是视觉和听觉幻象的结合。你竟然可以协调如此复杂的幻象聚合体！你精神异常的程度实在是太完美了！"

"我精神异常。"舰长脸色发白。

"是啊，是啊，多么可爱的精神异常啊！金属、橡胶、重力产生器、食物、服装、燃料、武器、梯子、螺帽、螺栓，还有汤匙。我在你船上检查了上万个不同的物品。从来没看过这么错综复杂的幻象。床铺，甚至每一样东西底下都还有影子！如此集中的意志！而且所有东西，不管是在什么时候，或是用任何方法测试，都闻得到、摸得着、尝起来有味道，还会发出声音！让我抱抱你吧！"

终于，他向后退了一步。"我会把这一切写在我最伟大的专题论文里面！在下个月的火星学会上发表！看看你！你把你的眼睛从黄色变成蓝色、把皮肤从棕色变成粉红。还有这身衣服，还有你的手指只有五根而不是六根！这是心理不均衡所导致的生物变态啊！还有你这三个朋友……"

他取出一把小巧的枪。"当然是治不好的啊！你这可怜却又非比寻常的家伙。死了可能还快乐一点。你有什么遗言要交代的？"

"天哪，不要！别开枪！"

"你这可怜虫。我会帮你了断这种驱使你想象出火箭和三个人的痛苦。我干掉你的同时，看着你朋友和火箭一起消失，一定十分有趣呀！我会把今天在这里所感知到的一切，写成一篇关于神经影像消失的完美论文。"

"我是从地球来的！我叫乔纳森·威廉斯，而这些……"

"是的，我知道。"Xxx先生抚慰地说，然后扣下扳机。

舰长心脏中弹，倒地不起，其余三人尖叫连连。

Xxx先生盯着他们。"你们仍然存在？太棒了！超越时间、空间，持久存在的幻象啊！"他拿着枪对准他们，"好吧，我会把你们给吓到不见。"

"不！"三人哭喊。

"就算病人死了，还是有听觉幻象的吸引啊！"Xxx先生一面观察，一面射杀三人。

他们完完整整地倒在沙地上，一动也不动。

他出脚踢了踢三人的尸身，接着用力拍打宇宙飞船。

"它还在！他们也还在！"他对着尸体，开了一枪又一枪。然后吓得倒退几步，笑脸盈盈的面具自脸上掉落。

慢慢地，这小小心理学家的脸色变了，下巴久久合不拢，手枪从指尖滑落地面，眼神也变得晦暗，茫然失措。他举起手捂住双眼，在尸体之间跌跌撞撞地走着，嘴里充满唾液。

"幻象啊，"他发狂地咕哝着，口齿不清，"色、声、香、味、触。"双手舞动、两眼凸起，开始吐出淡淡的白沫。

"滚开！"他对着尸体吆喝，"给我滚开！"他对着火箭呐喊。仔细看了看颤抖的手掌，他疯狂地低语道："我中镖了。这心电感应、这催眠，通通都传给我了。现在我疯啦！现在我也被感染啦！所有感官的幻觉都来啦！"他停了下来，麻木的手摸索着想找到那把枪，"只有一种方法。只有一种方法可以让这些幻觉消失不见。"

一声枪响，Xxx先生应声倒地。

四具尸体瘫在太阳底下。Xxx先生则仆倒在原处。

火箭依旧倚靠着充满阳光的小小山丘，并未凭空消失。

日落时，城里的人发现火箭，却不晓得那是什么玩意。没人知道，所以它就被卖给收破烂的，就这么被拖走、敲碎，成为一堆废铁。

晚上，雨下了整夜。隔日又是晴朗而温暖的天气。

二〇〇〇年三月　纳税人

他想要登上火箭前往火星。一大早,他走向发射场,隔着铁丝网对着身穿制服的人们大吼说,他想要上火星。他告诉他们,他是个纳税人,名叫普里查德,因此他有权利登陆火星。难道他不是俄亥俄州土生土长的人吗?难道他不是个好公民吗?既然都是的话,为什么他不能去火星呢?他对着他们挥舞拳头,跟他们说他想要离开地球;只要脑筋还清楚的人都想要走。两年之内,地球将会爆发一场核战,他可不想待在这里目睹战事发生。

他,还有成千上万和他一样意识清楚的人,都想要前往火星。他们不会?你等着看好了!他们要摆脱战争、摆脱言论审查、摆脱中央集权、摆脱征兵制度、摆脱喜欢控制这控制那,尤其是控制艺术和科学的政府!地球就留给你们!他愿意付出自己完好无缺的右手、付出他的心脏、付出他的脑袋,只为了获得前往火星的机会!到底需要做些什么、签些什么、知道些什么,才能登上这架火箭?

他们在网孔的另一端嘲笑他。他们说他其实并不是想前往火星。难道他不晓得第一次和第二次的探访已经失败,宇宙飞船消失无踪;里面的队员也很可能早就死亡了吗?

然而他们却无法证明，他们也不能确定，他紧抓着铁丝栅栏回答道。有可能那是一片流满奶与蜜的应许之地，而约克和威廉斯两位舰长都乐不思蜀，压根儿不想回来呢！现在他们到底要不要打开大门，让他登上第三次探访的宇宙飞船？否则他就要出马把这架火箭踢下来！

他们叫他闭嘴。

他看到一群人走向火箭。

"等等我啊！"他哭喊道，"别把我丢在这可怕的世界，我得远走高飞；核战就要爆发啦！别把我丢在地球！"

尽管他奋力挣扎，他们还是将他拖走。他们重重地关上囚车大门，载着他进入地球的清早时分。他的脸紧贴着车子后窗；就在警笛大作、穿越山丘的前一刻，他看见了红色火焰、听见了巨大响声，感觉到激烈的震动。银色火箭升空了；他，就在一个平常的周一早晨，被遗弃在一颗平凡行星——地球上面。

二〇〇〇年四月　第三次探访

火箭自太空降下。它的故乡有着漫天星辰，黑暗的高速涡流急剧扰动，闪耀夺目的物体穿梭其间，静谧的无尽深渊则横亘在某些角落。这是一艘新船；内燃引擎喷出火焰，金属斗室供人起居；航行时全然寂静，炽烈而温暖。里面连同舰长，载有十七名航天员。俄亥俄州发射场的人们迎着阳光高声叫喊、挥舞手臂；火箭开出朵朵炙热的七彩巨花，直入云霄，第三次前往火星的航行就此出发！

此刻，它正在火星的上层大气中极具效率地减缓速度，这真是力与美的展现。它宛如一头灰白巨兽，徜徉于午夜静默的宇宙深海；它越过亘古的月球，借由重力将自己抛往无穷尽的虚空。里头的人们，一个接着一个，受到连续不断的冲击、抛射，身子病了又好起来。有一名队员死了；不过这个时候，剩下的十六人，脸贴着厚厚的玻璃舷窗，睁大明亮的双眼，看着下方晃动的火星。

"火星！"领航员勒斯蒂格叫道。

"好个老火星哟！"考古学家塞缪尔·辛斯顿说。

"嗯。"约翰·布莱克舰长也出声了。

火箭降落在一处青葱草原。外头，就在草地上，竖着一头铁制的鹿。远处，一栋高大的棕色维多利亚式家屋静静伫立在阳光下；整间房舍铺满洛可可式的涡旋饰物，窗子则是蓝的、黄的、绿的，还有粉红的彩色玻璃。门廊上种着毛茸茸的天竺葵，一具秋千自天花板垂下，微风中前后摆荡。房子的最上层居然是菱形铅包玻璃窗和圆锥状的穹顶！从前方的窗户看进去，还可以见到一本标题为"美哉俄亥俄"的乐谱安放架上。

小镇以火箭为中心，向四方延伸，在火星的春日里动也不动，更显翠绿。洁白与砖红的屋舍分布其间，高耸的榆木随风摇曳，枫树和栗树亦同。教堂尖塔林立，里头的金色挂钟悄然无声。

航天员向外望去，见到这一幕。他们面面相觑，不可置信，再看一遍。他们彼此互相抓着手肘；突然间，脸色变得苍白，似乎完全无法呼吸。

"我要死了啊，"勒斯蒂格用麻木的手指揉着脸，悄声道，"我要死了。"

"这不可能嘛！"塞缪尔·辛斯顿跟着说。

"我的老天爷呀！"约翰·布莱克舰长也搭了腔。

化学家那儿传来一阵呼唤。"长官，大气稀薄但可供呼吸。氧气充足。够安全了。"

"那我们就出去吧。"勒斯蒂格说道。

"等等，"布莱克舰长有所迟疑，"我们怎么知道这是啥鬼地方？"

"这是一座空气稀薄但可以呼吸的小镇，长官。"

"而且这儿跟地球上的小镇没什么两样。"考古学家辛斯顿补上一句，"真是不可思议。实在不可能，但它的确如此。"

约翰·布莱克舰长懒懒地看着他："你认为两颗行星上的文明能够以相同的速率发展，而且朝着一致的方向演进吗？辛斯顿？"

"我并不这样认为，长官。"

舰长站立在舱口。"看看那边。那丛天竺葵。它是一种特化的植物。这个特有品种在地球上为人所知才不过区区五十年。想想看，植物的演化需要千万年的时间。然后，你们说说看，火星人拥有下列事物是不是一件合乎逻辑的事：一、铅包玻璃窗；二、圆锥形穹顶；三、门廊上的秋千；四、一种看起来像钢琴的乐器，或者它根本就是；还有第五项，如果你们从望远镜仔细看，一个火星作曲家有可能写出一首名叫——真是超诡异的——叫作'美哉俄亥俄'的曲子吗？这一切的一切都说明了火星上居然有一条俄亥俄河！"

"当然，因为威廉斯舰长嘛！"辛斯顿大叫着反驳。

"什么？"

"威廉斯舰长和他的三名船员！或是纳撒尼尔·约克和

他的同伴！这就解释得通了！"

"那绝对解释不出什么名堂。就我们所能预料的，约克的宇宙飞船在抵达火星的当天就爆炸，把约克和他的同伴给炸死了。至于威廉斯和那三名手下，他们的船在降落的隔天也爆了。最起码无线电是在那时候中断的。而我们估计他们如果能活下来，早就可以联络上我们。何况，再怎么说，约克的探访不过是一年前的事，而威廉斯舰长和他的人则是在去年八月登陆。假使他们还活着，就算在聪明火星人的帮助下，他们能够在这么短的时间内兴建这样的一座小镇，而且还让它古意盎然吗？不为什么，它在这边少说也有七十年了。看看那门廊立柱的木头；看看那棵一百岁的老树；看看这一切！不，这不是约克或威廉斯所能做到的。这是其他人的杰作。我不喜欢这样。所以我不会离开宇宙飞船，直到我能了解这究竟是怎么回事。"

"关于这一点，"勒斯蒂格点头补充道，"威廉斯和他手下，还有约克，都降落在火星的另一面。我们则很小心地在这一面降落。"

"很好的论点。就是怕万一有不友善的本地火星族群把约克和威廉斯给干掉，上面才会下指令要我们降落在更深入的区域，以防悲剧再度发生。因此我们在这里，一块就我们所知、连威廉斯和约克都从未见过的地方。"

"去他的，"辛斯顿埋怨道，"长官，我想请求您的许可，下船走进这座小镇。或许在我们的太阳系里，每一颗行星都会孕育出相似的思维模式和文明形态。跨出这一步，我们很可能达成这个时代最伟大的心理学以及形而上学的发现！"

"我宁愿再等一会儿。"约翰·布莱克舰长拒绝了。

"长官，或许，或许我们正在目睹，有史以来，可以彻底证明上帝存在的现象啊，长官。"

"世界上有太多人有着坚定的信仰，却欠缺相同程度的实证，辛斯顿先生。"

"我自己就是啊，长官。不过很显然地，要建造这么一座小镇不可能没有上帝的插手干预呀。您看看，如此巨细靡遗。我内心充满了这样的感觉，不知道该哭还是该笑。"

"都不要，再等等，直到我们清楚眼前要对付的是何方神圣为止。"

"对付？"勒斯蒂格插上一脚，"不需要对付谁吧！舰长。这是个美好、幽静又翠绿的小镇，古色古香，很像我出生的地方。我很喜欢它的样子。"

"你是什么时候出生的，勒斯蒂格？"

"一九五〇年，长官。"

"你呢，辛斯顿？"

"一九五五年，长官，在衣阿华州的格林内尔。这小镇看起来也像我家。"

"辛斯顿、勒斯蒂格,我已经八十岁,年纪够当你们的老爸了。我在一九二〇年生于伊利诺伊州。凭着上帝的恩典,以及一种近五十年来所发明,让某些老人得以重获青春的科学方法,使我现在能够站在火星上头,丝毫不会比你们这些小伙子来得疲倦,但却对事物有着更深的怀疑。外头这座城镇看起来十分安详、十分美好,而且又像极了伊利诺伊州的绿峭镇,这可把我给吓着了。它实在太像绿峭了。"他转身吩咐无线电收发员,"联络地球。告诉他们我们已经降落。这样就好了。就说我们明天会传送一份完整的报告。"

"是的,长官。"

布莱克舰长带着他那张实际上有八十岁、但看起来似乎属于四十岁男人的脸,自火箭的舱门向外看去。"我现在告诉你们该怎么做。勒斯蒂格,你跟我还有辛斯顿前往查探小镇。其他人留在船上。如果发生了什么意外,他们还可以逃离这片地狱。损失三条人命总比全船牺牲来得好。如果真有坏事降临在我们身上,我们的船员还可以警告下一架前来火星的火箭。我想应该是怀尔德舰长的船,他们预定在圣诞节出发。火星上若是有什么东西不怀好意,我们当然要叫下一艘宇宙飞船全副武装。"

"我们也是啊!好歹我们舰上也有常备武力。"

"那就叫大伙儿把枪准备好。跟我来,勒斯蒂格、辛斯顿。"

一行三人走下宇宙飞船的层层阶梯。

这是个美丽的春日。一只知更鸟在开满花朵的苹果树上不停地歌唱；和风触碰绿色枝丫，花瓣如飞雪般阵阵撒落，幽香飘荡在空中。镇上某处，有人弹奏钢琴，乐音来来去去、反反复复，慵懒、轻柔。那首曲子是《美丽的梦中人》。另一个地方，有台留声机嘶嘶沙沙，微弱地播放着一张唱片，那是由哈里·劳德①所演唱的《漫步在黄昏》。

三人驻足舱外，大口大口地吸着稀疏细薄的空气，然后缓缓步行，尽量使自己不会过于劳累。

留声机上的唱片流转着：

噢，给我个六月的夜晚
月光和你……②

勒斯蒂格开始颤抖。塞缪尔·辛斯顿也差不多。

天空静谧无声；一涓细流穿过沟壑里凉爽的洞穴与树荫；又有马匹牵引篷车，快步奔驰，颠颠簸簸。

"长官，"塞缪尔·辛斯顿开口道，"这一定是，一定是

---

① Sir Harry Lauder（1870—1950），苏格兰著名歌手、喜剧表演艺术家。
② 哈里·劳德演唱的歌曲《六月的夜晚》（*June Night*）。

第一次世界大战之前就有火箭航行到火星来了！"

"不。"

"那您有什么更好的解释，足以说明这些房子、铁制的鹿、钢琴，还有音乐的来历？"辛斯顿拉着舰长的手肘，看着他的脸，极力想要说服他，"打个比方好了，在一九〇五年的时候，有人因为厌恶战争，和一些科学家秘密联合起来，建造出一架火箭，来到了火星……"

"不，不，辛斯顿。"

"怎么不可能呢？一九〇五年那个时代和现在大不相同；他们可以很轻易地把它当作秘密，埋在心底。"

"可是像火箭这么复杂的东西，不，你根本无法秘密行事。"

"他们是来讨生活的。很自然地，他们盖的房子就和地球上的类似，因为他们带来了相同的文化。"

"然后这些年来他们就一直住在这儿？"舰长问道。

"是啊，既宁静又安详。也许他们来回航行了好几趟，足以载运一整个小镇的人口；之后由于害怕被发现，所以就停止了。那就是为什么小镇看起来都老老的，没有新意。我自己左看右看，都没发现有什么晚于一九二七年的东西，您有看到吗？或者，长官，火箭航行其实远比我们所想的早多了。在世界上的某个角落，几世纪前就可能发展成功，但一直都被这少数能够踏上火星的人把持，没有公之于世。而长久以来,他们也只回过地球区区几次而已。"

"你编的故事跟真的一样。"

"一定是这样的啊!我们眼前就有最好的实例;只要再找几个人来查证就可以了。"

茂密的绿茵吸收了他们靴子所能发出的种种声响,空气里弥漫着新割过的青草味。除却自己不安的心理,约翰·布莱克舰长倒是感到极度的平静包围他全身。这还是他近三十年来第一次踏进小镇;春日蜜蜂飞舞的嗡嗡声,令他身心安适恬淡;事物的清新外貌则抚慰着他的灵魂。

他们踏上门廊。走向纱门的同时,木板底下传来低沉的回音。他们可以看见屋内一道珠帘挂在厅堂入口,水晶吊灯挂在中央;在舒适的莫里斯安乐椅顶上,墙壁框裱着一幅帕里什①的名画。整间屋子有古旧、典雅的风味,使人无比自在。你甚至可以听到柠檬水罐内,冰块碰撞的叮当声响。远处的厨房,由于天热的缘故,有人在里头准备一道清凉的午餐。她呼着气轻轻哼唱,音调清越、甜美。

约翰·布莱克舰长按下门铃。

轻巧、优雅的脚步声自厅堂传来;一名四十来岁、和

---

① Maxfield Parrish (1870—1966),美国插图画家和油画家,二十世纪上半叶最出名的商业艺术家,其画作复制品在当时极为畅销。

蔼可亲的女士探头看着他们。她身上的洋装恐怕会被认为是一九〇九年的样式。

"有什么事吗?"她问道。

"打扰您了,"布莱克舰长犹豫不决地说着,"我们正在找……也就是说,您可以帮我们——"他停下不语。女士黑亮的眼睛紧盯着他,一脸纳闷。

"如果你是来推销产品……"她开口道。

"不!等等!"舰长大叫,"这小镇是什么地方?"

女士上下打量着舰长。"你在说什么?这小镇是哪里?你怎么可能走进一座小镇却不晓得它的名字?"

舰长焦躁不安,看起来仿佛很想走到苹果树荫下坐着休息。"我们是初来乍到的陌生人,想要了解这座城镇,还有你们是怎么来到这里的。"

"你们是做人口普查的吗?"

"不是。"

她说:"大家都知道,这座城是在一八六八年建立的。你在耍什么把戏呀?"

"不,不是在耍您!"舰长叫道,"我们是从地……来的。"

"你是说,从地底下冒出来的?"一脸狐疑。

"不是啦!我们是从第三行星,地球,坐宇宙飞船来的。然后我们降落在这里,第四行星,火星……"

"这里,"女子解释道,好像在教小孩一样,"是伊利诺伊州的绿峭镇,位于大西洋和太平洋所围绕的美洲大陆;这块大陆在我们称之为世界的地方,有时候它也叫做'地球'。给我走开。再见。"

她快步走下大厅,手指滑过珠帘。

三个人你看着我,我看着你,不知如何是好。

"我们就直接撞开纱门吧!"勒斯蒂格建议道。

"不行。这是私人产业。我的老天哪!"

他们坐在门廊的台阶上。

"辛斯顿,你会不会突然有个想法:我们可能由于某种未知的因素,以某种方式脱离航道,而且还在无意间回到地球上?"

"我们是怎么办到的?"

"我不知道,我不知道。噢,老天爷啊,让我再好好想一想。"

辛斯顿说:"可是我们一路上做了种种详细的检查。里程表也确实记录有这么远的距离。我们经过月球,进入太空,最后抵达这里。我很确定我们就在火星。"

勒斯蒂格反驳道:"然而,你想想,由于一场时间还是空间的意外,我们在次元中迷失了,降落到三四十年前的地球。"

"噢,去你的,勒斯蒂格!"

勒斯蒂格走到门前，按下门铃，然后对着凉爽昏暗的房间叫喊道："今年是哪一年啊？"

"当然是一九二六年啦。"女子坐在摇椅上回答，啜饮了一口柠檬水。

"你们听到了吗？"勒斯蒂格亢奋地回身转向两位同伴，"一九二六年！我们回到了过去！这里是地球！"

勒斯蒂格坐了下来，三人任由这想法所带来的惊异和恐惧折磨着。六只手在膝盖上摇来晃去。舰长开口了："我可没想过会有这档事。实在吓得我屁滚尿流。这种鸟事是怎么发生的？我还真希望带着爱因斯坦一起过来。"

"镇上的人会相信我们吗？"辛斯顿问道，"我们是不是正在和什么危险的东西打交道啊？噢，我指的是时间。难道我们不能直接起飞，然后回家吗？"

"不。至少也等我们试过另一家之后。"

他们走过三间房屋，来到橡树下的一栋白色小农舍。"我想要尽可能理性一点，"舰长说，"何况我并不相信我们已经确切明白问题的症结所在。辛斯顿，假设事实就如同你原先所设想的，火箭航行在多年以前就已经开始了？而当这些地球人住在这里已有好一段岁月，他们开始想念自己的家乡。起初只是轻微的神经官能症状，到后来发展成精神疾病，最后变成极具威胁性的精神错乱。如果你是个精神科医生，面临这种问题，你会如何解决？"

辛斯顿思索了一会。"唔，我想我会重新安排火星上的种种文明设施，使整个殖民地一天比一天更接近地球的原貌。如果有办法复制出每一株植物、每一条道路，还有每一座湖泊，甚至每一片海洋，我一定会这么做。接下来借由集体催眠，我会说服像这样大小乡镇里头的所有居民，使他们相信这里真的是地球，而不是火星。"

"说得很好，辛斯顿。我想现在我们已经步入正轨了。前面那间房子里的女人就认为她住在地球上。这种想法能保住她的理智。她，还有其他镇民，都是被人研究的病患，这是你这辈子所能见识到关于移民和催眠方面最伟大的实验。"

"正是如此，长官！"勒斯蒂格兴奋地叫道。

"没错！"辛斯顿同声附和。

"唉，"舰长叹了口气，"现在我们有了初步的结论，感觉好多了。整件事看起来也比较合逻辑一点。那种关于时间以及在时光中来回穿梭游历的说法听了就令人反胃。可是照这个理论看来……"他笑了，"呵呵，搞不好我们在这儿会很受欢迎哦！"

"是吗？"勒斯蒂格不同意，"再怎么说，就像五月花号一样，这些人来到这里是要逃离地球的。或许他们会把我们赶走，甚至杀掉我们呢！"

"我们的武器比较好啦！现在就来试试下一间房子喽！上吧！"

然而，他们却几乎连草皮都跨不过去；勒斯蒂格停下来，沿着沉溺于午后宁静梦乡的街道，远眺小镇的另一头。"长官，"他开口说道。

"怎么了，勒斯蒂格？"

"噢，长官，长官，我看到了——"勒斯蒂格说着说着就哭了。他手指向上伸，弯曲而颤抖；他的脸满是惊异、狂喜，以及难以置信的神情。声音听起来仿佛随时可能因为过于兴奋而失去理智。他望向街尾，然后拔腿奔跑。"看哪！看哪！"

"别让他跑掉！"舰长也在后面紧追不舍。

勒斯蒂格跑得飞快，一面跑一面尖叫。他沿着树荫遮蔽的街道跑到一半，便转入一座庭院，跳上一栋大型绿屋的门廊，那房子屋顶还挂着一具铁制风向鸡。

他大呼小叫，捶打着大门，辛斯顿和舰长随后跑到他的跟前。他们气喘吁吁；在稀薄空气中奔跑耗费太多精力。"爷爷！奶奶！"勒斯蒂格喊着。

两名老人出现在门口。

"大卫！"声音高昂尖锐。他们冲出来拥抱他，拍拍他的背，围着他打转。"大卫，噢！大卫，好多年没见啦！看看你长大成人的模样；你都变得这么壮了，孩子。噢！

大卫宝贝,你过得怎么样啊?"

"爷爷,奶奶!"大卫·勒斯蒂格喜极而泣,"你们看起来真好,真好!"他抓着他们转圈圈、亲吻、拥抱、在他们身上大哭一场;随后他把身子稍稍挪开,对着两个身形细小的老人家眨眨眼。太阳高挂在天空,风儿吹拂,青草翠绿,纱门敞开。

"进来,孩子,进来吧。新鲜的冰茶在等着你,有很多很多呢!"

"我带了朋友。"勒斯蒂格转过身,欢喜地笑着招呼舰长和辛斯顿,"舰长,上来呀!"

"你好啊!"老人家欢迎道,"请进。大卫的朋友也就是我们的朋友。别光是待在那儿站着呀!"

旧房子的客厅十分凉快,青铜的老爷钟位于角落,滴答声清新、悠远。长沙发备有柔软的枕头;墙上堆满了书,还挂着一张有着繁复玫瑰图案的壁毡。人手一杯冰茶,冒着水珠,沁凉干渴的舌头。

"祝大家身体健康。"奶奶举杯饮茶,玻璃轻触瓷牙。

"你们过来这儿有多久了,奶奶?"勒斯蒂格问道。

"从我们死后就来啦!"她尖酸地答道。

"你说是从什么时候?"约翰·布莱克舰长放下杯子。

"噢,是的,"勒斯蒂格点点头,"他们已经过世三十年了。"

"而你居然还能镇定地坐在那里！"舰长大吼。

"啐。"老妇目光闪烁，使了个眼色，"你这是在质问谁呢？我们就好端端地在这里。说到底，生命是什么？谁在哪里，为了什么，做了啥事？我们只知道我们在这里，又活了一次，没有什么问题好问的。就是很单纯的第二次机会。"她蹒跚地走到舰长面前，伸出手腕，"摸吧！"

舰长抚摸了一阵。

"是实体，对吧？"

舰长点点头。

"很好，那么，"她得意洋洋地说，"干吗一直问个没完？"

"嗯，"舰长答道，"只是我们从来没想过会在火星发现这种情况。"

"你们现在已经见识到啦！我敢说每一颗星球上面都有许多事物彰显上帝的无限神能。"

"这里是天堂吗？"辛斯顿问道。

"别傻了，才不是呢！这儿是另一个人间，而我们获得了重生的机会。没有人告诉我们究竟是什么原因。但也没有人告诉我们为何会出生在地球上啊！我指的是另一个地球。你们就是从那儿过来的。但我们怎么晓得在那之前就没有另外一个地球？"

"这问题很好。"舰长道。

勒斯蒂格一直对着他的祖父母笑。"啊，见到你们真好！啊，实在太棒了！"

舰长起身，手掌随意拍打腿部。"我们得走了。谢谢你们的饮料。"

"你们一定要再回来，"老人说道，"一起用晚餐吧？"

"我们尽量，谢了。还有很多事要做呢！我的手下还在火箭上等我回去，而且——"

他停止不语。眼睛望向门外，大吃一惊。

阳光下，远方有人高声叫喊，大声招呼。

"那是啥？"辛斯顿问道。

"我们很快就会知道了。"舰长仓猝地冲出前门，穿过青绿草地，进入火星城镇的街道。

他停住脚步，远眺火箭。舱门开启，船员鱼贯走出，挥舞双手。一群人聚集在那儿，他的部属就混杂在里面，忙不迭地走动、交谈、嬉笑、握手。整批群众跳了几支舞，随后蜂拥而上。火箭空空如也，无人理睬。

太阳底下，铜管乐队开始发声，高高举起的大小喇叭吹奏出一首轻快的曲调，夹杂着鼓声咚咚、横笛尖鸣。金发小女孩跳上跳下。小男孩高叫着："好耶！"肥胖男子分送廉价雪茄。镇长为大家讲了几句话。船上的每个成员，一手拉着妈妈，一手牵着爸爸或是姊妹，就这么走下街道，各自被带往一幢幢农舍或广厦。

"停下来!"舰长大吼。

所有的大门砰的一声都关上了。

春日的晴空愈显炎热,四下万籁俱寂。乐队敲打着,从街角一路离开,只留下火箭在阳光下闪耀,光彩夺目。

"弃船了!"舰长骂道,"他们居然弃船了!天哪!他们胆敢违抗命令,我会把他们的皮给剥下来!"

"长官,"勒斯蒂格打圆场,"别那么严格啦!那些都是他们的亲朋故旧呀!"

"那不是理由!"

"舰长,想想他们看到熟人的面孔就在船舱外头,会有什么感觉?"

"我下了命令啊,去他妈的!"

"可是舰长,要是您的话会怎么办?"

"我会遵守命令……"舰长的嘴巴还来不及闭上。

火星艳阳下,有个身材高大、面带笑容、年约二十六岁的男子,蓝色眼睛清澈无比,沿着人行道大步前进。"约翰!"那男人高声呼喊,换成小跑步一路过来。

"什么?"约翰·布莱克舰长还搞不清楚状况。

"约翰,你这混球!"

男子跑上前抓住他的手,大力拍打他的背。

"是你。"舰长惊异地说。

"当然啦，不然你想会是谁？"

"爱德华！"舰长拉住陌生人的手，叫唤勒斯蒂格和辛斯顿，"这是我哥哥爱德华。爱德，见过我手下，勒斯蒂格，辛斯顿！我哥！"

他们手掌、手臂紧紧相系，最后抱在一起。

"爱德！"

"约翰，你这浪子！"

"你看起来很好哇！爱德，可是，爱德，这是怎么一回事？这么多年了，你一点儿都没变。你死了，我记得很清楚，就在你二十六岁，我十九岁的时候。老天爷呀，这么久以前的事了，而现在你在这里，主啊！一切都还好吧？"

"老妈在等着呢！"爱德华·布莱克露齿而笑。

"老妈？"

"还有老爸。"

"老爸？"舰长一听到这消息，好像被强力武器击中，几乎就要倒地不起。他整个人失去协调，僵直地走着："妈和爸都还活着？在哪儿？"

"在橡丘道的老家啊！"

"老家。"舰长视线凝聚，神情惊愕中夹杂着喜悦，"你们听到了吗？勒斯蒂格，辛斯顿？"

辛斯顿早已不见踪影。他看到自己家在街的那头，于是就跑过去了。勒斯蒂格则笑道："您看吧，舰长，船上的每个人都发生了什么事？他们实在是不由自主哇！"

"是啊！是啊！"舰长闭上眼，"等我睁开眼睛，你就会消失。"他眨了眨眼，"你还在。天哪，爱德，可是你看起来好极了！"

"来吧，午餐正等着呢！我跟妈说过了。"

勒斯蒂格道："舰长，如果您需要我的话，我就在我祖父母那边。"

"什么？噢，好的，勒斯蒂格。那就待会儿见。"

爱德华抓住他的手臂，拉着他前进。"家就在那里。还记得吗？"

"去你的！来打赌我一定比你先到门廊！"

他们拔腿狂奔。大树在布莱克舰长头顶沙沙作响，脚下的尘土蹬蹬有声。眼见爱德华的金色身影在前领先，如此惊奇，犹如幻梦一场，却又真实不虚。他看到房子愈来愈近，纱门一瞬间被打开。

"赢你了！"爱德华高叫道。

"我老了，"舰长喘着气，"可是你还年轻。不过，你一直都赢我，我还记得！"

门口，丰满圆润的妈妈着一身粉红，充满朝气。她身后就是老爸，穿着胡椒灰色服装，手里拿着烟斗。

"妈，爸！"

舰长像个孩子般冲上台阶，和他们见面。

漫长而美好的下午,全家享用完迟迟开动的午餐,坐在客厅。他对着家人诉说所有关于火箭的事,他们对着他点头而笑。妈妈没怎么变,爸爸咬下雪茄尾端,用他一贯的方式点燃,表情若有所思。时光就这么一分一秒地流逝,晚上吃的则是丰盛的火鸡大餐。舰长吸干鸡腿髓汁,将脆碎残骨摆回餐盘,身子向后靠,心满意足地长吁了一口气。夜色充盈树丛,沾染天空;温暖房屋里的灯火散发出粉红光晕。整条街上的其他房舍传来乐声,琴音扬起,大门紧闭。

母亲将唱片放在手摇留声机上,和约翰·布莱克舰长跳了一支舞。他还记得,她与父亲在火车事故中意外身亡的那个夏天,用的就是现在身上所喷的香水。他们跟着音乐轻轻舞动,怀中的母亲却如此真实。"不是每一天都有这样的好运,"她说,"会有第二次活着的机会。"

"明天早上起来,"舰长说,"我会回到火箭上,进入太空,这一切将会消失。"

"不,别那样想,"她轻轻哭泣,"不要再问了。这是上帝的恩典。我们要高兴一点哪!"

"对不起,妈。"

唱片终了,嘶嘶声重复不绝。

"你累了,儿子。"父亲用烟斗比了比方向,"你的老房间正等着你呢,那张铜床,还有其他许许多多的东西也是。"

"可是我应该召集手下过来做个汇报。"

"为什么?"

"为什么?唔,我不知道。我想也没什么理由吧。不,不用了。他们不是在吃东西就是在床上睡觉。好好地睡一晚没有关系的。"

"儿子,晚安。"妈妈亲了他的脸颊,"你能回到家真好。"

"回家真好。"

整座厅堂摆满书册,灯光柔和,空气中散布着雪茄烟和香水的味道。他离开那儿,登上阶梯,絮絮叨叨地同爱德华说话。爱德华推开一扇门,黄铜床铺、大学时代的老旧标语旗帜就在里面;他沉默不语,抚摸着一件早已发霉,自己却依然钟爱的浣熊皮大衣。"太夸张了。"舰长叹道,"我累了,我吓傻了,今天发生了太多事。感觉好像没撑伞、没穿雨衣,在倾盆大雨之下走了整整两天。激动到全身上下都湿透了。"

爱德华动手拍松雪白的亚麻床单,摆上枕头。他拉起窗户,夜半盛开的茉莉花香飘了进来。月光下,远方的歌舞和轻语依稀可闻。

"所以这就是火星。"舰长边脱衣服边说道。

"这就是啦!"爱德华闲散、轻松地褪去衣物,汗衫拉过头顶，露出金色的肩膀和肌肉发达的项颈。

灯熄了；他们肩并着肩躺在床上，就好像以前一样，谁知道过了几十年啦。舰长懒洋洋地躺着，阵阵茉莉花香拂过蕾丝窗帘，融入房内黑暗的空气，滋养着他。草地上，树丛里，有人转动一具手提留声机，而现在它轻轻播放的是——《永远》。

对玛丽莲的思念萦绕在他心中。

"玛丽莲在这儿吗？"

他哥哥直挺挺地躺在窗外射入的月光下，等了一会儿，然后说："在。她出城去了。不过明天早上就会回来。"

舰长闭上眼睛："我好想见到玛丽莲。"

方正的房里安安静静，只有两人的呼吸声。

"晚安，爱德。"

停了半晌。"晚安，约翰。"

他安详地躺着，任由思绪恣意飞翔。首度抛开一整天下来的紧张气氛，他终于可以理性思考。整件事实在太感性了。乐团的演奏、熟悉的脸孔。可是现在……

怎么会这样？他感到十分困惑。这一切是如何产生的？又为什么会这样？有什么企图吗？是某种善意的神迹吗？若是如此，上帝果真对其子民这么好？这是怎么办到的？原因是什么？目的又是什么？

他考虑了辛斯顿和勒斯蒂格在下午第一波热浪来袭时

提出的理论。各式各样的想法，好比圆石缓缓沉淀在心海里，不停地转动，隐隐约约闪出灵光。老妈。老爸。爱德华。火星。地球。火星。火星人。

究竟是谁，千年以前就长住在火星？火星人吗？或者其实一直以来都像今天这副模样？

火星人。他在心里喃喃重复着这三个字。

他几乎要放声大笑，因为他突然想到了最荒谬的解释。这念头冷得让他全身发颤。没错，真的没什么好想的。太不可能了。太白痴了。忘掉它吧。实在太可笑了。

然而，他一直在想，只是假设一下……好，假设火星上面住着火星人，看到我们的宇宙飞船飞过来，也看到里面的人，就开始痛恨起我们。假设，好，他们就是为了寻求刺激，所以想要把我们当作侵略者还是废物一样消灭掉。可是他们想要用比较阴险的方法，这样我们才会失去戒心，中他们的计。嗯，面对具有核武器的地球人，火星人所能使用的最佳策略是什么？

答案很有意思。心电感应、催眠、记忆，还有幻想。

假设这些房子根本就不是真的，床也不是真的，只是我的想象力虚构出来的事物，是火星人透过心电感应和催眠让这些变成实体。约翰·布莱克舰长如此思索着。假设房子其实另有其他形状，也就是火星人平常所住的样子；但由于火星人玩弄我的欲求和渴望，使得这一切看起来像是我的故乡、我的老家，好削减我的疑心。还有什么法子会比利用一个人的老爸老妈当作诱饵来欺骗他更有效？

而且这座小镇，化成一九二六年的样子，实在太老了，老到我的手下都还没有半个出生。那个年头我才六岁；放的是哈里·劳德的唱片，墙上还挂着帕里什的画作；珠帘、《美哉俄亥俄》，以及十九与二十世纪之交的建筑。倘若火星人专门用我脑海里对小镇的记忆来建构这个虚拟世界？听人说童年的记忆是最清晰不过的了。根据我的脑袋把整座城镇建好之后，他们就安排船上每个成员心里头最珍爱的人住在里面。

再假设隔壁房间睡着的那两个人，根本就不是我的爸爸妈妈，而是两个火星人，绝顶聪明的火星人，有能力让我一直陷在这幻梦般的催眠当中。

还有今天那支铜管乐队。真是令人惊奇赞叹的妙计呀！首先，它骗倒了勒斯蒂格，再来是辛斯顿，接着把群众聚集起来；火箭里的人看到早在十几、二十年前就去世的爸爸妈妈、叔叔阿姨、亲密爱人，当然会很自然地抛下命令，弃船冲出来和他们相会。还有什么比这更合情合理？还有什么更不着痕迹？还有什么更简单有效？正常人看到他老妈突然间活过来，绝对不会多问什么；因为他实在太高兴了。今晚，我们都遇到了这种状况。一个个睡在自己的家中，躺在自己的床上，没有武器可以自保。火箭就矗立在月光下，没人看守。这一切还不过只是火星人阴险狡诈的长远计划的其中一部分；他们想要分化、征服我们，把我们杀个精光。发现到这整个事实，难道还不觉得毛骨悚然吗？也许，在夜里的某个时刻，睡在床铺另一边的哥哥会除去人形，融化、变身，成为另一种东西，一种可怕的东西，那就是火星人！翻过身，拿刀戳入我的心脏，对他来说是再简单不过的事情！整条街道两旁的屋子里，几十个哥哥爸爸冷不防地偷偷消失，然后火星人亮出家伙，对着毫无戒心、安然熟睡的地球人下手……

想到这里，他全身发寒，被褥底下的双手不住颤抖。刹那间，这不仅仅是个想法；刹那间，他感到莫名的恐惧。

他起身仔细聆听。夜，极其宁静。乐音止息，微风停歇。他的哥哥就躺在旁边熟睡着。

舰长小心翼翼，掀开被单，将它们卷回原位。他蹑手蹑脚地滑下床，轻轻地穿过房间。此时，他哥哥说话了："你要去哪里？"

"啥？"

哥哥的声音异常冷酷："我说，你想要去哪里？"

"去喝口水呀！"

"可是你并不口渴。"

"不，不，我很渴。"

"胡说,你根本就不渴。"

约翰·布莱克舰长二话不说,拔腿想要跑到房间另一头。他惊声尖叫。又叫了第二声。

可是他始终连门都够不到。

早晨,铜管乐队吹起一曲悲凄的挽歌。一串串小小的队伍,面色凝重,抬着长长的木盒,自街上每一间房舍走出。不论是祖父祖母、爸爸妈妈、叔叔阿姨、兄弟姊妹,沿着阳光普照的街道一路低泣,来到教堂旁的墓园。总共十六个墓穴,前面竖起十六座墓碑。

镇长简短而哀伤地致了词;他的脸有时看起来还像个镇长,有时却像是其他的东西。

老布莱克夫妇在那里,爱德华哥哥也是,他们哭了;他们的脸竟从熟悉的模样消融成迥异的面容。

棺椁降下,有人喃喃说道:"没想到十六个好人居然就这么在夜里突然去世了啊……"

沙土覆上棺盖,发出砰砰响声。

铜管乐队演奏着《哥伦比亚,大海上的明珠》[①],吹吹打打回到镇上;每个人都为此休息一天。

---

① *Columbia, the Gem of the Ocean*,美国著名爱国歌曲。

二〇〇一年六月 ——而月色依然明亮

天气很冷。他们第一次走出火箭，步入黑夜，斯彭德便开始收集火星地表上的枯枝，生起一小堆火。他并没有提到关于庆祝的事情，只是捡拾柴薪，点上火焰，看着它熊熊燃烧。

火光照亮了稀薄的空气；他侧着头，从肩膀上方眺望干涸的火星之海，看着载运他们一路过来的火箭。怀尔德舰长、切罗克、哈撒韦、萨姆·帕克希尔，还有他自己，穿过群星装点、黑暗幽静的太空，降落到一片死寂、仿佛沉睡入梦的世界。

杰夫·斯彭德期待着喧闹声。他盯着其他人，等着看他们又叫又跳。只要登陆火星"第一人"的冲击感一消失，马上就会有所动静。他们嘴上不提，但或许大多希望前三回探访均以失败告终；而这一次，也就是第四次，将会创造历史。他们并无恶意，不过还是站在那儿想着，想着荣耀和名声。同一时间，他们的肺脏逐渐适应这里稀薄的大气；如果你动得太快，可是会跟喝醉酒没什么两样。

吉布斯走到新生的火堆前，说道："为什么不用船上的化学药剂，而要以木柴来生火呢？"

"不关你的事。"斯彭德没有抬头,直接应了回去。

明明就不对。才不过是抵达火星的头一个晚上,就要大声嚷嚷,引进像是火炉这种奇怪、笨拙,又闪闪发亮的东西,根本就是一种亵渎的行为。做这种事有的是时间:炼乳罐丢进曾经辉煌璀璨的火星运河;一张张散落的《纽约时报》翻飞、滚动,一路沙沙作响,穿越寂寥的灰色火星海底;香蕉皮、野餐纸塞满火星山谷里,纤细易碎的小镇遗迹。有太多的时间可以搞破坏。想到这里,斯彭德心中不禁打了个小小的寒战。

他动手增添柴火,仿佛在祭拜、供奉死去的巨人,而他们所降落的地域则是一座无边无际的陵墓。这里的文明早已消逝;平静度过头一晚,不过是基于区区的礼貌罢了。

"这可不是我想要的庆祝方式。"吉布斯转身对怀尔德舰长说道,"长官,我认为我们可以打破酒和肉的固定配给,好好地狂欢一场。"

怀尔德舰长眺望一英里外的死寂城市。"我们都累了。"声音超然出神,似乎他的注意力都集中在城市那边,忘却了自己的部属,"也许明晚吧!今晚我们应该庆幸,飞越太空的旅程当中,没有撞到陨石,也没有同伴伤亡。"

队员们四处走动。一共有二十个人,彼此搭着肩膀,或者正在调整腰带。他们并不满足。他们冒着生命危险成就一番大事业，现在想要高叫狂饮、开枪乱射，如此才能彰显出他们搭乘火箭冲破苍穹，一路来到火星的非凡绩业。

然而，没人胆敢大声嘶吼。

舰长下达了静默的命令。一名船员跑进火箭，取出食物罐头，打开、装盘，全程没有太大声响。大家开始交谈；舰长坐下对大家讲述整段旅程。他们早已知道得很清楚，不过还是乐意一听再听，毕竟那是一件圆满又安然度过的往事。

他们并没有讨论回程；有个家伙提出这个话题，马上就被要求闭嘴。双重月光下，汤匙来回翻搅；食物很可口，美酒的滋味更佳。

一束火光横越天空，没多久，附属火箭降落在营地前方。斯彭德看着小小的舱门开启，哈撒韦，此行的医生兼地质学家——他们每个人都有双重专长，好节省人力资源——踏出脚步。他缓慢地走到舰长面前。

"如何？"怀尔德舰长问道。

哈撒韦凝视着远方星光闪烁下的城市。他咽了口唾液，把视线拉近，然后回答说："报告舰长，那边的城市不但已经荒废，而且至少有好几千年没人住在里面。丘陵里的那三座城也一样。不过，距离我们有两百英里的第五座城，长官……"

"它怎么了?"

斯彭德站起身。

"有火星人。"哈撒韦说。

"他们现在在哪里?"

"死了。"哈撒韦继续道,"我走进街上的一间屋子。本以为它就跟其余的城镇和房舍一样,已经荒废了几百几千年。我的天哪,里面七横八竖地躺着尸体,就像走进成堆的秋天落叶、断枝,也像一片片烧得焦黑的报纸。就是那个样子。还是刚死的。顶多不超过十天。"

"你是否检查了其他的城镇?你看到了任何活物吗?"

"统统没有。所以我才会去检查其他的城镇。五座城里面有四座,几千年来都是空的。那些原来的居民到底发生了什么事,我完全没有概念。可是第五座城装满了同一样东西。就是尸体。成千上万具尸体。"

"他们是怎么死的?"斯彭德靠前问道。

"你绝对不会相信的。"

"究竟是什么把他们给杀了?"

哈撒韦吐出简单的两个字:"水痘。"

"我的老天爷,不会吧?"

"没错,我检测过了,就是水痘。这种病在火星人身上引发了地球人从未记载过的症状。我猜他们的新陈代谢反应和我们大不相同。发病后,整个身体好像被烧黑、烤干,然后剥落成碎片,但病源毫无疑问就是水痘。因此约克和威廉斯、布莱克两位舰长等,在前三次的探访中,必定抵达了火星。天晓得他们发生了什么事;但至少我们知道他们在无意间对火星人做了些什么。"

"你没看到其他生物?"

"如果他们够聪明的话,可能有部分火星人逃到山里面。不过我敢跟您打赌,幸存的人数不可能多到构成原住民问题。这星球已经空了。"

斯彭德转身前去坐在火堆旁边,两眼注视着熊熊火焰。水痘,老天爷呀,是水痘!想想看!一个种族花了百万年的时光才能发展、进化,建立起外面那些城市,创造出所有可以带给他们光荣和美丽的事物,然而,他们却死光了。一部分的人早在他们的年代,在我们兴起之前,就带着尊严缓慢地灭绝;可是剩下的呢?这些剩下来的火星人是死于一种名称很响亮、很恐怖还是很伟大的病症吗?才不是咧!天地良心哪,竟然是水痘,一种小孩子的病,一种连地球小孩都杀不死的病,把他们全都杀了!

这太没天理,也太不公平啦!就好像说希腊人通通死于腮腺炎;还是骄傲的罗马人的美丽脚丫患有脚气,所以全都死光光?要是我们能给火星人一些时间穿上寿衣、乖乖躺下、看起来称头体面,然后另外编个好一点的死因,这还差不多。绝对不能是水痘这种肮脏、愚蠢的小病。它配不上这里的调调，它配不上这整颗星球！

"很好，哈撒韦，自己弄点东西来吃吧。"

"谢谢舰长。"

很快地，大伙儿就忘记这回事，彼此高谈阔论。

斯彭德并没有从他们身上移开视线。他把食物留在手底下的餐盘里，感觉大地渐渐变冷。星星拉得更近，看起来非常清楚。

一旦有人张开大嗓门，舰长的回应就会降低音量，所以每个人都照着轻声细语。

空气闻起来既干净又新鲜。斯彭德坐在那里有好长一段时间，享受着自然的气息，里头有很多东西是他无法分辨出来的，像是花香啦、化学物质啦、尘埃啦，当然还有风。

"于是我那时候在纽约钓到那个金发妞，她叫啥名字？——金妮！"比格斯大叫，"就是她！"

斯彭德全身绷紧，手开始发抖，眼珠子则在薄薄的眼睑后面咕溜溜地转动。

"然后金妮对着我说……"比格斯继续高声叙述。

众人狂吼。

"我就大声地一口亲下去啦！"比格斯一手拿着酒瓶得意地叫道。

斯彭德放下盘子。他倾听着拂过耳际的风，清凉、飒爽。他看着远处空旷海床上，白色火星建筑表面的冷冽冰霜。

"好正点的妞，好正点的妞啊！"比格斯张开血盆大口将瓶中液体一饮而尽，"真是我这辈子碰过最棒的女人！"

他身上的汗臭味扩散在空气中。斯彭德不再添柴，让火堆自然熄灭。"嘿，斯彭德，再把火生起来呀！"比格斯要求道，他看了斯彭德一眼，注意力又回到酒瓶上头，"唔，有天晚上，金妮跟我……"

一个名叫萧恩克的男人取出手风琴，表演了一段踢踏舞，尘土在他四周飞扬。

"呀呼——我还活着！"他尖叫道。

"耶！"大家欢呼着，把空餐盘丢在地上。有三个人排成一排，像合音天使般踢着腿，高声嬉闹。其他人用手打着节拍，叫喊着要求余兴节目。切罗克脱掉上衣，赤裸着胸膛；他的身子四处回旋，挥汗如雨。月光照亮他的平头发型，以及干干净净、刚刮过没多久的年轻双颊。

晚风自海底刮起淡淡的水汽；山上巨石冷眼俯瞰银色火箭，还有那堆小小的火焰。

喧嚣愈显激烈，更多人跳了出来。有人嘴里吹着口琴，另一个人则吹着卫生纸梳。他们开了二十多瓶酒，然后统统喝掉。比格斯摇摇摆摆，甩动手臂指挥跳舞的人群。

"来吧，长官！"切罗克呼唤舰长，一面尖啸地哼着歌曲。

舰长没法子,只得加入跳舞的行列,其实他并不想跳,脸上的表情依旧严肃。斯彭德看到这一幕,心想:你这蹩脚的家伙,把好好的夜晚搞成这副德行!这些人根本就不知道自己正在做什么好事。他们来火星之前早该上上课,熟悉情况,告诉他们该如何观察、如何行动,才不至于在短短几天内就开始大搞破坏。

"这样就好了。"舰长声称自己累垮了,央求退出,坐了下来。斯彭德注意到,他的胸部并没有快速起伏,脸上也没有太多汗水。

手风琴、口琴不停地演奏,众人畅饮美酒、大声喧哗,绕着圈圈、跳着舞蹈,引吭长啸,伴随锅盘铿锵的巨响,大家都笑了。

比格斯歪七扭八地走到火星运河边。他带着六个空瓶,逐一投入深蓝的河水中。瓶身进水沉没,声音空洞虚无。

"我赐名汝,我赐名汝,我赐名汝……"他沙哑地说,"我赐名汝为比格斯、比格斯、比格斯运河……"

斯彭德起身跨过火堆,在其他人开始行动之前,来到比格斯身边。他一拳击中比格斯的牙齿,又赏了一记耳光。比格斯应声而倒,摔落运河。水花四溅,斯彭德沉默不语,等着比格斯爬回石岸。此时大批人马才将他抓住。

"嘿,你究竟吃错了什么药,斯彭德?嘿?"他们问道。

比格斯爬上岸边,全身湿答答。他看见大伙儿架着斯彭德。"哟!"他一边出声,一边开始向前。

"够了!"怀尔德舰长厉声斥责。众人从斯彭德身旁一哄而散。比格斯停下脚步,向舰长瞄了一眼。

"好了,比格斯,去换套干衣服。你们这些人,去玩你们的!斯彭德,跟我过来!"

船员们继续狂欢作乐。怀尔德离开他们有一段距离,对着斯彭德说:"刚刚发生的事情,你最好解释一下。"

斯彭德看着运河。"我不知道。我觉得很丢脸。因为比格斯,因为我们,还有我们所发出的噪音。天哪,这场面多难看。"

"这是一趟漫长的旅程。他们总该放松一下。"

"长官,可是他们把尊重这两个字摆在哪里?他们的是非观念又在哪里?"

"你累了,况且你是以另一角度来看待事情,斯彭德。为了你刚才的行为,我要罚你五十块钱。"

"是的,长官。我在想,'他们'正在看我们闹笑话。"

"他们?"

"火星人哪!不管他们是死是活。"

"大概确定是死光了。"舰长说道,"你认为他们知道我们在这儿?"

"老鸟不都知道菜鸟什么时候会来？"

"我想也是。听起来好像你还蛮相信灵魂的存在。"

"我相信既有的事物，而火星上有很多证据。这里有街道有房子，大概也有书吧，我想。还有大运河、时钟，以及兽栏——如果不是给马用的，唔，至少也会养些家畜，搞不好有十二条腿呢，谁晓得啊？我看到的每一个地方里面的每一样东西都是被用过的。它们被人操作、使用，已有千百年的时光。"

"照这么说，你问我是不是相信因为这些东西被用过，所以有灵魂在里面，我会说：是。所有有用途的东西、所有被叫出过名字的山丘，它们全都在这里。而我们在利用它们的时候，一定会有不舒服的感觉。不管怎样，这些山脉的名字，我们绝对听不顺耳；于是我们就给它们取了新的名字。可是，既有的名字就在那儿，就存在于某个时空，这些山就是背负着这些名字慢慢成形。我们给运河、给山、给城市所取的名字，就跟鸭子背上的水一样留不住。不管我们再怎么接触火星，我们永远不可能真的接触到它。然后我们就会抓狂，接下来你知道我们会干什么好事吗？我们会把它整片整片地挖起来，把火星表面全部挖开，然后改变它，让它来适应我们。"

"我们不会毁灭火星的。"舰长道，"它太大了，而且也太美了。"

"你认为不会？我们地球人有种专长，就是把又大又美的东西给破坏掉。我们没有在卡纳克的埃及神庙正中央开热狗摊的唯一理由，就是因为那里实在太偏僻又赚不了几个钱，没有商业价值，而埃及不过只是地球上的一部分。可是这里，这整片古老又与众不同的土地，我们却抵达它的某个角落，开始要把它搞得乌烟瘴气。我们会管那运河叫作洛克菲勒运河，管那山叫作乔治王山，管那海叫作杜邦海，以后还会有罗斯福市、林肯市和柯立芝市。这样做根本就不对，这些地方本来就有它们专属的名字。"

"那就是你的工作了。身为考古学家，你负责把这些旧名字找出来，我们就沿用下去。"

"有些人希望我们反对所有的商业利益。"斯彭德望着铁褐色的山岭，"他们知道我们今晚在这里，还吐口水到他们的酒里面。我猜他们一定恨透了我们。"

舰长摇摇头。"这个地方并没有敌意呀！"他聆听着风，"从城市的外貌看来，他们是个优雅、美丽，而且达观理性的民族。他们接受了命运。就我们已经知道的，他们坦然面对种族的灭亡，而且并没有因为绝望，而在最后一刻发动战争，蹂躏他们的都市。到目前为止，我们所看到的每一座城镇都仍然完好无缺。他们很有可能并不介意我们来到这儿，或许等他们了解小孩是何方神圣之后，还会比较怕小孩在草皮上玩耍呢！更何况，不管怎么说，这里的一切有可能会使我们变得更好哇!

"你没有注意到刚抵达的时候大伙儿特别安静吗,斯彭德?直到比格斯带动他们找乐子?他们看起来十分惶恐、谦卑呀!看看这四周,我们知道自己并不是那么精明,很快就能找出生命的答案;我们只是一群蹦蹦跳跳的小孩,叫嚷着把玩火箭和原子模型,喧闹却充满活力。然而,总有一天,火星的现状会变成地球的未来。不过,现在先收起你的下巴,开心一点,咱们回去快快乐乐地玩一场吧!但是五十块钱还是得罚哦!"

派对进行得不是很顺利。风不停从死寂的海面上吹来。它围绕着大家,也在正要走回营地的舰长和斯彭德身边打转。阵风卷起沙土,撼动光亮的火箭,拉扯着手风琴;灰尘则钻进了即兴演奏中的口琴里。众人的眼睛沾染了飞沙,风儿得意洋洋地高声歌唱。就在开始的那一瞬间,却又匆匆地停歇了。

可是,欢乐的派对也因而结束。

众人在黑暗、冰冷的天空下直挺挺地站着。

"来嘛,绅士们,来嘛!"比格斯穿着焕然一新的制服自船上跳下,看也不看斯彭德一眼。他的声音像是回荡在空无一人的礼堂,显得孤独、寂寥。"来呀!"

没人行动。

"来嘛，怀帝，吹你的口琴呀！"

怀帝吹了个和弦。听起来很可笑，完全不对劲。他敲出口琴中的水汽，然后摆在一旁。

"这是什么鬼派对？"比格斯想了解情况。

另一个人拉了一下手风琴，发出垂死动物的惨叫，再没别的。

"好吧，我和我的酒瓶要自己去找乐子了。"比格斯靠着火箭蹲坐，大口大口地牛饮。

斯彭德动也不动地注视着他，好长一段时间。之后，他的手指沿着颤抖的大腿向上挪移，碰触挂在腰际的手枪。他静悄悄地在皮套上一拍、一摸。

"想要进城看看的人就跟我来。"舰长宣布，"我们会在火箭这边安排一班武装岗哨，以防万一。"

人员分别报数。包含比格斯在内，共有十四名队员要去；他一面摇晃着酒瓶，一面笑着要参一脚。其余六人留守。

"我们要去啦！"比格斯叫道。

一行人安静地在月光下移动。天空中，一对明月竞速而行，众人则一路朝向梦幻的死寂城市进发。月亮有两个，地上的人影也成了一双。他们屏气凝神，像是没了呼吸，过了好几分钟；期待着死亡城市当中有东西骚动，有黑影蹿起，有古老形体驾着外观奇特、衍自远古时代的钢铁构型，在空旷海床上飞奔而来。

斯彭德的眼神与心思净是城里的街景。人们宛如冒着蓝色烟雾的灯火，在卵石铺成的大路上来来回回，微弱的声音此起彼落，还有奇形怪状的动物爬过灰红色的沙地。每扇窗户都有人倚着探出身子，慢慢对着高塔下方数丈处被银色月光照亮的人影招手，动作异常迟缓，仿佛置身于恒久不变的水底。耳内响起悠扬乐声，斯彭德开始想象，发出如此音乐的器物，长得究竟是何模样？整片大地充盈着旧日的魂魄。

"嘿！"比格斯放声大喝，他站得高高的，双手围在张大的嘴边，"嘿！住在那边城里的人啊，就是你们！"

"比格斯！"舰长出声制止。

于是比格斯只得闭嘴。

队伍向前走上一条砖砌大道。每个人都窃窃私语，因为他们像是进入一座巨大的陵寝，或是浩瀚无边的图书馆；里头清风吹拂，顶上星光灿烂。舰长轻声低语，想不透人们都到哪儿去了？他们经历过什么事情？这里的头头是何许人也？而他们又怎么陨落消亡了？他猜想着，在心里高声诘问，他们如何建造这座城市，使她历经沧桑却不减风采？他们是否曾经到过地球？他们是不是地球人的先祖，只是在千万年前就离开了蓝色行星？他们会不会有着和人类相仿的爱憎好恶；在傻事发生之后，又做出同样的傻事？

众人纹风不动，他们被两颗明月攫住，无法动弹。夜风缓缓吹拂在他们身上。

"拜伦。"杰夫·斯彭德若有所思。

"拜啥？"舰长回身注视着他。

"拜伦，一个十九世纪的诗人。他在很久以前写了一首诗，意境和这座城市非常契合，而且反映出火星人的感受，如果他们还留下什么东西可以感受的话。而最后一名火星诗人也可能早已写出这一首了。"

大伙儿听到他的话，全都呆呆站在原地，影子被踩在脚下。

舰长问道："诗的内容是怎么说的，斯彭德？"

斯彭德挪移了几步，伸出手想要回想些什么，静静眯上眼睛好一会儿；然后，他记起来了，温婉缓和的嗓音重复着诗句，所有人都仔细聆听他所诉说的每一个字眼：

> 于是我们不再漂泊
> 　在这无比深沉的晚上，
> 尽管爱意长留心中，
> 　而月色依然明亮。

静默不动的城市灰暗而高大；众人的脸庞在月光照耀

下起了变化。

> 只因皮鞘抵不住剑锋,
> 　灵魂也磨穿胸膛,
> 此心务必停歇喘息,
> 　爱更需休眠滋养。

> 纵使夜是爱的欢场,
> 　转眼却要归返天光,
> 而我们将不再漂泊
> 　月色依旧皎洁明亮。

地球人们一语不发,站在城市的中央。这是个晴朗的夜晚。除了风,全无半点声响。双脚踩踏的是嵌入古老动物及人物形体的砖砌庭院。他们低头细细欣赏。

比格斯的喉头发出呕声。他两眼发白,双手捂住嘴巴;有什么东西噎住了,强迫他闭上眼,弯着身子;此时一股浓稠的液体自食道涌起,填满口腔,随即溢出,飞溅在砖瓦上,盖住了纹路。比格斯又吐了一回。清凉的空气顿时充斥强烈的发酵恶臭。

没人前去帮助持续不断恶心呕吐的比格斯。

斯彭德睥睨一阵,随即转身,在月光下独自走进城里大街，丝毫没有暂停脚步、回头张望人群的意念和举动。

凌晨四点，他们终于入眠，躺在毯子上头，合起眼睛，呼吸宁静的空气。怀尔德舰长坐着将小树枝送入火堆。

两小时后，麦克卢尔睁开双眼。"您不睡吗，长官？"

"我在等斯彭德。"舰长淡淡一笑。

麦克卢尔仔细想了想。"您知道的，长官，我不认为他会回来。我不清楚自己为什么会知道，但那就是我对他的感觉；长官，他不会回来了。"

说完，他翻身再度入睡。柴火噼啪作响，不久也终告熄灭。

接下来一整个礼拜，依然不见斯彭德的踪影。舰长派遣了搜索队，但回来的人却说他们不知道他的去处；当他心情恢复，准备妥当，大概就会归队了。他们说他是个碎碎念个没完，牢骚满腹的家伙，干脆去死算了！

舰长没说什么，只是把整件事写在日志里面……

某天早晨，管他是星期一、星期二，还是火星上的哪一天，比格斯坐在运河岸边，垂着双脚，浸泡在沁凉的水中，面孔正接受阳光的洗礼。

有人沿着河岸走来，身影盖住比格斯。比格斯抬头看了一眼。

"哇，我真见鬼了！"他这么说。

"我是最后的火星人。"那男子掏出一把枪，说道。

"你说什么？"比格斯满脸疑惑。

"我要把你给干掉。"

"给我闭嘴。这是哪门子的笑话啊，斯彭德？"

"起来，我这一枪要打在你肚子上。"

"看在老天爷的分上，把枪拿开。"

斯彭德仅仅扣了一下扳机。比格斯坐在岸边，才不过一下子的光景，身体就向前一倒，翻落水面。手枪只是微微地嗡嗡作响。尸首径自在迟滞的运河潮浪中缓缓漂流，沉没时所发出的空洞气泡声响，不久后也停息了。

斯彭德胡乱把枪塞入皮套，静悄悄地走开。天光照耀火星大地，他感觉到烈日烧灼着双手，而且还逐渐转移目标，朝向他紧绷的脸颊。他并未跑动，就如平常一般步行，仿佛太阳底下没有什么新鲜事。他走向火箭，有些人正在库奇所搭建的遮篷底下享用刚煮好的早餐。

"孤鸟来啦！"有人嚷嚷。

"哈啰，斯彭德！好久不见！"

桌旁的四个人端详着静默不语的斯彭德，他也站立不动，凝视他们。

"你还有那些天杀的废墟哟！"库奇从瓦罐里抓起一个黑色物体，轻蔑笑道，"你就像一条死人堆里的狗哩！"

"或许是吧，"斯彭德答道，"我出去这一趟有不少发现。假使我跟你们说我找到一个火星人在附近晃来晃去，你们会有什么反应？"

那四个人放下手中的叉子。

"真的吗？在哪儿？"

"别提了。我来问你们一个问题好了。如果你是个火星人，而有人跑来你的地盘，开始大搞破坏，你会有什么感受？"

"我很清楚自己会怎么想，"切罗克说，"我有一部分切罗基人①的血统。我爷爷告诉过我许多关于俄克拉何马居留地的事情。倘若附近真有火星人，我绝对会站在他的立场。"

"你们其他人呢？"斯彭德小心翼翼地问。

没人答话；他们的沉默招认了一切：能拿的就尽量拿、谁找到的就是谁的、对方把脸转过去就赏他一巴掌之类……

"很好，"斯彭德继续说，"我找到了一个火星人。"

他们斜眼看着他。

---

① cherokee，北美印第安人。1838 年至 1839 年的寒冬，美国军队强迫切罗基人离开他们佐治亚州的家乡，迁居到俄克拉何马的印第安人居留地。一万人的大迁移队伍中有四千人在途中死亡。这一旅途被称为"血泪之路"。十九世纪末，白人移民在"抢地热潮"中又大量占领了俄克拉何马的土地。

"就在上头一座荒废的小镇里面。我不认为是我发现他的。我也并没有刻意要把他找出来。我不知道他在那里做什么。整整一个星期,我都住在山谷里的一座小镇,学习阅读古老的书籍,研究他们所遗留下来的老旧的艺术形式。有一天,我看到了这个火星人。他站在那边有好一阵子,然后就消失了。隔天他并没有再出现。我闲来无事,坐着思索要如何了解这种古代文字的同时,那个火星人回来了;每来一次就愈靠愈近,直到我晓得怎样解读火星语言的那天——解读他们的语言实在非常简单,而且还有图片可以帮你——那火星人跑到我面前说:'把你的靴子给我。'我就给他靴子。然后他说:'把你的制服和其他的装束也给我。'我也把这些东西交了出去。接着他又说:'还有你的枪。'所以我连枪都给他了。最后他还讲了一句:'现在跟我过来,好好看着待会儿发生的事。'于是火星人就走下来,到达营地,此刻他就站在这里。"

"我没看到什么火星人。"切罗克道。

"很抱歉。"

斯彭德掏出佩枪,枪身发出柔和的蜂鸣声。第一发子弹命中最左边的人;第二、第三发分别射杀了桌子右边和中间的两位。吓得半死的库奇在火堆那边转过身来,恰好吃下第四颗子弹。他向后栽入火焰当中,躺卧在里面,全身的衣服都着了火。

火箭在太阳下直直挺立。三个人坐在早餐旁,桌上的手一动也不动,食物在他们面前渐渐变冷。毫发无伤的切罗克独自坐在那儿,呆滞的眼神死盯着斯彭德,一副不可置信的表情。

"你可以和我一起走。"斯彭德说道。

切罗克不发一语。

"你可以和我一起做这件事。"斯彭德等待着他的回答。

好不容易切罗克终于能开口说话。"你杀了他们。"他鼓起勇气,环顾四周同伴的尸体。

"他们本来就死有余辜。"

"你疯了!"

"或许吧,不过你可以和我一起走。"

"跟你走?要干吗?"切罗克放声大叫,他噙着泪水,脸上已经失去血色,"快走吧,给我滚开!"

斯彭德脸色一沉。"在所有人里面,我还以为只有你能了解。"

"滚开!"切罗克伸手取枪。

斯彭德扣下最后一次扳机。此后切罗克便再也无法行动了。

一切恢复平静,斯彭德却摇摇欲倒,手掌盖住涔涔冒汗的脸颊。他瞥向火箭,忽然开始全身发颤。身体的反应如此剧烈，令他几乎倒地不起。脸上的神情透露出他似乎刚从催眠幻梦中醒觉。他坐了好一阵子，想要让颤抖平息下来。

"停啊，快停啊！"他对着自己的躯体发号施令。可是每一根神经竟不由自主地持续抖动。"给我停下来！"他以意志冲击肉体，直到全身上下的震颤完完全全被挤压而出。此时他的手才得以平和安放在静止的膝盖上。

斯彭德起身，安静迅速地将一个手提式储物箱绑在背后。他的手又开始抖了起来，只不过一次呼吸间的光景，他立刻发现，坚决地说声："不！"颤动也就消失无踪。然后，他踏着僵硬的步伐，独自一人走在炎热的红色山丘之间。

火红的太阳愈升愈高。一小时后，舰长爬下火箭，准备取用蛋和火腿。正要向坐在那儿的四个人打招呼的同时，他停下脚步，察觉空气中有淡淡的硝烟味。舰长看见大厨倒在地上，盖住营火。坐在食物前的四名队员，尸身早已变冷。

不久，帕克希尔和另外两位弟兄也爬了下来。由于四个人无声无息坐在早餐前的样子实在过于震慑，舰长因而挡住了他们的去路。

"大家集合，所有人都要到。"舰长下令。

103

帕克希尔急急忙忙沿着运河边缘召回队员。

舰长碰触切罗克，他的身子便悄然扭曲，跌落椅下。阳光烧灼着他倒竖的短发，还有高耸的颧骨。

众人到齐。

"有谁不见了？"

"报告长官，还是只有斯彭德。另外我们还发现比格斯的尸体漂浮在运河里面。"

"斯彭德！"

舰长眼见山丘在阳光下更显耸立。这是太阳露齿讪笑的鬼脸哪！"去他的，"他说道，音调显得疲惫，"为什么他不来跟我谈谈？"

"他早该跟我讲讲话了。"帕克希尔怒吼道，眼眶冒出熊熊烈火，"我会一枪把他那血淋淋的脑袋给打开，天地为证，我就是会这么干！"

怀尔德舰长点头对着两名手下示意。"去拿铲子。"他命令道。

就挖掘墓穴而言，天气实在太热了。就在舰长翻页诵读《圣经》的同时，空旷大海吹来一阵暖风，尘沙扬起，沾满众人的脸孔。舰长合上书本，有人便开始缓缓铲起小股沙土，覆盖包裹好的身形。

他们走回火箭，格格作响地备妥来福枪，背后挂起厚重的手榴弹包，检查好皮套中的手枪。每个人都分配到一块丘陵地作为负责区域。舰长并未提高音量，也不做任何手势，只是把手臂垂在身体两侧，指挥着大家。

"咱们走吧！"他说。

斯彭德目睹山谷中好几个地方同时飘起薄薄烟尘，他明白追杀行动业已组织完毕，整装待发。他放下原本安坐在平坦石砾上阅读的银白薄册。这本书的内页是由纯银制成，如同卫生纸般轻薄，上头还有黑色及金色的手绘图片。他在火星山谷小镇里的一栋别墅中，找到这本至少有上万年历史的哲学典籍，因此实在很不愿意将它搁在旁边。

有好一段时间，他思考着：这样子又有什么用呢？我还不是就坐在这里读书，等他们过来一枪把我给毙了？

震惊之余，脑海一片空白，是早晨射杀六人后的第一个反应；继之而来的则是恶心的感觉。但现在他所体会到的，却是一种奇特的宁静。然而，这份宁静也逐渐消失；只因他观察到前来追杀的人马风尘仆仆，愤恨之心因而再次回到胸中。

斯彭德取出挂在臀部的水壶，喝了一口凉水。接着站起来，伸伸懒腰、打个呵欠，聆听这围绕在四周、安详而奇妙的山谷。倘若他能和几个地球上认识的朋友，无忧无虑，恬适自得地长住在这儿，该有多好！

他一手拿着书，另一手握着上了膛的手枪，行经一条满是圆石、岩砾的轻快溪流；在那里，他涉水而入，褪去全身衣物，简单冲洗一番。他尽可能利用每一分、每一秒，直到再度整装，拾起枪支。

大约在下午三点时分，枪声开始响起。当时斯彭德正位于山丘的高处。他们跟踪他穿越三座丘陵间的小小火星城镇。城镇之上，一幢幢独立别墅如卵石般星罗棋布。古老的火星家族在那儿发现一条小溪、一块绿地，进而在其上铺砖砌瓦，构筑了水池、图书馆，以及附有间歇喷泉的庭院。斯彭德在其中一座充盈着季雨雨水的池子里头游了半个小时，等待追兵赶上他。

枪声大作的同时，他离开这座小巧的别墅。身后二十英尺的地砖挨了子弹，爆开、碎裂。刹那间他拔腿快跑，飞快地越过一连串小山崖，回身第一枪就击毙一名跟随他脚步的人。

斯彭德很清楚，他们会形成包围网，将他圈在里头。他们会团团围住，收合队伍，以便一举成擒。奇怪的是，他们竟然没有使用手榴弹。怀尔德舰长明明只要一声号令就能完结他的劫数。

八成是我人太好所以不该被炸成碎片吧，斯彭德如此设想。那大概就是舰长的想法。他只要在我身上打个洞就好。这难道不奇怪吗？他要我死得干干净净，而不是一团肉块。为什么？因为他了解我。也正因为他了解我，所以他甘愿冒着弟兄的生命危险，只为了要在我的头上开个小洞。难道不是这样子吗？

哒哒哒哒一连射来了九到十枪。斯彭德身旁的石块被射飞，跃起。他沉稳地反击，有时还不忘浏览手上拿着的银色书本。

舰长手持来福枪，在烈日高温下奔跑。斯彭德的瞄准线没有离开过舰长的身影，但始终没有开火。他反而稍微挪动枪管，射中了怀帝用来掩蔽的岩石上缘，结果换来一顿怒气冲冲的咒骂。

突然间，舰长站直身子。双手舞动一条白色手帕。他把长枪摆在一边，跟手下讲了几句话，然后徒步走上山。斯彭德俯卧在那儿，随即起身，不过手枪仍上着膛。

舰长上来之后，坐在一块温暖的圆石上头，有好一阵子，他的眼神并未和斯彭德交会。

舰长的手伸进上衣口袋。斯彭德扣住扳机的手指愈扳愈紧。

"来根烟吧？"舰长开口缓和紧张气氛。

"谢了。"斯彭德拿了一根。

"需要火吗？"

"我自己有。"

两人沉默不语，吐了几口烟圈。

"天气很暖和。"舰长打破寂静。

"是呀。"

"这上头还舒服吧？"

"还不错。"

"你认为自己还能撑多久？"

"大概可以换到十二条人命。"

"今天早上你为什么不趁这个机会把我们全都杀了？你明知道那是个千载难逢的良机。"

"我知道。不过我突然觉得很烦。当你对某件事的渴望到了极点，你就会开始欺骗自己。你会说其他人都错了。唔，我开始杀人之后没多久，就了解到他们只是笨而已，我不应该干掉他们。但这一切都太迟了。当时我无法怀着这样的心情一直杀下去，所以才会跑到这里，骗自己骗得更凶，让自己更愤怒，重新燃起杀人的欲望。"

"现在你很想杀掉我们吗？"

"还不到很想的程度，但已经够了。"

舰长凝视着手中的香烟。"你为什么要这么做？"

斯彭德静静地把枪置于脚边。"因为我亲眼看见这些火星人拥有的一切，正是我们长久以来所向往的。他们的脚步停留在我们一百年前就该歇手的地方。我漫步在他们的城市，深刻地了解这些人，因此我很乐意将他们当作自己的祖先。"

"他们的确拥有一座美丽的城市。"舰长对着几处遗迹点点头。

"不只这样而已。没错,他们的城市是很棒。他们知道如何将艺术融入生活,这是美国人永远都做不到的。艺术就是收藏在你家楼上,叛逆孩子房间里面的东西;艺术就是你每个礼拜天都在接受的事物,或许带有一些宗教色彩。嗯,这些火星人就是拥有艺术、宗教还有其他该有的一切。"

"你认为他们很清楚这种种的渊源,是吗?"

"我的看法就是如此。"

"正因为这个缘故,所以你开始杀人?"

"当我还小的时候,我们全家去了一趟墨西哥城。我永远记得我老爸表现出的态度——自以为是个大爷,嚷嚷个没完。我妈不喜欢当地人,只因为他们肤色黝黑、缺少盥洗。我姊姊则几乎不跟他们说话。只有我真心喜欢那里。而现在我可以想见假使我爸我妈跑来火星,也会有同样的举动。

"任何奇特的事物看在寻常美国人的眼里都不过是烂货一堆。如果一座城市不具备芝加哥那样的下水道,那根本就不值得一提。那种想法!噢,老天爷呀,他们就是有那种想法!然后——就引发了战争。你亲耳听见我们出发前的国会演说。如果一切顺利的话,他们希望在火星上头建立三座原子研究中心兼核弹储存场。那就意味着火星完蛋了;所有美好的玩意儿也跟着完了。假设有个火星人喝醉了,把酸臭的烈酒吐在白宫的地板上,你会有什么感觉?"

舰长不发一语,专心聆听。

斯彭德继续说:"然后其他势力也把触角伸了过来。那些来挖矿还有来游玩的人。你还记得科尔特斯[①]和他那群好伙伴从西班牙抵达墨西哥的时候,发生了什么好事吗?一整个文明,就这么被贪婪、自以为公正善良的褊狭分子给摧毁了!历史绝对不会原谅科尔特斯的。"

"你今天的行为也谈不上道德高尚啊!"舰长评述道。

"我又能怎么样?跟你逗口舌之快吗?整件事其实很简单,不过就是我只身一人对抗整个心术不正、贪得无厌、令人作呕的地球体制罢了。他们将会把肮脏邪恶的原子弹送来这里,大打一仗,只为了要争夺几个基地。他们毁掉一颗行星还不够,难道还要毁灭第二颗,把人家赖以维生的家当全都给废了,这样才甘心吗?这些低能的家伙,就只会吹牛而已。我一登上火星,就觉得自己不单单只是脱离他们所谓的文化,更超越了他们的道德观念和风俗习惯。我想,我已经跳出人类所能参照的框架,现在所要做

[①] Hernán Cortés(1485—1547),西班牙人,墨西哥征服者。1519 年率领军队在墨西哥东海岸登陆,入侵阿兹特克帝国。在不到五年的时间里摧毁阿兹特克古文明,并在墨西哥建立起西班牙殖民统治。

的就是把你们统统铲除,过我自己的生活。"

"不过你这种想法绝对不可能成功的。"舰长辩驳道。

"是不会。早餐时分,在杀掉第五个人之后,我发现我终究不是个全新的分子、实实在在的火星人。我无法轻易抛开之前在地球上习得的一切。不过我现在已经稳下来了。我还是会把你们杀得一干二净。这样一来,下一趟火箭期程就会延迟整整五年。除了这一架,地球人就再也没有别的火箭。他们会等上一年、两年,如果一直没有我们的消息,他们就不敢再造一艘新的。他们会花上双倍的时间,制作上百具额外的实验模型,好保证再也不会尝到失败的苦果。"

"你的推论很正确。"

"反过来说,倘若你安然回到地球,提交一份正面的报告,那将会加速人类入侵火星的脚步。我运气够好的话,可以活到六十岁。每一波的火星探险队都会和我碰面。每次登陆的宇宙飞船不会超过一艘,间隔大约是一年,里头的船员顶多就二十个。我会和他们搞好关系,并解释说我们的火箭在某一天爆炸了——这个礼拜,一切事情都处理完毕之后,我就会把它炸毁——然后找机会把他们一个一个都宰了。接下来五十年,火星仍将会是没人动过的净土。过了一些时候,或许地球人就会放弃。还记得当年一艘艘刚建造完成的齐柏林飞船持续不断地燃烧、坠毁时,他们对这种交通工具的疑虑吧?"

"原来你都计划好了。"舰长不得不承认斯彭德的心思缜密。

"没错。"

"不过我们的人数有压倒性优势。一小时内就可以把你团团包围,然后你的死期就到了。"

"我已经发现几条地下通道,还有一个你永远都找不到的藏身处可供栖息。我会撤退到那边,等上好几个星期,直到你们失去戒心。那时我就会再度出现,一个接一个地把你们全都干掉。"

舰长点点头。"来谈谈你们这边的文明吧。"他边说边挥舞着手,指向山中的城镇。

"他们晓得如何和大自然共存共荣。他们并不汲汲于营造一个只有人类、却没有其他动物的环境。那是从达尔文的理论揭示以来,我们一直在犯的错误。我们眉开眼笑地拥抱他,拥抱赫胥黎和弗洛伊德。接着我们发现达尔文跟我们的宗教并不兼容。起码我们不认为它们能搭得起来。真是笨哪!我们曾试着改良达尔文、赫胥黎和弗洛伊德的学说,可是进展不大。所以,我们就跟白痴一样,试图全盘否定宗教。

"这方面倒是非常成功。我们失去了信仰,浑浑噩噩、四处乱转,却对生命的意义毫无头绪。倘若艺术只不过是遭受挫折而无法伸展的欲望，倘若宗教不过是一种自我欺骗的方式，那活着又有什么好处？信仰长久以来总能带给我们所有问题的解答。不过它现在却随着弗洛伊德和达尔文一起被冲进下水道。我们以前是，现在也仍然是失落的一族。"

"而这些火星人就能找到生命的方向？"舰长询问道。

"没错。他们知道如何结合科学和宗教，使它们并行不悖、相辅相成，完全不会否定彼此。"

"听起来太理想化了。"

"是很理想。我很乐意让你看看火星人是如何做到的。"

"我的手下在等着呢！"

"不过半小时而已。就这样告诉他们吧，长官。"

舰长迟疑了一会儿，然后起身高喊，传递命令到达山脚。

斯彭德带领他进入一座完全以沁凉无瑕的大理石打造而成的小巧火星村庄。一整片美丽的巨型动物雕塑绵延不绝：这里有着白色四足的猫状动物、散发黄色光芒的太阳图案、牛形生物和男男女女的雕像，还有精雕细琢、硕大无朋的巨犬。

"舰长，你问题的答案就在这儿。"

"我还是没看懂。"

"火星人从动物当中发现了生命的奥秘。动物不会质疑生命。它很自然地活着。它生存的唯一理由就是为了过活，好好享受、细细品味这一生。你看——那些雕像，那些动物的图案，切切实实彰显出这一点。"

"看起来很异端。"

"恰恰相反，这些是上帝的记号，是生命的象征。火星人也曾经变得太文明，而失去了动物的本质。但他们了解到，如果要继续生存下去，就必须从此放弃追寻'为何而活'。生命本身就是最好的解答。生命就是要创造更多继起的生命，并且尽可能过着舒适、安乐的日子。火星人知道他们在战争或是绝望的极点，会问起'干吗要活着'这种问题，却得不到任何答案。不过一旦文明发展的脚步稳定了、平息了，战争也画下休止符；从新的角度来看，这个问题就毫无意义。因为生命已经变得美好，再也不需要争论些什么。"

"听起来火星人似乎蛮天真的。"

"他们付出代价后才返璞归真的。他们不再忙于贬低、摧毁所有事物。他们混合了宗教、艺术和科学，因为就本质而言，科学不过是针对某种我们无法解释的奇迹所进行的研究，而艺术则是对奇迹的诠释。他们绝对不会让科学破坏美感。这不过是程度的差别罢了。地球人会想：'那幅画当中，真的没有色彩的存在。科学家可以证明色彩只是细胞置放在特定物质当中所反射的不同光线而已；因此，色彩并不属于我真正看到的实体。'比我们更加聪明的火星人则会说：'这是一幅好画。画家受到灵感启发，运用巧手匠心，才将它完整呈现在我们眼前。它的色彩、它的意涵都来自生命。这样的东西真是美妙。'"

斯彭德停止长篇大论。两人坐在午后的太阳底下，舰长好奇地环顾整座凉爽而寂静的小镇。"我想住在这里。"他说。

"只要你想的话，有何不可？"

"这算是邀请我吗？"

"你手下的那些人真的懂这些吗？他们是专业的犬儒，已经无药可救了。为什么你还要回去跟他们在一起？为了跟上张三的脚步？买个像李四一样的陀螺仪？放弃自己的耳朵，改用口袋型计算机来听音乐？下方有座小小的平台，里头放了一卷火星的音乐，少说也有五万年之久。然而它仍能继续播放。那是你这辈子从来不曾听过的乐曲，你可以听听看。还有书。我已经学会看懂火星文字了。你也可以坐下来读一读。"

"听起来感觉实在很棒，斯彭德。"

"可是你还是不会留在这里？"

"不，再怎么说，还是谢了。"

"但你绝对不会放我一个人在这里而不过来找我麻烦。我还是得把你们统统杀掉。"

"你太乐观了。"

"我有生存与奋斗的目标;那会让我变成更强的杀手。如今我胸中充满了宗教的热忱,就像是重新学到如何呼吸一样。还有怎样躺在阳光下曝晒全身,使身子烙上太阳的印记。还有如何欣赏音乐、如何阅读书籍等。至于你们的文明,它究竟能够提供些什么?"

舰长挪移双脚,摇头说道:"很遗憾会发生这种事。我对这一切感到难过。"

"我也一样。我想我现在最好带你回去,好让你发起攻击。"

"我想也是。"

"舰长,我不会杀你。当一切结束,你仍会活着。"

"什么?"

"我决定了,我下手的时候绝对不会动你一根寒毛。"

"唔……"

"我会留下你的命。当他们全都死了,说不定你就会改变心意。"

"不,"舰长坚决地说,"我体内流着太多地球人的血液。我会一直追捕你,直到天涯海角。"

"即便你有机会留在这儿也一样?"

"是很可笑没错。但即便是那样,我还是不会改变心意。我不知道原因是什么,也从来没问过自己。好吧,我们到了。"他们回到最初相会的地点。"斯彭德，你愿意静静地跟我回去吗？这是你最后的机会。"

"不，谢了。"斯彭德伸出手来，"最后一件事。如果你赢了，就帮我一个忙。想办法看看能否施加限制，让人们晚个五十年才来蹂躏、拆解掉这颗行星，给考古学家一个还算像样的机会，好吗？"

"好的。"

"等等——如果这样对你有帮助的话，就把我想成一个极度疯狂的家伙，在某个盛夏突然抓狂了，再也没办法回到正途。那样应该会比较好过一点。"

"我会考虑看看。再会了，斯彭德。祝你好运。"

"你真是个奇怪的人。"舰长迎着暖风，沿着小径一路走下山时，斯彭德喃喃说道。

舰长的归返对他那些沾染飞灰、蓬头垢面的手下而言，就像是失落的物品又回到他们手中。他呼吸浊重，一直眯眼看着太阳。

"有喝的吗？"他问道。随即感到一股清凉从瓶子传递到掌心。"谢谢。"他张口畅饮，喝完之后，擦了擦嘴巴。

"好吧。"他嘱咐道，"大家要多加小心。我们有的是时间。我不想再看到更多伤亡。你们务必要把他杀掉。他是不会下来的。如果可以的话，一枪就了结他的性命，别把他打成蜂窝。让这一切结束吧。"

"我要把他那该死的脑袋瓜轰爆。"萨姆·帕克希尔咬牙切齿。

"不,一枪打穿胸膛就可以了。"舰长做出裁示。他依稀可以看见斯彭德那张果敢而坚毅的脸。

"他那血腥、残忍的脑袋啊!"帕克希尔不减愤恨。

舰长猛然将瓶子递给他。"我的话你听得很清楚。就是穿胸一枪。"

帕克希尔只能小声嘀咕。

"是时候了。"舰长发号施令。

他们再次散开,先是步行,随即开始奔跑,然后走在炎热的山坡上,时而撞进带有青苔气息的阴湿洞穴,时而步入阳光直射、弥漫着岩石焦灼味道的开阔处。

我真的很讨厌耍心机。舰长心里头这么想着,尤其是当你并不觉得自己心机很重,而且也实在不想搞什么阴谋诡计的时候,却要蹑手蹑脚跑来跑去,拟定计策,然后觉得自己很厉害之类的。我真的很痛恨这种感觉:认为自己在做对的事情,但其实根本就不确定。不管怎样,我们算老几?代表大多数人?这样就算是答案吗?多数就永远代表着神圣不可侵犯,不是吗?总是如此,永远如此;就算在不受人注意瞩目的小小时刻,也都不会错,不是吗?什么是多数?哪些人构成这样的多数?他们在想些什么?而我究竟又是如何被卷进这腐化的多数?陷在里头的我,一点儿都不觉得舒服自在。这种感觉是幽闭恐惧症,还是对群众、对共识的恐慌?当全世界的人都认为他们是对的,意见相左的单一个体还有可能抱持正确的立场吗?别再想了。匍匐包围、扣下扳机,来些刺激的吧!那里,还有那里!

众人奔跑、俯身,又再度狂奔,随后蹲踞在暗处,露出牙齿,大口大口地喘着气;毕竟空气过于稀薄,不适合剧烈跑动。也正因为如此,使得他们眼前发黑、气喘吁吁,每隔五分钟就得坐下休息一会儿,绷紧双眼,吞噬着稀少的氧气,却始终无法补足流失的分量。好不容易终于可以挺起身子,举枪射击;子弹划破盛夏的稀疏大气,留下一个个带有高温与尖啸的孔窍。

斯彭德停在原地,间或反击几枪。

"去他的脑袋瓜子,拿命来!"帕克希尔吼叫着冲上山。

舰长的枪竟然瞄准帕克希尔。他立刻放下,惊骇地瞪着手中的武器,对着自己软趴趴的手和枪问道:"你刚刚是在干吗?"

方才他几乎要从背后射中帕克希尔。

"老天爷,帮帮我吧!"

眼见帕克希尔依然向前狂奔,随即安然卧倒。

跑动中的疏松包围网以斯彭德为中心逐渐收拢。他就俯卧于山顶两块岩石的后方,尽管精疲力竭,仍在稀薄的空气中咧嘴而笑,腋下早已汗渍斑斑。

舰长看见那两个石块,中间有一道宽度大约四英寸的间隙,恰好可以瞄准斯彭德的胸膛。

"嘿,就是你!"帕克希尔叫道,"这一枪就要打爆你的头!"

怀尔德舰长等待着。快呀,斯彭德,他心想。赶快走,就跟你之前说的一样。你只剩几分钟可逃了。赶快去避避风头,过一阵子再回来。快一点哪!你说你会的。快点躲进你之前提过的地下通道,待在那里,活上几个月,甚至好几年;读你的好书,在神殿里的池水中痛快地洗你的澡吧!赶快呀,小伙子,就趁现在,在一切都太迟之前。

斯彭德依旧纹风不动。

"他到底怎么了?"舰长问着自己。

于是舰长只得拾起枪,看着部属交替掩护前进。他望见小巧整洁的火星村庄里头高耸的塔楼,如同刻画鲜明的棋子矗立在午后时分。他发现两块岩石中间的缝隙,露出了斯彭德的心窝。

帕克希尔向上冲锋,发出狂暴的怒吼。

"不,帕克希尔,"舰长低语道,"我不能让你杀害斯彭德。其他人也不行。不，你们统统都不可以，只有我能完纳他的劫数。"他举起枪，做好瞄准。

这一枪之后，我还是清白之身吗？他思索着。由我亲自动手就对了吗？是的，这是正确的决定。我知道我是基于什么原因做了什么事，而这件事没有错，因为我认定自己就是最适当的人选。我只希望，也祈祷自己能担下这份责任。

他对着斯彭德点点头。"快走，"没人听到这语气略有加重的悄声呼唤，"我再给你三十秒钟，好让你逃离这里。只有三十秒！"

舰长盯着腕上手表滴答滴答，手下正拔腿狂奔，斯彭德却始终没有离开。手表走了好长一段时间，舰长的耳朵充盈着指针跳动的巨响。"快呀，斯彭德，快呀，快走哇！"

三十秒过去了。

枪也瞄准了。舰长深深吸了一口气。"斯彭德。"他缓缓呼出这三个字。

扳机扣下。

那一瞬间所发生的事，不过是阳光下扬起的一阵淡淡石粉。手下的报告声回荡在空中，渐渐淡去、消失。

舰长起身对手下宣布："他已经死了。"

大家仍不敢相信。他们的角度无法观察到那个岩石间的缝隙，只能眼睁睁地看着舰长独自跑上山，心里猜想：他要么是十分勇敢，要么就是疯了。

几分钟后，众人才跟在他后面。

他们聚集在尸体周围，有人开口说道："命中心脏？"

舰长的眼睛向下检视。"命中心脏没错。"他目睹斯彭德身子底下的石块变了颜色，"我不懂他为什么要等我们。我不懂他为什么不依照之前所拟定的计划逃走。我真的不懂他为什么要一直待在这里，结果断送了自己的性命。"

"谁晓得呢？"有人如此回答。

斯彭德躺在那儿，一只手握着枪，另一只手紧紧抓住阳光下闪闪发亮的银色书本。

是因为我的缘故吗？舰长陷入沉思。是因为我拒绝让步，才导致这样的结果？斯彭德是不是真的很不想杀害我？可是我和这里的其他人有什么不同？难道那就是关键？只因为他认为他信得过我？还有没有其他可能的答案？

没有。

舰长蹲在默不作声的尸首旁边。

现在我的肩膀得扛起重担了，舰长心想。我可不能让他失望。假使他认定我在某些方面有他的影子，所以才不忍心把我杀掉，那我所要面对的挑战，会有多么艰巨，多么重要？这就对了，没错，这就对了。绕了一大圈，我又变成了斯彭德，不过在我开枪之前，就已经仔细想过。我并没有开枪，并没有杀人。我只是和大家做同样的事情。而他不杀我则是因为倘若情况稍有变动，我就跟他没什么两样。

舰长感觉到阳光直射他的后颈。他听见自己说："要是他在大开杀戒之前，能过来跟我谈谈，我们一定可以想出办法来解决的。"

"想出什么办法？"帕克希尔问道，"我们怎么可能和他这种人谈出啥结果？"

蓝天之下，逼人的暑气蒸烤大地、烧灼石头，发出毕剥声响。"我想你是对的。"舰长回答道，"我们根本无法和斯彭德好好相处。我自己跟他，也许还有可能；可是斯彭德、你，还有其他人，绝对凑不到一块儿。他走了倒还过得比较舒服。别再提了，让我喝口水吧。"

也是舰长的提议，众人才将斯彭德的遗体安放在空棺之内。他们发现一座古老的火星人陵墓；斯彭德的尸身，连同上万年的石蜡、美酒，就这么被装入一副银棺，两手交叉置于胸前。他们最后所看到的，是一张安详平和的脸。

大家在古代墓穴里待了一段时间。"我认为你们最好能够随时随地思考一下斯彭德的一言一行,对你们有益无害。"舰长如是说。

他们走了出来,将大理石门阖上。

第二天的下午,帕克希尔在某座死寂的城市里找东西当靶子练习枪法;他射破了水晶窗户,击垮了高塔的脆弱屋顶。舰长逮住帕克希尔,痛扁一顿,打得他满地找牙。

二〇〇一年八月　开拓者

地球人来到了火星。

有的人害怕惶恐，有的人勇往无惧；有的人满心欢喜，有的人深锁愁眉；有的人觉得自己像是当年"五月花号"上的清教徒，有的人却不这么认为。每一个人都有他自己的理由。他们要躲避凶悍的妻子、放弃恶劣的工作，或是远离黑暗的城镇；他们前来是为了追寻些什么、割舍些什么，抑或得到些什么；有人前来挖掘，有人前来埋葬；有人则是想把某种事物搁在地球上头，再也不想有任何瓜葛。他们的心里怀着小小的愿望、大大的美梦，也有可能脑子完全空白。然而，等到每一座大城小镇贴满四色印刷的海报，里头政府的巨大手指对准读者的鼻头宣告"天上有工作要给你：来火星吧！"的时候，人们就开始前仆后继。起初只有少数，大约四五十个左右，因为多数人甚至在火箭尚未升空之前就罹患了严重的疾病，这种病就叫作"孤寂"。当你看见自己的家乡愈变愈小，从拳头大缩成柠檬，再变成大头针，最后随着火光消失无踪，你就会觉得自己从未出生，天地间压根儿就没有什么城镇。你身处于不存在的世界，周围全是虚空，除了其他的陌生人，别无熟悉的事物。等到各州，像是伊利诺伊、衣阿华、密苏里，以及蒙大拿，消失在云海里；抑或距离再加一倍，美国这座小岛雾气弥漫，整个地球也只不过是一颗沾染泥巴的棒球，被人投掷出去，愈飞愈远；此时，你开始感到孤寂，漫步在苍穹的绿茵中，朝向一个无从想象的地点前进。

正因如此，第一波出发的人数如此稀少，也就不足为奇了。随着地球移民到火星的人口逐渐增加，新加入的人数也以相等比例稳定成长。数字的上升的确振奋了人心，然而首先踏上火星土地的孤鸟们仍得自立自强……

二〇〇一年十二月　绿色早晨

太阳西下，他蹲坐在小径旁，烹煮一份简单的晚餐，一面聆听柴火噼啪作响，一面将食物送入口中，若有所思地咀嚼着。这一天和之前三十天不同；黎明即起，他就挖掘了许多排列整齐的小洞，撒下种子，灌溉所需的用水来自映照日光，闪闪发亮的运河。现在，他瘦小的身躯精疲力竭，只得躺卧地面，仰望天色从昏暗转为漆黑。

他的名字叫作本杰明·德里斯科尔，现年三十一岁，最期盼的事就是让火星长满翠绿挺拔、枝繁叶茂的大树。大树可以制造空气，更多更多的空气，每个季节都会长得更高、更大。树木使得城镇在盛夏酷暑中凉爽自在；树木也可抵御寒冬的强劲风势。树木可以做太多事情了：增添色彩、提供树荫、生产水果，还能权充儿童的游乐场，让孩子们攀爬、吊挂在一个直上云霄的天地。不过，树木最重要的功用，莫过于为人们的肺脏淬炼出冰凉的空气，给耳朵带来阵阵轻柔的窸窣声。夜晚安睡在雪白的床榻上，这和缓的音响正好伴你进入梦乡。

他躺下聆听暗沉土壤径自堆积，静静等待明日的朝阳。雨，还未曾落下呢！他将耳朵贴近地面，听闻岁月的脚步又向前迈进，同时想象他今天播下的种子冒出嫩绿芽体，向上抓住天空，枝丫逐一伸展，直到火星成为午后的森林，成为绿意盎然的果园。

等到明天清早，小小的、昏黄的太阳刚从山丘间探出头来，他将起身，花个几分钟享用一顿热腾腾的早餐，将火堆残余的灰烬踩熄，然后背起行囊，准备上路。他会化验土壤、挖掘坑洞，播下种子或幼苗，轻轻拍实泥土，然后浇水，一边吹着口哨，一边持续不断地重复这些动作；偶尔抬头看看万里无云、逐渐明朗的天空，不知不觉就到了温暖的正午。

"你需要空气呀！"他对着夜半的营火说道。红红的火焰是热情洋溢的同伴，噼噼啪啪地回应你的招呼；它安睡在你身旁，困倦的粉红眼神依然为清冽的夜晚带来几许暖意。"我们都需要空气。火星这里的空气实在太稀薄，随便动一动，马上就累了，就好像生活在南美洲的高地，那长长的安第斯山脉一样，大口大口地吸着气，却吸不到什么东西。实在无法令人满足哇！"

他摸摸自己的肋骨，掂掂看三十天来锻炼的成果。为了要吸取更多空气，人们必须增强肺部的功能，或是要种更多的树。

"那就是我到这里来的目的。"他说，火堆啪的一声应和着,"以前在学校,我听过一个名叫'苹果籽约翰尼'①的人步行横越美国,四处栽种苹果树的故事。唔,我会做得更多、更好。我会种橡树、榆树、枫树,每一种树我都种,山杨、雪松、栗树等都一视同仁。我不只要种出水果,填饱大家的肚子,我还要制造空气,灌满每个人的肺脏。等到哪一年这些树都长高了,想想看,它们会释放多少氧气!"

他还记得抵达火星的那一刻。就像其他上千名初来乍到的地球人,他凝视外头宁静安详的早晨风光,心里盘算着:我要如何适应这个新环境?这里有工作给我吗?

然后他就昏倒了。

旁人打开一小瓶氨水,放在他鼻孔旁边。咳了几声,他才悠悠醒转。

"你会没事的。"医生说道。

"我刚刚怎么了?"

"空气太稀薄,有的人会撑不下去。我想你恐怕得回地球了。"

"不!"他猛然坐直身子,但立刻感觉眼前一片漆黑,整颗火星在他底下转了两圈。他把鼻孔撑得老大,强迫空气灌入肺部,却什么也吸不到。"我会好起来的。我要待

---

① Johnny Appleseed,原名 John Chapman(1774—1845),在美国许多州播种苹果树,成为美国民间传奇人物。

在这里！"

他们让他躺下，喘息的动作就如同离开水面的鱼一样丑陋。而他心里只有一个念头：空气、空气、空气。因为空气太稀薄，所以他们要把我送回去。他转头远眺火星的原野和山丘；眼神聚焦看个清楚，此时所察觉到的第一件事，就是没有树木。不管从哪个方向放眼望去，完全不见树的影踪。这里应该曾是绿茵被覆的丘陵，遍地都是黑色沃土，但如今却光秃秃的一片。空气，他想着咻咻进出鼻孔的稀薄物质，空气呀，我要空气。

无论是山顶上、背阳的阴影处，甚或小溪旁边，不但没有树，连一片草叶都不见。"当然！"他感觉答复似乎不是由内心抒发而出，而是来自肺脏和喉头。这个念头就像突如其来的一波纯氧，令他活跃、振奋。

树木和青草。他低头看看自己的双手，随意翻转了几次。他可以植树种草哇！挺身对抗阻止他在这儿过活的自然障碍，就成了他的使命。他将和火星正面交锋，引发一场园艺战争。外面有的是古老的土壤，上头的植物因为年代久远，早已消失殆尽。但如果我能引进新的种类呢？来自地球的林木，还有大金合欢、低吟的柳树、木兰，以及挺拔的尤加利。然后呢？不用说，这泥土保留了最完整、丰富的矿物质，因为古代的蕨类、花朵、树丛、巨木，在多年之前早已衰亡腐化。

"让我起来！"他叫道，"我要见主任！"

他和主任谈了一整个上午，讲的都是种植与绿化的事。如果要等到有组织计划的大规模栽培，恐怕得空耗少说几个月、多则好几年的光阴。到目前为止，所有的冷冻食品都是利用飞行冰柱，从地球载运过来；只有少数的小区园圃刚刚才以水耕植物装点几分绿意。

"与此同时，"主任说道，"你就接下这份工作。我们会尽可能供应你种子，还有少部分的工具。火箭上的空间实在过于珍贵，不能带太多。不过我担心的是，由于第一波建立的城镇全都是矿业小区，你的植树计划恐怕无法获得太多的关注……"

"不过你总会让我做吧？"

他们就由他着手进行，所提供的不过是一辆摩托车，行李箱内装满种子和幼苗。他将车停在山谷中的荒野，徒步勘察整片大地。

那是三十天前的事了，他却从未回头看过一眼。就算是回身一瞥，也只会让他心里更加难过。天气极度干燥，令人不禁怀疑是否真有种子能发出细芽。也许整个植树行动，整整四周不停地弯腰、铲土，到头来也全都化作泡影。他只能望着前方，顶着骄阳，远离第一座市镇，持续沿着这空旷的浅谷走去，就为了等待雨水的降临。

干燥的山岭上方，云朵开始堆积；此刻，他正拉起被毯盖过肩膀。火星这地方,就像时光一样难以捉摸。他感觉原本热烘烘的山丘,气温慢慢下降,到了深夜,冷得几乎要结出霜来。他想着那肥沃、黝黑的泥土,又黑又亮,握在手里几乎感受得到它的蠕动;这土壤多么丰饶,仿佛随时都可能冒出粗大的豆藤;使劲摇一摇,还可以把惊声尖叫的巨人们抛落地面呢!

火光摇曳,逐渐休眠成灰。远方似乎有个巨轮,旋转扰动着空气。一阵雷鸣,刹那间传来水的气味。今晚,他心里头想着,同时伸手体验雨水的滋润。就在今晚。

有个东西轻叩眉间,将他唤醒。

水,从鼻头流至双唇。另一滴恰好命中他的眼睛,四周模糊一片。又来一滴,飞溅润湿下巴。

下雨了。

他坐了起来,任由毛毯掉落地面,蓝色棉衫水渍点点。雨滴愈来愈紧实绵密,好似有一头隐形幻兽舞动于残火之上,无情地践踏它,惹得它七窍生烟。雨,就这么下着。扣住天空的巨大黑色顶盖,犹如雕有碎花的璀璨琉璃,裂成六块粉蓝碎片,骤然坠落。他亲眼目睹百亿颗水漾晶滴,在空中停留良久,足以让电子屏幕显出行迹。接着,则是无尽的黑暗与降水。

他里里外外全湿透了,不过依然高高昂首,开怀大笑,任凭水珠直击眼帘。拍拍手,站起身,漫步在他小小的营帐四周。此时正是凌晨一点。

雨,下了两个小时便告停止。星星露出脸来,仿佛刚刚才清洗过,较之以往更显晶莹剔透。

换上从透明防水包取出的干爽衣物,本杰明·德里斯科尔先生重新躺下,开开心心地进入梦乡。

太阳缓缓自山丘间升起,光芒静静笼罩大地,唤醒了德里斯科尔。

他等了一会儿才爬出被窝。整整一个月辛勤的工作、漫长的等待,如今,他站起身,终于回首面对先前一步一脚印的来时路。

这是一个绿色早晨。

视野所及之处,全都是高大参天的树木。不仅是单单一棵,也不止两棵,没有十来棵那么少,而是千万株他之前所栽植的种芽。况且,他所看到的树一点儿都不小。不!不是幼苗,也不是细小柔嫩的新枝,那是高耸的大树,参天的大树!起码有十个人高,苍翠蓊郁,巨大无匹,茂盛完满。群树摇摆枝叶,闪闪发亮;它们沙沙低语,排成一列,横亘山冈:柠檬树、菩提树、红杉、金合欢、橡树、榆树、山杨、樱桃树、枫树、白蜡树、苹果树、橘子树、尤加利,都被这场骤雨所唤醒,异乡的神奇泥土滋养着它们。就在他凝神观看的同时，还不断抽出枝丫，迸出新开的蓓蕾。

"不可思议呀！"本杰明·德里斯科尔赞叹道。

整个山谷、整个早晨真的全都绿了。

还有那空气！

绿树释出纯氧；全新的空气，就如同山间流水、大海潮浪般阵阵涌至。你甚至可以看见晶莹清亮的粼粼波光。氧气，新鲜、纯净、青翠、沁凉的氧气，瞬时将谷地化作河口的三角洲。弹指间，城镇里房舍的大门即将完全敞开，人们会飞奔而出，徜徉在这崭新的氧气奇迹之中，细细嗅闻，而后大口大口地将它塞满自己的胸膛；脸颊因而红润，鼻子倍感清凉，肺脏喜获重生，心儿怦怦跳动，憔悴的身影开始振作，翩翩起舞。

德里斯科尔深深豪饮一口绿意盎然的水汽，随即昏厥在地。

在他再度苏醒之前，五千株新生的树木早已拔高生长，向着金黄色的太阳而去。

二〇〇二年二月　蝗虫压境

火箭频繁地发射，荒芜的草地从而付之一炬，岩石也化作熔浆，木头成了焦炭，滚水沸腾、蒸汽涌现，沙砾硅土消融凝结，变成一颗颗洒落地面的翠绿玻璃，完整映照出人类入侵火星的一举一动。火箭如击鼓，隆隆巨响划破暗夜的寂静；火箭如飞蝗，蜂拥而至，喷发出朵朵绯色烟尘。人群自火箭蹿出，手持榔头，不停地敲击这个奇异的世界，试图驱走陌生的一切，打造出熟悉的构型。他们嘴里叼着铁钉，看起来像是肉食动物的尖锐长牙；利齿不时被吐在迅捷的手里，帮忙锤出房舍的骨架，补缀屋顶的盖板。墨绿色的遮荫因此形成，掩蔽了阴森神秘的群星，将夜色紧紧抓住。正当木匠们急忙赶工，妇女也不得闲；她们搬来锅碗瓢盆、印花棉布，在厨房内外忙进忙出，产生的喧嚣掩盖了大门外、窗帘中，原本就存在于火星上的宁静。

区区六个月内，光溜溜的行星表面，浮现出十几个小小的城镇，四处可见霓虹灯管和泛黄灯泡闪烁其间。到目前为止，共计有九万人口踏入火星。地球上，还有更多人正在打包行李，等待机会……

二〇〇二年八月　夜半的交会

登高进入蓝色山丘之前,托马斯·戈梅斯停靠在这遗世独立的服务站,准备加油。

"待在这儿还蛮孤单的吧,对不对啊,老伯?"托马斯问道。

老人正擦拭着小小货卡的挡风玻璃。"还不错。"

"你喜欢火星吗,老伯?"

"很好哇!总是能发现新的事物。去年我下定决心过来的时候,我并不指望些什么,我也没要求过什么,更不觉得有什么好惊讶的。我们得忘记地球,忘记那边的一切。我们还得好好端详脚下这片土地,看看它有多么不同。光是这里的天气我就觉得真他妈的有趣。这是火星的天气。白天热得要命,晚上又冷得要死。这边奇怪的花朵、诡异的雨水也让我蛮震撼的。我来火星是为了要退休,而我一直想找个跟以往截然不同的地方,享受退休的日子。一个老头子需要让生活多点变化。因为年轻人根本就不想和自己聊天讲话,其他的老家伙他又觉得无聊透顶。所以我认为,搬到这么一个特别的地方,对我来说是最好的选择;什么都不必做,只要睁开眼睛,就可以开始享受无尽的乐趣。我开了这间加油站。如果生意愈做愈好,我就会搬到其他比较不那么繁忙的老公路那边;赚的钱够养活我自己就好,我才有时间来体验这个与众不同的世界。"

"老伯,你的想法很对。"托马斯赞同道,棕黄色的双手懒洋洋地摆在方向盘上。他感觉通体舒畅。整整十天,他都在一块新开发的殖民地上努力打拼,好不容易可以放两天假,他正要前去参加一个聚会。

"我活到这把年纪,再也没有什么事情会令我感到讶异的了。"老人继续说道,"我只是用眼睛看,用心去体验。如果你不能接受火星原本的风貌,那还不如干脆回地球算了。这里的每一项事物都很诡异,泥土、空气、运河、土著(我是没遇过啦,不过听人说他们就在附近),还有时钟。即使是我自己的时钟,也会耍花样,随便乱走。甚至连时间也怪怪的。有时候我感觉这里只剩下我一个,整颗行星他妈的人全都跑光了。我还敢打赌呢!有时我觉得自己像是只有八岁,身子被挤得紧紧的,其他的东西看起来又是那么高大。天哪,这正是老头子享清福的好地方,让我处处警醒,使我时时快乐。你知不知道火星究竟是什么?它就像七十年前我所收到的圣诞礼物——我不清楚你有没有这玩意儿——一种叫做'万花筒'的东西;里头装着水晶碎屑、几块布片、一些珠子,漂漂亮亮却没什么大用。只要朝向阳光将它举起,往里头看,那景致会让你忘了呼吸。那些美妙的图案哟！嗯，这就是火星。好好享受吧！除了原来的模样，别强迫它变成其他的样子。老天爷呀，你知道那边的公路吧，火星人建造的，它的历史已经超过一千六百年了，可是竟然还能维持得好好的！总共是一块五十分钱，谢谢，祝你有个美好的夜晚。"

托马斯驱车进入那条古老的公路，脸上浮现淡淡的笑意。

前方暗处是连绵的山丘。他抓着方向盘，另一只手不时探入餐篮，取出一颗糖果。他稳稳地开了一个小时，路上没有灯光，也没见着其他车辆，只有轮子底下的马路，车身摇晃的哼鸣，以及引擎所传来的声浪。

火星就在窗外，如此悄然寂静。火星总是默默不语，不过今夜却比以往更加静谧。空旷的沙漠、干涸的海洋，从他身旁飞逝而过，远方山脉烘托出漫天星辰。

今夜，空气中弥漫着时间的味道。他微笑着在心里盘算许久，一个念头油然而生：时间闻起来是什么滋味？像尘埃、像时钟，还是像人？好比你会猜想时光听起来就像是阴暗洞穴中的涓涓细流，或是哭泣时的悲鸣，抑或是落下的尘土击打在空箱顶盖的沉闷声响？雨声也可以列入候选。

再更进一步，时光看起来又是什么模样？像雪花点点，静静落在黑色房间？老戏院所放映的默片？也有可能是百万张脸孔，如同新年庆典施放的气球，不停地下坠、沉降，直至无尽的虚空。这些都是时间闻起来、听起来、看起来的样子。而今晚——托马斯将手臂伸出车窗，迎风挥舞——今晚你几乎就可以触摸到时间。

他开着货卡进入时光之丘。脖子感到一阵刺痛，促使他坐姿挺拔，目视前方。

车子驶入一座死寂的火星小镇。他关掉引擎，任由宁静侵入车内，包围全身。他坐着屏气凝神，注视窗外月光下的白色建筑。千百年来，这里杳无人烟，整个地方完好无缺，纵然已成遗迹，却依旧是那么十全十美。

他发动引擎，向前开了一英里左右，再度停止。他爬出车外，带着餐篮，走向一座小小的高丘，好让他俯瞰整座蒙尘的都市。他打开保温瓶，给自己倒杯咖啡。有只夜行的鸟儿恰巧飞过头顶。他感到通体舒畅，安详自在。

约略五分钟后，传来一阵声响，发自山丘间蜿蜒起伏的古老公路。有个移动的影子，微弱的灯光闪闪烁烁，接着则是轻柔的低语。

托马斯手持咖啡杯，缓缓转过身去。

一个奇怪的东西从山的那边驶了过来。

那是一部机器，外表像是翠绿的昆虫，一只双手合十的螳螂，优雅地划破清冽的空气；机身布满数不清的绿钻，闪闪烁烁、若隐若现；晶亮的红宝石构成它的复眼。六条腿分别落在公路上，每踩一步就发出微弱稀疏的水声。机器背后，有个火星人瞪大金黄色的双眼，低头俯视着托马斯，仿佛探头往井里观望。

托马斯扬起手掌，不自觉地想打个招呼，但他并未开口，因为对方是个火星人。不过托马斯以前在地球上，就曾有过在河里游泳时同路人搭讪的经验；他也曾在异乡的饭馆和陌生人共进餐点。笑容永远是他的武器。他从不带枪，现在也不觉得有这个必要；尽管此刻仍有几分恐惧在他心里隐约成形。

火星人也两手空空。好一阵子，两人隔着凉爽的空气相互对望。

托马斯首先展开行动。

"哈啰！"他呼唤道。

"哈啰！"火星人用自己的语言回应。

他们并不懂彼此说的话。

"你刚刚是说'哈啰'吗？"两人同时问道。

"你在说什么？"两人又以不同的语言质疑对方。

他们开始板起脸孔。

"你是谁？"托马斯以英语问道。

"你在这儿干什么？"陌生人的嘴唇微动，说的是火星语。

"你要去哪儿？"异口同声，眼神却十分困惑。

"我是托马斯·戈梅斯。"

"我叫慕黑·卡。"

还是没能听懂。不过他们说话的同时都拍拍自己的胸膛,这样一来意思就清楚多了。

此时火星人开怀大笑。"等等!"托马斯觉得自己的头被摸了一下,但却没人碰他。"嘿!"火星人以英语说道,"这样子好多了!"

"你学会了我的语言,这么快!"

"没什么嘛!"

他们一起注意到托马斯手里冒着白烟的咖啡,沉默使场面再度变得有些尴尬。

"有什么特别的?"火星人问道。他看看托马斯,又看看咖啡,或许他对两者都有疑问。

"想不想来一杯?"托马斯提议道。

"请吧!"

火星人从他的机器上滑至地面。

第二杯马上冲泡、斟满,还热腾腾地冒着蒸汽。托马斯向前递出。

他们双手交会,然后——就如同迷雾一般——互相穿了过去。

"我的上帝!"托马斯吓了一大跳,杯子掉在地上。

"众神保佑!"火星人也以自己的语言惊叫着。

"你看到刚刚发生了什么事吗?"两个人都悄声问道。

他们都吓呆了,直打哆嗦。

火星人弯腰想碰触杯子,却一直够不着。

"我的老天哪!"托马斯惊异莫名。

"真是的。"火星人一次又一次地要拾起咖啡杯,但始终都无法办到。他站直身子,想了一会儿,然后就从腰际掏出一把小刀。"嘿!"托马斯大叫。"你别误会,接好了!"火星人话才说完,扔出刀子。托马斯弯曲手掌做捧物状,准备接刀;那把刀却穿过掌心,掉落地面。托马斯身子放低要捡起小刀,结果他也无法摸到刀子的实体。他缩了回去,害怕得发抖。

此刻,他只能呆呆地盯着星空下的火星人。

"星星!"他开口说道。

"星星!"火星人也反过来看着托马斯。

火星人后方的群星亮白鲜明,像是镶嵌在他身上,好比深海鱼类凝胶状的身体薄膜所散发出的点点磷光。你可以看见星星如同紫色眼睛眨呀眨的,恣意在火星人的胸部、腹部一闪一烁;手腕上的星点,则是他所佩戴的珠宝。

"我可以看穿你的身体!"托马斯惊异地说。

"我也一样!"火星人应答着,向后退了几步。

托马斯摸摸自己,感觉到身体的温暖,于是才放下心中的不安。我是实际存在的,他心想。

火星人也抚弄着自己的鼻子和嘴唇。"我有血有肉，"他的嗓门有点大，"我是活的。"

托马斯瞪着这个陌生人。"如果我是真的，那你一定就是死人。"

"不，你才死了呢！"

"你这孤魂野鬼！"

"你这阴魂不散的幽灵！"

他们指着对方，星光照耀下，手臂像是起火燃烧般放出荧光，亮如匕首、冰柱。于是他们又收回上肢，好好检视。各自确定自己完好无缺，身体温热，只是受到刺激而吃了一惊。

而对面的那个家伙，啊，没错，那家伙只是个虚构的幻象，只是遥远星光聚积形成的鬼影子罢了。

我喝醉了，托马斯这么想着。明天我绝不会跟别人提起这档事，不会，绝对不会。

他们站在古老的公路上，双方一动也不动。

"你打哪儿来的？"火星人最后还是先开口了。

"地球。"

"那是哪里？"

"在那边。"托马斯向天空点了点头。

"什么时候？"

"我们一年多前就降落了，记起来了吗？"

"不。"

"而你们全都死光了，只有少数人还活着。你们的人口已经非常稀少了，难道你不知道吗？"

"这不是真的。"

"是啦，统统都死了。我还看过尸体呢！黑黑的一坨，就在房间里、就在屋子里，死透了。有好几千具。"

"太荒谬了。我们还活着！"

"先生，你们被疾病侵袭了，大概只有你自己不知道。你一定逃过了一劫。"

"我才没有逃呢；也没什么好逃的。你这是什么意思？我正要前往运河边举办的庆典，就在安奈尔山脉那里。昨天晚上我也在场。难道你没看见那边的城市吗？"火星人的手指着某个方向。

托马斯的眼睛跟着望去，只见一片断垣残壁。"喂！那座城已经倒了几千年了。"

火星人笑了。"倒了？我昨晚才睡在那儿呢！"

"而我已经在那里待了一个星期，再上一个星期也在那边，我刚刚才开车穿过去。那鬼地方早就成了一堆废墟。看到那破碎的石柱没有？"

"破碎？嘿，在我眼里它们可好端端的。月光下看得可清楚了。而且这些柱子还直挺挺的呢！"

"街道上积满灰尘。"托马斯想找出另外的佐证。

"街上干干净净!"

"那边的运河空空如也。"

"运河里装满了薰衣草酒!"

"这一切都成为过往云烟。"

"这一切都还朝气蓬勃呢!"火星人抗议道,笑得更厉害,"噢,你真错得离谱。看到那嘉年华的灿烂灯火没有?那儿有和女人一样苗条美丽的扁舟,也有和扁舟一样纤细漂亮的女人;皮肤是细沙的金黄色泽,手里捧着火焰花。我可以看见她们娇小的身躯,奔跑在街道间。那就是我现在要去的地方,去参加庆典;整个夜晚,我们会在河面上漂浮、漫游;我们狂饮,我们欢唱,我们身影交错,纵情缠绵。难道你看不到吗?"

"先生,那座城市就跟干瘪的蜥蜴尸体一样,死透了。随便抓一个我们的同伴来问问,你也会得到相同的答案。至于我嘛,今晚我正在前往绿城的途中;那是一个在伊利诺伊公路旁新建立的殖民地。我相信你已经搞糊涂了。我们带来一百万板英尺[1]的俄勒冈木料,好几吨的上等钢钉,联手打造出你所见过最棒的小村庄。今天晚上我们会在其中一座狂欢作乐。有几架火箭会从地球那边过来,载着我们的老婆跟女朋友。大家一起跳着谷仓舞、喝着威士

---

[1] board-foot,美国和加拿大用于木材的专业计量单位。一板英尺为一英尺长、一英尺宽且一英寸厚的木材体积。

忌……"

火星人按捺不住。"你说的晚会就在那边?"

"你看,那儿有火箭。"托马斯带着他走到山丘边缘,向下指着一个方向,"看到了没?"

"没有。"

"去你的,就在那里呀!那些长长的、银色的东西。"

"还是没有。"

托马斯笑了。"你是个瞎子!"

"我看得非常清楚。你才是那个看不见的家伙。"

"不过你看到了那座新建的城镇吧,难道没有吗?"

"除了大海以外,我没看见什么东西。而且现在是退潮时分。"

"先生,那些海水早在四千年前就已经蒸发光了。"

"啊,好吧,好吧,真是够了。"

"这是实话,难道我会骗你吗?"

火星人的神情变得十分严肃。"再说一次。你完全没看见我所描述的城市?洁白无瑕的柱子、修长纤细的小舟,还有五颜六色的庆典灯光——噢,我看得非常清楚!仔细听!应该还可以听见他们的歌声。距离很近,又不是在十万八千里外。"

托马斯侧耳倾听,然后摇摇头。"没有啊。"

"而我,反过来说,"火星人继续道,"就看不到你所提及的那些景象。就这样。"

再一次，他们打从心底感到发冷，一块寒冰就埋藏在他们体内。

"难道是……"

"什么？"

"你说你是从'天上来的'？"

"地球啦！"

"地球，只是一个名称，并不代表什么。"火星人分析道，"不过……就在我一小时前来到这山隘的时候……"他摸了摸脖子后方，"我感觉到……"

"寒冷？"

"是啊。"

"那现在呢？"

"又开始冷了起来。真奇怪。好像有什么东西附在那灯光、山丘，以及公路上面。"火星人说道，"我觉得路跟灯都怪怪的，有好一阵子，我还觉得自己仿佛是世界上最后一个活人……"

"我也是！"托马斯附和道。这种感觉就好像跟一个亲密的老朋友交谈，互相倾吐着秘密，从话题中得到温暖。

火星人闭上眼睛，过了一会儿又再度睁开。"这只意味着一件事。它和时间脱不了关系。没错。你是来自于过去的幻影！"

"不。你才是从以前的时代过来的。"地球人反驳道，他开始花时间参透这整件事。

"你这么确定？你怎么证明谁来自于过去，谁又来自于未来？今年是哪一年？"

"二〇〇二年！"

"这个数字对我来说有什么意义？"

托马斯想了想，然后耸耸肩。"没有。"

"这就好像我跟你说今年是某某纪元第四百四十六万两千八百五十三年一样。那是废话，一点意义都没有！哪里会有仪器显示出群星位置所代表的刻度？"

"可是这些废墟足以证明！它们能证明我代表未来，我是活生生的，而你已经死了！"

"我身上的种种完全否定你的说法。我的心脏在跳动，我的肚子饿得咕咕叫，我的嘴巴渴得要命。不，不，我们两个谁都没死，谁也都不算活着。比较像是介于中间，比其他的事物更有生气而已。就是很单纯的，两个陌生人在夜里擦身而过。你刚刚说你看到的是废墟？"

"是啊，你怕了吗？"

"谁想要看到未来，而谁又曾经真正看过了？一个人可以面对过去，但仔细思考一下——你刚刚说柱子倒了、海枯了、运河干了、少女们死了，连花也都谢了？"火星人沉默不语，但随即张望着前方，"但它们确实在这里。我亲眼看到它们。难道这对我来说还不够吗？不管你怎么说，它们正等着我呢。"

对托马斯而言，远方的火箭，还有那新建的小镇，正等着他，来自地球的女孩们也是如此。"恐怕我们永远无法取得共识。"他说道。

"让我们同意对方拥有不一样的见解吧！"火星人提议道，"谁是过去，谁是未来，又有什么关系呢？如果我们都是活的，那么该来的还是会来，管它是明天还是要再等一万年。你怎么晓得那些神庙不是来自你的文明，只不过从现在开始过了一百个世纪之后，也难逃倾圮崩坏的命运？你根本就没法子知道，那就别再问了。然而，良夜终究苦短。庆典的烟火已经施放在空中，还有鸟儿在飞翔呢！"

托马斯伸出他的手；火星人学他做出相同的动作。

他们的手掌并没有交握，只是互相融入对方的手里。

"我们会再见面吗？"

"谁知道？也许在另一个夜吧！"

"我很想跟你一同参加庆典。"

"而我也希望能够前来探访你的新市镇，看看你所说的宇宙飞船，和这些人见面，听听你的世界所经历的大小事。"

"再会了。"托马斯向他道别。

"再见。"

火星人骑上他的绿色金属座驾,静静地离开,进入山丘之中;地球人则倒转他的货卡,不发一语,驶往相反的方向。

"我的老天,刚刚那是什么梦啊?"托马斯轻叹道。他双手握着方向盘,心里想的全是聚会的一切:火箭、女人、纯威士忌,还有弗吉尼亚里尔舞。

方才那是多么奇怪的幻影啊,火星人闪过这个念头。他急奔向前,心里头想的也是关于庆典的种种:运河、扁舟、金色眼珠的女子,以及美妙的歌曲。

夜色黯淡,一双明月业已西沉;星光闪闪,照耀在空荡荡的公路上头。没有声响、没有车辆、没有人,什么也没有。它一直保持这样,直到整个沁凉黑夜的尽头。

二〇〇二年十月　彼岸

火星是远方的海岸，而人们如潮浪般涌入。每一次的浪花都有着些微差异，但总是一波强过一波。首先登上火星的人习惯于空旷、寒冷，耐得住孤单；他们是土狼、是畜牧工，精壮体魄全无一丝肥肉，风霜在脸上刻画出痕迹，眼神锐利如针，粗糙的双手像是老旧手套，准备好要接触任何事物。火星不能影响他们，因为他们生来就是要在开阔的草场和原野上讨生活，火星上待开发的空地也不过如此。他们的到来，使土地变得不那么空荡，后继者进而鼓起勇气，紧紧跟随。他们为空洞的屋孔加上窗格，在里头燃起灯光。

他们是最初的男人。

而每个人都知道，最初的女人会是什么模样。

第二波前来火星的人类理应来自其他国度，说着不同的语言，脑子里打转的是不同的观点。但，火箭是美国的火箭，人也是美国人，这种情况一直持续下去；欧洲、亚洲、南美、澳洲和大洋上的群岛，只能眼睁睁看着巨型的筒状烟火一根根离他们远去。世界上的其他地方，不是陷入战争的泥淖，就是还抱着战争的思维。

所以，第二波的群众仍然是美国人。他们来自分租公寓和地下铁。和沉默寡言的人在一起，他们才充分体验到休憩与闲适的乐趣；这些善于利用寂静的人们，他们有着海阔天空的故里，风滚草恣意翻腾其间。也正因如此，倘若你经年累月地推挤、堵塞在纽约市的管路、锡罐和箱盒当中，心里当能满载他们所赋予的平静。

然而，有一种人，散布在第二批移民之间；他们的眼神看起来，似乎要踏上通往天国的道路……

二〇〇三年二月　过渡时期

他们带来一万五千板英尺的俄勒冈松木以兴建第十市，另外运送七万九千板英尺的加州红杉，在石砌运河畔打造出一座整齐、干净的小镇。周日夜晚，你可以看见教堂的彩绘玻璃透射出红色、蓝色，还有绿色的光线，听闻里头吟唱圣歌的乐音。"我们现在来唱第七十九首。""我们现在来唱第九十四首。"在某几间房屋外头，你则听见打字机敲敲打打的声响，那是小说家正在埋首苦干；或有振笔疾书的沙沙声，原来诗人也在忙呢。抑或万籁俱寂，连从前的海滨拾荒人也都有了工作。从许许多多的角度看来，好似一场大地震，动摇了衣阿华州某个小镇的窖室与地基，然后，只不过是刹那间的光景，一阵龙卷风，就如同《绿野仙踪》故事一般，将整座城镇吹来火星，没有任何撞击，一声不响地轻轻安置在地面……

二〇〇三年四月　音乐家

男孩们踏青健行,走了大老远,步入火星的郊野。随身纸袋暗藏食物的香气。漫长的旅途中,他们不时把鼻子伸入袋内,深深吸进火腿以及淋上美乃滋的腌菜散发出的浓郁气味;同时聆听橘子汽水在逐渐温热的水瓶里汩汩作响。杂货袋一路摇摇晃晃,里头满是水洗过的绿色多汁洋葱、味道浓烈的肝泥香肠,还有番茄酱与白面包。他们互相叫阵,怂恿彼此逾越严厉的母亲事先设下的界限。他们奔跑、高叫:

"第一个到那边的人是老大!"

不论是夏日、秋天,还是冬季,他们都这么出外游荡。秋天是最好玩的,因为那时候他们会想象着自己急急忙忙地飞奔穿越成片落叶,好比在地球一样。

他们三五成群,就像运河边的大理石平台上零零星星的小圆石。脸颊如蜜糖般红润的男孩,张大玛瑙似的水蓝色眼睛,呼来唤去,发号施令,气喘吁吁的嘴里不时冒出洋葱的气息。他们已经抵达死寂的禁城,玩耍的内容不再只是"跑最后的是女生!"或者"冲第一的人可以当音乐家!"。死城里,门户大剌剌地敞开,他们开始怀疑自己可以听见，从里头传出最最细微的，跟秋天树叶断裂一样的噼啪作响。

他们一面发出嘘声，敦促彼此保持静默，一面继续向前。他们互相拉扯手肘，有人则带着棍棒，脑海里浮现父母亲的叮咛："别跑到那里！不，不要去那些古老的城镇！注意你们游玩的地方。如果你去了那边，回来我们就会打得你这辈子都忘不了！我们会检查你的鞋子！"

此刻，一群男孩就站在早已死亡多时的城市里，远足的午餐已吃掉大半，尖声耳语，刺激对方展开更进一步的行动。

"根本就没什么嘛！"突然间，其中一个孩子率先发难，冲入最近的石屋。穿过大门，横越厅堂，直达卧室，丝毫没有驻足观望。他漫无目标，随处踢腿跺脚，发黑的树叶随之飞舞，碎裂在空中，轻薄如午夜天空所裁剪下来的游丝。他的后方另有六名男孩奔跑竞逐，率先到达的人将会是音乐家，有资格玩弄黑色碎屑底下，白骨所构成的木琴。一颗巨大的颅骨像雪球般滚入他们的眼帘；因而尖叫声此起彼落！一根根肋骨，像蜘蛛的长脚，发出模糊的竖琴悲鸣。

在那之后，黑色尸身碎片随着舞动脚步，在他们的四周扬起；男孩们相互推挤、拉扯，最后跌入树叶堆中，跌入那片将尸体化作干燥黑花的死寂，跌入肚里灌满橘子汽水的孩子们的玩闹嬉戏。

他们窜出一栋房子，又窜入另一间，一连经过了十七家屋舍。他们意识到每一座城镇，连同里头的恐怖气息，终将依次被消防队员烧个精光。那些身穿消毒衣，手持铁锹和垃圾箱的战士，将会一铲一铲地除去乌黑的尸体碎片和薄荷棒般雪白的骨骸，缓慢但确实地消除恐惧，恢复常态。因此，这些男孩，他们定要努力地玩、用力地玩，消防队很快就到了啊！

泛着汗水油光，他们囫囵吞下最后一份三明治，完成最后一次踢腿，最后一场马林巴琴的演奏，最后一次冲过秋天的树叶堆；最后，他们回到家中。

母亲们检查他们的鞋底是否嵌入黑色细屑，一旦发现了，免不了滚烫沸水里里外外彻底地清洗，以及来自父亲的一顿毒打。

到了年底，消防员已经将秋日落叶和苍白的木琴耙走，死城就再也不好玩了。

二〇〇三年六月　翱翔天际

"你听说那件事了吗？"

"什么事啊？"

"那些黑鬼，那些黑鬼！"

"他们怎么啦？"

"他们要走啦，闪人啦，落跑啦；你没听到风声吗？"

"你在说啥？闪人？他们怎么能做出这种事？"

"他们有这能力，他们也想这么做，事实上，他们已经在打包行李了。"

"只有少数几个吧？"

"南方的每一个黑鬼都要走！"

"不会吧？"

"没错！"

"我得要亲眼看看。我可不相信有这种事。他们要去哪儿——回非洲吗？"

一阵沉默。

"火星。"

"你是说那颗叫火星的行星？"

"是这样没错。"

几名男子站在酷热无比的金属门廊底下。有人刚点完烟斗，另一个人对着正午的炙热烟尘啐了口唾沫。

"他们可不能走啊，他们不能那样做。"

"不管怎样，他们已经在着手进行了。"

"你从哪儿听来这个消息？"

"到处都在传，一分钟前连收音机也在报，刚刚才报过呢。"

这群男人像是一整排积满尘埃的雕像，突然醒转过来。

五金行老板塞缪尔·蒂斯笑得很尴尬。"我在想阿呆出了什么事。一个钟头之前他才骑着我的自行车出去，到现在还没从柏德曼太太那边回来。你们认为那个黑鬼蠢蛋会傻傻地一路踩到火星吗？"

男子们嗤之以鼻。

"我要说的是，他最好把我的铁马牵来还我。上天保佑，我可不想它给偷走了。"

"大家听着！"

那些男人吓了一跳，急急忙忙地同时转身，还撞个满怀。

街道的那一头像是冲断了的堤防，温暖的黑色流水降临，吞没整座城镇。成排商店构成的亮白河岸之间，寂静的树荫底下，一股黝黑浪潮默默袭来，如同浓稠的夏日糖蜜倾倒径流于黄尘滚滚的道路。拥挤的人群走得好慢、好慢，塞满了男人、女人、马匹及吠叫的犬只，还有年幼的男孩和女孩。

构成这波巨浪的每个个体，嘴里念念有词，发出河流般的鸣响。夏天的河水潺潺行向某处，无可挽回。这迟缓而稳固的暗流，划开了昼间的光亮，其间散布着机灵的白点，那是眼睛，那象牙白的眼睛直视前方，环顾四周。

在此同时，这条长河，这条绵长而无尽的巨河，从众多旧水道汇聚成一条新的；数不尽的涓涓细流，幽暗但持续流动的小溪、小河，此时聚集在一起，成为一道强劲的主干，奔流向前，毫不停歇。水里不时浮现夹带而来的器物：老爷钟敲击报响、厨房定时器滴答作声、关在笼里的母鸡尖叫嘶鸣，间或掺杂着婴儿哭闹；骡子和猫咪泅泳在厚实的涡流之中。爆开的床垫弹出弹簧，刹那间腾越河面；花样百出的发饰伸得老高；还有纸箱、条板箱、橡木框里黑漆漆的祖先遗像——河水不停地流动，一旁观看的白人男子只能像是一群焦躁不安的猎犬，坐在金属门廊上头，两手空空，懊悔着为何不能及时修补堤防。

塞缪尔·蒂斯无法相信这个事实。"喂，去他妈的，他们要去哪儿坐交通工具呀？他们要怎么上火星啊？"

"搭火箭哪！"夸特曼老爹答道。

"真他妈的一群蠢货。他们从哪儿弄来的火箭？"

"存钱自己做啊!"

"从来没听过有这种事。"

"看起来是这些黑鬼偷偷摸摸,完全靠自己研发出来的。不晓得在哪里做的——可能是非洲吧。"

"他们有那种能力吗?"塞缪尔·蒂斯在门廊上踱来踱去,一面诘问道,"难道就没有国法可管吗?"

"没有,又不是要跟我们宣战。"老爹轻声说。

"他们在哪里起飞,去他的,居然敢耍花样,玩阴的?"蒂斯吼叫道。

"根据他们的时间表,我们城里所有的黑鬼会在乡巴佬湖那边会合,一点钟的时候,火箭会过来载他们到火星。"

"打电话给州长,叫他派出国民兵啊,"蒂斯依然恼火,"总该有人通报消息给他们嘛!"

"蒂斯,你家的女人来了。"

大家再度转身。

他们张眼观望;艳阳下,完全没有风的动静,发烫的道路彼端首先出现一个白人女子的身影,第二个、第三个随后跟上。她们目瞪口呆,好比古代草纸,传来窸窸窣窣的声响;有的在哭,有的则摆出一副晚娘的严峻脸孔。这些女人全都来寻找自己的丈夫。她们推开酒吧大门,消失其中;她们进入凉爽、静谧的杂货店;她们前往药妆铺和车库探寻。其中一个,也就是克拉拉·蒂斯太太,风尘仆仆地走到五金行的门廊前面，抬头眯眼看着她那气得全身僵硬的先生，此时黑色潮水正浩浩荡荡地从她身后流过。

"露辛达出事啦，爸爸；你得回家处理呀！"

"我才不会为个啥劳什子的黑鬼回去！"

"她要走啦！没有她我该怎么办哪？"

"靠你自个儿干活吧，还能怎么办？我才不要跪下来求她不要走咧。"

"可是她就像是我们的家人一样。"蒂斯太太嚎啕大哭。

"不要鬼吼鬼叫！我不准你在外头这样哭哭啼啼，只为了一个天杀的……"

妻子的啜泣声打断了他的话。她擦了擦眼睛。"我一直跟她说：'露辛达啊，'我说，'只要你留下来，我就会加你薪水，而且如果你想要的话，我还可以答应你一个礼拜放两个晚上的假。'可是她看起来就是一副做好决定的样子！我以前从来都没见过她如此坚决，所以我又问她：'难道你不爱我吗，露辛达？'她说她爱我，可是她还是一定要走，因为事情本来就该是这样。她清好屋子，扫个干净，在桌上摆好午餐，然后走向客厅大门，接着就——就站在那里，两只脚旁边各摆着一个包袱。她握着我的手，说：'再会了，蒂斯太太。'之后就走出门外，只留下饭桌上面的午餐。可是我们一家子实在太火大了，所以连一口也没吃。我很清楚,整桌还好好的在那边没动过;我最后一次看到的时候已经凉掉了。"

蒂斯快要揍人了。"去他的,老婆,你他妈的给我回家,乖乖地待在那边不要乱跑!"

"可是,爸爸……"

蒂斯大步跨进昏暗的店内,不到一分钟便再度走出,手里拿着一把银色的手枪。

他的太太已经离开了。

黑色河水在建筑物之间流动,行进中不时吱吱嘎嘎,脚底持续传出细微的沙沙响声。十分安详,十分坚毅;没有嬉笑、没有狂闹,只是一股稳定、果决、毫不间断的洪流。

蒂斯坐在硬木座椅的边缘,咬牙切齿地说:"如果他们之中有那么一个人胆敢笑出声音,看在老天的分上,我一定把他们给毙了!"

那群男人还是在等待着。

长河漫漫,静悄悄地随着这如梦似幻的正午一并流逝。

"看来你要搬石头砸自己的脚啰,塞缪尔。"老爹咯咯笑道。

"我的枪打起白人也是很准的哟!"蒂斯正眼都不瞧老爹一下。老爹自讨没趣,闭上嘴巴,把头转向另外一边。

"那边的家伙不许动!"塞缪尔·蒂斯从门廊一跃而下。他冲上前,抓住一匹马的缰绳,上头还载着一名高大的黑人。"你,贝尔特,给我下来!"

"是的,老板。"贝尔特从马背上滑到地面。

蒂斯上上下下打量着他。"好,你自己说说看,你正在干什么好事?"

"唔,蒂斯先生……"

"依我看,你已经打好如意算盘要走了,就像那首歌——歌词是啥?'翱翔天际'是吧?难道不是吗?"

"是的,老板。"黑人等着进一步的对话。

"你还记得你欠我五十块钱吧,贝尔特?"

"是的,老板。"

"你想偷溜?看在老天爷的分上,我一定会好好打你一顿!"

"是因为这消息太令人振奋,所以我不小心忘记了,老板。"

"哟,他不小心忘了。"蒂斯对着五金行门廊上的同伴使了个邪恶的眼色,"去你的,老兄啊,你知道你到底要去干什么吗?"

"不知道,老板。"

"你得留在这儿做工,把那五十块给还清,否则老子我就不叫作塞缪尔·W·蒂斯!"他再度转身,自信满满地笑对暗处的同伙。

贝尔特望着河水流经街道，车辆、马匹，还有一双双沾满黄尘的鞋子，承载着这股波涛，漫过商店之间的通道。贝尔特也是洪流中的一分子，却硬生生地被攫走，无法继续他的旅程。他开始发抖："让我走吧，蒂斯先生。我会从上头寄钱回来给您，我保证！"

"贝尔特，你给我听着。"蒂斯紧紧抓住黑人的两条吊带，有如竖琴钢弦一般来回拨弄，一副不屑的表情。他朝天空哼了口气，伸出一根骨瘦如柴的手指，直指上帝的面门。"贝尔特，上面的事情你究竟了解多少？"

"就是他们告诉我的那些。"

"他们告诉他的那些！老天爷呀！听到了没？他们告诉他的那些！"他拉扯吊带，使劲摇撼贝尔特，随后手指懒懒地在黑色脸颊上弹了一记，态度十分轻蔑随便，"贝尔特，你会像国庆节的烟火一样直直飞上去，然后，砰一声，就变成一堆碎屑，撒满整个天空。那些怪怪的科学家，根本连个屁都不懂，他们会把你们全都给杀了！"

"我不在乎。"

"我真高兴你会这么说。因为你知道火星上面有什么吗？那边的怪物眼睛又大又红，肿得跟蘑菇一样！你看过它们的图片，就在那些你去杂货店花一毛钱买的未来幻想杂志里面，别跟我说你没有！没错！这群怪物会跳出来，把你的骨髓吸个干净！"

"我不在乎，我根本就不在乎，我才不管呢！"眼睁睁看着队伍从旁溜走，渐行渐远，豆大的汗珠自贝尔特浓密的眉心滴落。他似乎快崩溃了。

"而且上头好冷好冷，又没有空气，你会倒下去，像鱼一样挣扎、抽动，大口大口地喘着气，却只能慢慢等死，好像有人勒住你的脖子，愈勒愈紧，你也就离死亡愈来愈近。你喜欢那样子吗？"

"不，还有很多东西我不喜欢，老板。拜托啦，老板，让我走好不好？我已经要迟到了。"

"等我准备好要让你走的时候，自然就会放人。我们就在这儿规规矩矩地讲话，直到我说你可以走为止，你应该他妈的知道得很清楚。你想要旅行，不是吗？翱翔天际先生？可以，只要你给我他妈的滚回家去，把你欠我的五十块弄出来！差不多花上你两个月的时间吧！"

"可是等我把钱还清，我就搭不上火箭了，老板！"

"这样你不觉得很可耻吗？"蒂斯故意装出一副苦瓜脸。

"那我把我的马给您好了，老板。"

"马并不是法定的货币。只要我没拿回我的钱，你就走不了。"蒂斯对着里头笑道。他觉得十分兴奋、快活。

一小群黑人聚在一块儿，全都听见了他们的对话。就在贝尔特呆呆站立、失落俯首、全身发颤的当下，一个老头走上前。

"这位先生？"

蒂斯瞟了他一眼。"什么事？"

"这个人欠你多少钱，先生？"

"关你屁事！"

老人向贝尔特望去。"到底欠了多少，孩子？"

"五十元。"

老者向身边围观的众人伸出黝黑的双手。"你们这里有二十五个人。一个人出两块；快一点，没时间再争了。"

"嘿！你们在干吗？"蒂斯大声叫喊，身体僵直，表情夸张。

大家纷纷掏出钱来。老头用手指示人们将钱放入高帽里，再将帽子递给贝尔特。

"孩子呀，"他说，"这样你就不会赶不上火箭了。"

贝尔特看见帽里的钱，开心地笑了。"嗯，先生，我一定会赶上的！"

蒂斯依然叫嚣道："你给我把钱还给他们！"

贝尔特恭恭敬敬地鞠了个躬，将钱奉上，得知蒂斯连碰一下都不肯，他只好将这笔钱置放在蒂斯脚边的沙地。"您的钱在这儿，老板。我衷心向您致谢。"话一说完，他笑着跨上马鞍，驱策马匹，谢过老者；两人并肩而行，直到这一头再也看不见他们的身影，听不到他们的声音。

"婊子养的，"蒂斯低声咒骂道，直直盯着令人眼眩目盲的艳阳，"婊子养的。"

"捡起你的钱吧，塞缪尔。"门廊上有人提醒道。

洪流所到之处，相同的事情不断上演。白人小男孩，光着脚丫，四处飞奔走告，传递着这些讯息："那些有办法的都出手帮助那些没办法的！这样一来他们全都自由啦！我看到一个有钱的家伙给了一个穷光蛋两百块，让他还清债务，一笔勾销！还有人随便一出手就是十块、五块，还是零零星星的十六块，整座城都是这个样子，他们每一个人都要走啦！"

白人们坐在原地，满嘴都是酸水，眼睛肿得快睁不开，仿佛被带着高热及狂沙的强风一拳直击面门。

塞缪尔·蒂斯怒气未消。他登上门廊，看着过往的拥挤人群，挥了挥手里的枪。随后，他觉得自己该做些什么，于是开始对着那些抬头向上看他的人，尤其是那些可恨的黑鬼，大吼大叫。"砰！另一具火箭升空啦！"所有人都听得到他的声音，"砰！老天开眼哪！"黑人们并没有犹豫，只当没听见他的咒骂。不过他们亮白的眼珠子却骨碌碌地快速转动。"坠毁吧！所有的火箭都掉下来啦！尖叫哇！死掉哇！砰！全知全能的主哇，我很庆幸自己还是脚踏实地，稳稳地站在这块土地上啊。就像那个老笑话所说的，站得愈牢靠，就愈不会怕啊，哈，哈！"

跃马飞驰，扬起一片烟尘。就连避震簧早已损毁的篷车也跟跟跄跄地向前驶去。

"砰！"酷暑之下，他的声音显得势单力薄，只是勉力要恫吓尘土，以及光彩夺目的艳阳。"轰！太空中满是黑鬼呀！皇天在上，让陨石撞烂火箭，那些黑鬼就会一条一条地像鱼饵一样扭出来呀！太空中有很多陨石，你知道吗？当然清楚啰！就跟拿去打鹿的子弹一样大！砰！打下那些罐头火箭，就跟打死鸭子，打断水泥管一样啊！老沙丁鱼罐头里面塞得满满的黑色鳕鱼！就像扒开手指饼干一样把火箭给折断哪，砰！砰！砰！这边死了一万个，那边也死了一万个。飘浮在太空，绕着地球转啊转，永远不要停，冷死他们，滚得远远的！老天爷呀！在那边的死黑鬼呀！你们听到了吗？"

一阵静默。宽广的巨河还是不停地流动。不过一个小时的光景，河水漫进所有囤棉花的小屋，将值钱的东西全数带走；现在搬运的则是时钟、洗衣板、成捆绢布，以及窗帘的横杆，一路冲刷，直入远方的黑色海洋。

下午两点。涨潮时分已过，接下来就是退潮了。河水很快干涸，城镇也恢复平静；尘埃落下，街头的商店、坐定的白人，还有大热天里高耸的树木，都覆上了一层飞灰。

四下鸦雀无声。

门廊上的人们仔细聆听。

实在听不见什么,他们只好将自己的思绪和想象向外延伸,扩散至环绕四周的大片草地。清早,这里还混杂着各式各样的声响。一如往常的早晨,随处皆可听闻人声唱和;金合欢的枝叶下传来甜美的笑意;黑人小孩冲进清澈小溪,溅起欢笑阵阵;田里人们来来去去,弯腰又起身;新嫩绿藤爬上木棚,其下满是笑语和愉悦的嬉闹。

如今仿佛吹来一道劲风,横扫大地,声音全都一扫而空,消失殆尽。开敞的白色木条门扉懒洋洋地挂在覆皮铰链上头。轮胎秋千悬挂在静悄悄的空气中,无人乘坐。河边的洗衣石空空荡荡。至于西瓜田嘛,如果还真剩下什么的话,也孤零零地在太阳底下蒸烤着它们体内的津液。蜘蛛开始在废弃小屋里修筑新网;尘埃随着金色针光,穿过屋顶破洞,落进房内。由于走得实在太匆匆,随处可见星星之火苟延残喘,间或吞噬了荒废木造隔间的干燥骨架,突然之间有了生气。舒缓的燃烧声响传入沉默的空中。

坐在五金行门廊的男士们,眼睛都不眨一下,连口气也没喘。

"我实在想不通他们为什么要现在走。情势已经开始好转了,不是吗?我的意思是说,他们每一天都获得更多的权利。那他们到底还想要什么?人头税没了,愈来愈多的州也都通过反私刑的法案，还有各式各样的平权措施。他们还想要些什么？他们赚的钱几乎快跟白人一样多，可是他们还是走了。"

空旷的街道那头，远远骑来一辆自行车。

"真是活见鬼。蒂斯，你家的阿呆回来了。"

自行车停在门廊前，一名十七岁的黑人男孩跨坐其上，四肢健全，两腿修长，还有一颗西瓜般的大圆头。他向上望着塞缪尔·蒂斯，咧嘴而笑。

"所以你是因为良心发现才回来的。"蒂斯说道。

"不，老板，我只是把车子送回来。"

"怎么了？规定不能把它带上火箭吗？"

"不是这样的，老板。"

"别告诉我是怎样！给我滚下来，我才不会让你偷走我的财产！"他推了男孩一把，自行车顺势而倒。"进屋里去，把那些铜器给我擦亮。"

"您在说什么？"男孩睁大了眼。

"你已经听到我刚刚讲的话。还有枪要拆封，还有刚从纳切兹运来的一整箱钉子……"

"蒂斯先生。"

"还有一盒铁锤要组装完成……"

"老板，蒂斯先生？"

"你还站在那干什么！"蒂斯怒目瞪视。

"蒂斯先生，您不介意我今天休息吧？"男孩带着歉意请求道。

"还有明天、后天、大后天，之后的日子也要，对吧？"蒂斯愤怒地说。

"恐怕是这样，老板。"

"小子，你是应该要感到害怕。过来这边。"他押着男孩横过门廊，从桌子的抽屉里拿出一张纸，"还记得这东西吧？"

"老板？"

"这是你的工作契约。你签过的，这里的 X 就是你签的，不是吗？回答我。"

"蒂斯先生，我没有签。"男孩全身发抖，"画个 X 谁都会呀！"

"阿呆，听清楚啰，合约内容：'我将为塞缪尔·蒂斯先生工作，为期两年，自二〇〇一年七月十五日起算。若欲离开现职，须在四周前告知，并持续工作，直到有人接替职务为止。'就在这里，白纸黑字。"蒂斯啪的一声拍击那纸合约，眼睛绽放光彩，"你惹了麻烦，咱们就法庭上见。"

"我办不到啊，"男孩嚎啕大哭，泪珠开始滴落脸颊，"如果我今天走不了，那我就去不成了。"

"阿呆，我了解你的感受；是的，我很同情你，孩子。

可是我们会好好对待你，给你吃好的。现在你只要进到屋子里去，开始工作，把这些无聊的事情统统忘记，好不好，嗯，阿呆？就这么说定了哦！"蒂斯拍拍男孩的肩膀，露齿微笑。

男孩转身，看着那群坐在门廊的长者。满脸的泪水，使他无法看得清楚。"或许——或许在座的绅士当中，有人可以……"男人们待在这片酷热难耐的阴影之中，抬起头，眼神先是停留在男孩身上，随后又转向蒂斯。

"你打算要说你认为一个白人可以顶你的位子吗，小子？"蒂斯冷冷地问道。

夸特曼老爹移开原本安放在膝盖上的红润双手。他若有所思地看着远方的地平线，然后开口说："蒂斯，那我怎么样？"

"什么怎么样？"

"我来干阿呆的活。"

整座门廊鸦雀无声。

差点摔倒的蒂斯重新站稳脚步。"老爹。"语气带有警告的意味。

"让这孩子走吧。铜器由我来擦。"

"你会吗？你会吗？是真的？"阿呆奔向老爹，笑个满怀，脸颊泛着泪水，一副不可置信的表情。

"当然是真的。"

"老爹,"蒂斯说话了,"闭上你的臭嘴,别管这档事。"

"放过这孩子吧,蒂斯。"

蒂斯上前抓住男孩的手臂。"他是我的。我会把他锁在后面的房间里,直到晚上。"

"不要哇,蒂斯先生!"

男孩开始啜泣。他双眼紧闭,哭声萦绕着整座门廊。街道的另一头,有辆老福特沿途喘着气慢慢接近,里头载满了最后一批黑人。"我的家人已经到了,蒂斯先生。噢,拜托,拜托您,噢,老天爷啊,请您行行好!"

"蒂斯,"门廊上有人起身说项,"让他走吧!"

另一个人也站了起来。"也算我一票。"

"还有我。"又有人补上一句。

"你这样坚持又有什么好处?"所有的人都出声了,"算了吧,蒂斯。"

"让他走吧!"

蒂斯摸了摸口袋里的手枪。看到众人意见一致,只好把手抽出来,枪还留在袋内。他说:"所以这档事就这么算了?"

"就这么算了。"有人开口答道。

蒂斯放开男孩。"好吧,你就滚吧!"他猛力将手指向店里,"不过我希望你不会丢下垃圾,把我的店搞得乱七八糟。"

"不会的，老板！"

"把你后面库房里的每一样东西都清出来，烧掉。"

阿呆摇摇头，说："我会把它们全都带走。"

"他们不会让你把那些东西带上他妈的火箭。"

"我还是要带走。"尽管声音细小，男孩依然有所坚持。

他穿过五金行，冲向屋后，清扫的声音从那儿传来。不过一下子的光景，他再度出现，双手满是陀螺、弹珠、尘封已久的风筝，以及这些年来陆续收集的玩意儿。同一时间，老福特驶到近前；阿呆爬进车内，砰一声将门关上。蒂斯站在门廊上苦笑道："你在上面要做什么？"

"重新开始，"阿呆回答道，"准备开一家自己的五金行。"

"真该死，原来你一直暗中偷学我做生意的秘诀，好让你跑掉之后，可以拿来运用！"

"不是的，老板，我从来没想过会有这么一天，老板，可是它就是发生了。如果我真的学到什么，那也是没办法的事啊，蒂斯先生。"

"我猜你们都给火箭取了名字？"

车里的人看见仪表盘上的时钟显示着一点。

"是啊，老板。"

"像是以利亚号啦、战车号啦、大轮号、小轮号，信望爱之类的，嗯？"

"我们的船已经取好名字了，蒂斯先生。"

"是不是圣父、圣子和圣灵？难道我就不能猜一下吗？说来听听吧，小子，你们有没有一架火箭是叫做'第一浸信会'的？"

"我们得走了，蒂斯先生。"

蒂斯放声大笑。"还有没有一台火箭是叫'轻摇'，另一台叫'可爱的马车'？"

车子发动引擎。"再会了，蒂斯先生。"

"有没有一艘叫'丢骰子'的？"

"先生，再会了！"

"还有一台叫'约旦河彼岸'！哈！好吧，背着那支火箭，小子，抬起那支火箭，小子，继续呀，然后就爆炸啦，我可不在乎！"

车子翻起烟尘，扬长而去。男孩起身，双手弯曲放在嘴边，对着蒂斯喊出最后的话语："蒂斯先生，蒂斯先生，从今以后，你晚上打算要做些什么？你晚上要干吗呢？蒂斯先生？"

四周再度安静下来。车子渐行渐远，消失在路的尽头。"那小子说的他妈的到底是什么？"蒂斯心里颇为纳闷，"我晚上会干什么好事？"

他看着尘土飘落地面，猛然想起。

他记得那几个晚上，有人开车到他家，他们膝盖挺直，随身的霰弹枪朝天竖起，有如整车鹤鸟伫立在夏日暗夜的树下，眼神恶毒异常。听闻喇叭声响，蒂斯便猛力关上大门，手持枪械，对自己笑了一阵，心跳就像十岁小孩般剧烈。一行人沿着夏夜的道路疾驶而去，脚边放着一整捆麻绳，刚置入的弹盒使得每个人的外套看起来都鼓鼓的。这些年来，多少个夜晚，狂风扫进车内，来回拍打他们的头发，邪恶的双眼若隐若现。每当选定好一棵树，一棵强壮完整的大树，几声狂啸怒吼，他们就将它放倒，直击某扇粗陋的木门！

"原来那就是这兔崽子所指的事情？"蒂斯一跃，人已站在太阳底下，"回来，狗杂种！我晚上要干些什么？嘿，你这卑鄙无耻的兔崽……"

这问题问得好。他整个人软了下来，脑子一片空白。是啊。以后晚上我们还能做些什么？现在他们全都走了啊，不是吗？他呆若木鸡，完完全全地傻了。

半晌，他从口袋掏出手枪，检查看看是否已经上膛。

"你要做什么，塞缪尔？"有人问道。

"把那兔崽子给宰了。"

老爹开口道："别那么激动嘛！"

然而，塞缪尔·蒂斯早已绕到店的后面。没多久，他驶出他的敞篷车。"有谁要跟我一起去的？"

"我倒想出去兜兜风。"老爹应答道，随即起身。

"还有谁?"

没人回话。

老爹坐了进去,用力关上车门。塞缪尔·蒂斯踩足油门,车子冲了出去,留下弥漫的烟尘。他们不发一语,任凭汽车驰骋在晴空下的道路。两旁的干燥草地传来阵阵热气。

他们在一个十字路口停了下来。"他们是往哪边走的,老爹?"

"直走吧,我猜。"老爹吐出一句话。

他们继续前进。盛夏的行道树下,只有车子孤寂地发出单调的声音,路上没有其他人或车。正当他们一直向前疾行的时候,两人开始注意到了什么。蒂斯放慢速度,弯着身子探出车外,金黄眼珠露出凶光。

"天杀的,老爹,你看到那些混蛋做的好事了吗?"

"什么?"老爹问道,同时四处张望。

原来黑人们小心翼翼地将东西置放在地上便离开了;沿着空荡荡的乡间路旁,整整齐齐,每隔几英尺就摆着一包:老旧的旱冰鞋、用头巾裹着一大包的小饰品、几双旧鞋子、一个马车轮、成堆的长裤、外套和古旧的高帽、一串曾在风中叮当作响的东方水晶吊饰、几碟蜡制水果、好几盒南部邦联发行的钱币、洗衣盆、洗衣板、晒衣绳、肥皂、不知道是谁的三轮车、也不知道是谁的绿篱剪、一辆玩具篷车、一个掀起盖子就弹出小丑头的玩偶匣、一片从黑人浸信会的窗子取下来的彩绘玻璃、一整组刹车轮圈、内胎、椅垫、长沙发、摇椅、瓶瓶罐罐的冷霜,还有随身携带的小镜子,等等。

不,没有一样是随手乱扔,而是带着深厚情感,轻轻地、有秩序地端放在尘埃漫布的道路旁边。仿佛整座城市的黑人,两只手大包小包地走到这儿,在某个特定的时间里,号声一响,所有的事物全都卸下,归还给寂静的尘土。然后地球上的每一个黑人居民,都已逃离地面,直奔蓝色天国的极乐之地。

"不会烧掉这些东西,他们之前说的。"蒂斯气恼地大吼,"不,不会照我所讲的把东西烧掉,而是要把东西一起带过来放在路上,全都整整齐齐地摆好,好让他们能够再看最后一眼。这些黑鬼还真以为他们很聪明。"

他粗暴地调转车头,往回疾驶,一英里又一英里。沿路横冲直撞,一堆堆的纸屑散落一地,珠宝盒、镜子、椅子翻滚碎裂。"那里,统统去死吧,还有那里!"

前轮吱吱怪叫。整部车冲出路面,陷入阴沟。蒂斯全身向前倾倒,撞上挡风玻璃。

"去他妈的!"他抖落身上的灰尘,站出车外,快要气哭了。

他看着寂寥空旷的道路,喃喃说道:"我们永远也赶不上他们了，永远，永远。"放眼望去，没有其他的东西，就只有那些一包包、一堆堆，整齐排放的物品，像是一座座午后温暖和风里，荒废的小小祭坛。

一小时后，蒂斯和老爹拖着疲惫的步伐回到五金行。人们还坐在那儿，望着天空，侧耳倾听。

正当蒂斯找好位子坐下，松开绑紧的鞋带，有人高喊道："看哪！"

"要我抬头看，还不如死了算了。"蒂斯答道。

但其他人真的看了。他们目睹金色飞梭自天空升起，渐行渐远，旋即消失，只留下残余的烈焰。

棉田里，风儿缓缓拂过雪白的花簇；远方的草地上，西瓜躺在那儿，没人去碰，好比斑纹花猫慵懒地晒着太阳。

门廊上的白人坐了下来，先是面面相觑，随后看着商店货架上整齐堆放的黄色绳索，瞥见黄铜霰弹在盒里闪闪发亮；银白手枪，连同黑黑长长、发射霰弹的同类高高挂起，静静地安置在阴暗的一隅。有人嘴里叼了根麦秆，另一个人则在沙土上作画。

最后，塞缪尔·蒂斯得意洋洋地举起他的鞋子，将它翻转过来，看了看里面，说道："你们注意到了吗？就算到了最后一刻，老天爷也可以作证，他还是称呼我一声'先生'啊！"

二〇〇四至二〇〇五年　命名

他们来到这片蓝色的大地，开始将肉眼所及的自然景物冠上自己的姓名。这里有辛斯顿湾、勒斯蒂格角、布莱克河、德里斯科尔森林、佩里格林山，还有怀尔德镇，都是某个人的名讳，或是纪念他们做过的事。火星人曾在这里杀害首度登陆的地球人，因此它被唤作"腥红镇"，和流血脱离不了关系。第二次探访的火箭被摧毁的地点，也就因而被称为"重试处"。其余每一块由航天员所相中的土地，免不了炙热巨锅落地时的灼烧，名字也如同煤渣一般留了下来。当然这里也有一座斯彭德山，还有一座纳撒尼尔·约克城。

以火星语发音的古老名字，曾经是这片山、这片水、这片空气的代称。它们所指涉的白雪，融化之后，向南流经石砌运河，注入空无一物的大海。那些早已封印埋葬的幻术师，以及他们所居住的高楼和方尖塔，当然也有自己的名字。只是火箭冲击、毁坏了这些符码，好比铁锤将大理石敲成页岩，粉碎掉带有旧城名号的陶土里程碑；然后在瓦砾中竖起刻着新名字的巨大牌楼："铁镇""钢镇""铝城""电村""玉米镇""谷庄""第二底特律"，这些呆板的名字，硬邦邦的名字，全都来自地球。

等到城镇建好，命名完毕，人们便开始修筑墓园，也给它们取了名字："绿丘""苔镇""靴子山""小歇居"；首批过世的人们也被送进了坟墓……

然而，就在所有的东西安置妥当、各就其位；所有的事情都安全无虞、尘埃落定；城镇大致整理完毕，孤寂的感觉几近消失的当下，纷杂世故也随后从地球赶到。他们前来参加派对，或是度个小假；买的不过是无足轻重的小玩意儿，拍几张照片，体验一下火星的"气氛"，就完成一趟小小的购物之旅。他们前来研究，并实际应用社会学的准则；他们佩挂着星星或是徽章，准备好法令规范，带来像是某种异星杂草般，早已爬满整颗地球的红色带子①，任由它在火星上滋长、生根。他们开始规划人们的生活，并将内容集结成册；他们开始规定这个、规定那个，对人们呼来唤去；而这些被差遣的人，当初却是为了要脱离规范、逃避统治，拒绝受到他人意志的左右，才来到火星的。

所以，不可避免地，有些人展开了反扑的行动……

---

① red tape，扎公文的红色带子，意指官僚习气、繁文缛节。

二〇〇五年四月　厄舍古屋①的续篇

"就在这一年的秋日，一个百无聊赖、阴暗无声的白昼里，天上沉重的云朵压得老低，我骑在马背上，独自穿过乡间一片格外幽闷的土地；正当向晚暗影逐渐逼近的同时，我终于发觉，郁郁寡欢的厄舍古屋，就在前方视野可及之处……"②

威廉·斯滕达尔先生暂时停下他的引述。就在那儿，一座低矮的山丘之上，耸立着这幢大宅，底下的基石刻着"公元二〇〇五年立"的字样。

建筑师比奇洛先生说道："已经全部完工了。钥匙在这里，斯滕达尔先生。"

两人沉默不语，一起站在这静谧的秋日午后。脚边的蓝图摊在绿油油的草地上，不时沙沙作响。

"厄舍古屋，"斯滕达尔先生喜滋滋地说着，"就这么策划、施工、购置，钱也都付清了。爱伦·坡先生地下有知，想必也会含笑吧？"

比奇洛先生斜眼一瞥。"每一样东西都符合要求吗，先生？"

"那是当然！"

"颜色对吗？够凄凉、够恐怖吗？"

"十分凄凉，十分恐怖！"

"墙壁会很——幽黯冷酷吗？"

"是啊，真了不起！"

"那水塘，够'漆黑'、够'阴森'吗？"

"实在是不能再'漆黑、阴森'了。"

"还有这苔藓——我们染过色，您是知道的——是您指定的灰黑色吗？"

"看起来真可怕！"

比奇洛先生查阅一下手上的建筑计划。他引述其中一部分："整体结构是否会让人感受到'一丝刺骨的寒意、一种发自内心的嫌恶，以及一个悲凄沮丧的念头'？这栋房子、这座湖、这整片土地，都还可以吗，斯滕达尔先生？"

"比奇洛先生，我花的每一分钱都值得！天哪，它太完美了！"

"谢谢。毕竟我在规划的时候对这些特殊需求实在一无所悉。感谢老天，您拥有自己的私人火箭，要不然我们绝对无法获得批准，运来绝大多数需要的装备。您注意到了吗？这里永远都灰灰暗暗，这块土地永远都停留在萧瑟的

---

① 典出美国著名作家，推理、恐怖小说大师爱伦·坡（Allan Poe，1809—1849）的短篇小说《厄舍古屋的倒塌》（*The Fall of the House of Usher*）。
② 《厄舍古屋的倒塌》开头文字。

十月，贫瘠、荒芜、死气沉沉。这得花上好一番工夫。我们把能消灭的全给杀光了，用掉整整一万吨的DDT①。蛇啦，青蛙啦，甚至连一只火星苍蝇都没办法活命！暮色笼罩，直到永远。斯滕达尔先生，我自己对这项作品是蛮得意的。我们安排了隐藏式的机器，用来遮蔽阳光，所以天色一直都会如此'沉闷忧郁'。"

斯滕达尔耽溺于这样的景象：凄凉、沉闷，加上刺鼻的恶臭，整个"气氛"经过精心设计，营造得十分适切精妙。当然还有那幢大宅！那令人肝胆俱裂的恐惧、那邪气腾腾的湖泊、那妖艳奇诡的菌类，以及大范围的腐朽崩坏！又有谁猜想得到，这一切是由人工打造，还是由其他超自然的方式所构成？

他注视着秋日的天空。越过这灰蒙蒙的一片，太阳高高地挂在上头某个角落。某些地方，现在正处于火星的四月天，一个拥有蓝蓝苍穹的黄色月份。就在这大气的外层，降落中的火箭摩擦、燃烧，为这个凄丽的死寂星球带来人类的文明。穿梭的尖啸声无法进入这个黯淡的隔音世界，这永恒的古老深秋。

"现在我的工作已告一段落，"比奇洛先生拘谨地说，"恕我斗胆一问，您这一切是要用来做些什么？"

---

① 二十世纪上半叶常用的杀虫剂。但对环境污染严重，目前很多国家和地区已禁用。

"这厄舍古屋？难道你没想过吗？"

"没有。"

"厄舍这名字对你来说难道没有意义？"

"一点意义也没有。"

"好吧，那这个呢：埃德加·爱伦·坡？"

比奇洛先生摇摇头。

"当然啦。"斯滕达尔优雅地哼了一声，气馁中带着轻蔑的意味，"我怎能期望你会知道这位神圣的爱伦·坡先生呢？他过世已经有好长一段时间了，还在林肯之前呢。他的所有著作都在'大火'中付之一炬。那是在一九七五年——也就是三十年前的事了。"

"啊！"比奇洛先生脑筋转得很快，"原来是那些人当中的一位。"

"是的，那些人的其中之一，比奇洛。他、洛夫克拉夫特①、霍桑、安布罗斯·比尔斯②，以及所有的恐怖、奇幻、惊悚小说，还有，基于相同的理由，那些描写未来的故事也一起全给烧了。真是无情哪。他们通过一道法令。噢，一开始只是星星之火。在一九五〇到六〇年代不过只

---

① Howard Phillips Lovecraft（1890—1937），美国恐怖、科幻与奇幻小说家。
② Ambrose Gwinnett Bierce（1842—1913），美国记者、小说家。其作品多以恐怖和死亡为题材。1913年神秘失踪，是美国文学史上最著名的失踪事件。

跟一粒沙子差不多大。他们首先掌控了漫画书，接下来是推理小说，然后，当然还有电影，不同的团体采用不同的方式：政治偏见啦、宗教歧视啦、工会的压力啦；总是会有一小撮人在害怕些什么，而绝大多数人却害怕黑暗、害怕未来、害怕过去、害怕现在、害怕着自己，还有自己的影子。"

"我懂。"

"他们还害怕'政治'这个字眼（这个字最后在最反动的一群人眼中，成了'共产主义'的同义词，随便乱用的话可是会要你的命！），于是这边拴紧一点，那边死锁一点，推一推、拉一拉，猛力扯一下，文学和艺术很快就像是一大坨太妃糖，拉成整串长条，绞在一起编成辫子，没事再多打几个死结，然后随处乱砸乱丢，直到失去弹力、走了味道才肯善罢甘休。接下来就是影片越剪越短，戏院只得熄掉灯火，关门大吉。出版的读物数量从原本像是尼亚加拉大瀑布一般的滔滔洪流，减少成区区几滴无害的、'纯净的'东西。噢，我跟你说，连'脱逃'这个词汇也算是激进的咧！"

"是哦？"

"正是如此！他们说，每一个人，都必须面对现实。必须面对'当下'！不属于当下的东西都得抛开。所有文学里的美丽谎言以及奔放飞驰的想象力都必须在空中敲个粉碎。于是他们在三十年前,也就是一九七五年的某个星期天早晨,在一间图书馆的外面,把这些作品一字排开;他们架起了圣·尼古拉①、无头骑士②、白雪公主、侏儒怪③和鹅妈妈——噢,哀嚎声是多么的凄惨!——然后,一个一个把他们给枪毙,顺便把纸做的城堡,连同童话里的青蛙和老国王,还有'从此过着幸福快乐的日子'的人们,一并烧掉(当然事实上根本就没有人从此以后会过得幸福又快乐!),再也没有'很久很久以前'这回事了!他们撒落着幽灵车④的灰烬,中间还夹杂奥兹国⑤的瓦砾土粉;他们把好女巫格琳达和奥兹玛公主的骨头切片,连同虹之女的尸身碎屑放进分光镜里头分析,还把南瓜头杰克搅上调合蛋白,变成生物学家开的舞会里所供应的点心!杰克种出来的豌豆茎就困死在官僚习气的荆棘丛里!睡美人被科学家亲到,醒了过来,却又被他打了致命的一针。他们还让爱丽丝喝下一瓶让她缩小的药水,使她小到不能再高喊'真是越来越奇怪';然后一锤把那镜子,还有里头的红棋国王和牡蛎们⑥敲得粉碎!"

---

① 圣诞老人的原型。
② 爱尔兰民间传说中的著名妖怪。
③ Rumpelstiltskin,德国民间故事中的妖怪。
④ 英国作家吉卜林笔下的奇异故事。
⑤ Land of Oz,著名童话《绿野仙踪》中虚构的国度,下文中的格琳达、奥兹玛、虹之女、南瓜头杰克均为其中人物。
⑥ 红棋国王、牡蛎皆为《爱丽丝镜中奇遇记》中的角色。

他双拳紧握。天哪,不过是一刹那的光景,他气得满脸涨红,大口大口地喘息着。

至于比奇洛先生,则是被这么一长串情绪的爆发给吓到了。他眨了眨眼,最后开口说道:"很抱歉。我不晓得您在说些什么。对我而言只是一串名字而已。从我刚刚所听到的内容来判断,那场焚书应该算得上好事一桩。"

"你给我滚!"斯滕达尔尖叫道,"你已经做好你的工作,现在马上给我从眼前消失,你这白痴!"

比奇洛先生召集他手下的木匠,然后就离开了。

斯滕达尔先生独自站在他的宅邸之前。

"听好了,"他对着远方看不见的火箭说道,"我过来火星就是为了要远离你们这些心灵被净化了的人,可是你们这群家伙,进来的人数一天多过一天,简直就跟腐肉堆的苍蝇没有两样。所以我要秀给你们看。我要给你们好好地上一课,让你们了解你们在地球上对爱伦·坡先生做了什么好事。就从今天开始,给我注意了。厄舍古屋正式开张营业!"

他朝天举起拳头,做了个挑衅的手势。

火箭降落地面。一名男子潇洒地从里头走出。他瞄了大宅一眼,灰色的眼珠透露出几分嫌恶与困惑。他大步跨过护城河,面对站在那儿的矮小男人。

"你叫斯滕达尔？"

"是的。"

"我是加勒特，道德风气重整会的调查员。"

"所以你们这些道德风气重整会的人，终究还是上火星了？我很想知道你们是什么时候开始出现的。"

"我们上星期才到。很快地，我们会把这里的种种整顿得跟地球一样井然有序。"男子急躁地掏出一张身份证，对着大宅挥了挥，"我想你还是为我介绍一下这地方吧，斯滕达尔？"

"它是一座闹鬼的城堡，如果你喜欢这样说的话。"

"我不喜欢。斯滕达尔，我并不喜欢。尤其是'闹鬼'这个字眼。"

"够简单明了。在二〇〇五年我建了一座机械圣殿。里头铜制蝙蝠穿梭在电子光束之间，黄铜老鼠在塑料地窖里仓皇窜逃，机器骷髅手舞足蹈；还有机械吸血鬼、小丑、狼群，以及用化学药剂精心调制而成的白色幽灵，统统都在这里快乐地活着。"

"那正是我所害怕的，"加勒特暗笑道，"恐怕我们得把你的地盘给拆了。"

"我早就料到你们只要一发现究竟是怎么一回事，就会马上出现。"

"我应该要更早来才对，不过我们道德风气重整会在插手介入之前，想要确认一下你的意图。等到晚餐的时候，负责拆除和销毁的人员就会抵达。午夜之前，你这里就将被夷为平地，只剩地窖。斯滕达尔先生，依我看，你还真有几分傻气，把辛辛苦苦赚来的钱，花在这愚蠢的事情上头。嘿，这栋豪宅至少花了你三百万吧……"

"四百万！不过，加勒特先生，我在很小的时候就继承了两千五百万的遗产。随便花个三四百万还付得起。是没错，整栋大宅完工不过一个小时，然后就让你跟你的拆除队比赛速度，感觉上实在不是普通的难堪。难道你就不能让我和我的玩具好好玩一玩，玩个，唔，二十四小时？"

"你是懂法律的。白纸黑字写得很清楚。所有图书、建筑，或其他事物，都不得以任何方式引人联想到鬼魂、吸血鬼、小妖精，或是任何其他幻想生物的存在。"

"你们下一步就会烧死那群庸俗自满的中产阶级实业家喽！"

"你之前已经带给我们不少麻烦了，斯滕达尔先生。记录显示，那是二十年前的事。在地球上。你，还有你的图书馆。"

"是啊，我跟我的图书馆。以及一些和我一样的人。噢，爱伦·坡的作品已经被遗忘了这么多年，奥兹国和其他的幻想生物也是。不过我还有一些小小的库存。我们几个平民百姓一直拥有自己的图书室，直到你派出人马，带着火把和焚化炉,把我那五万本书给拆了,一把火烧个干净。差不多就在同一时间,你拿木桩刺穿万圣节的心窝,了结它的性命,并且告诉你手下的制片人,如果他们想拍什么东西的话,就只能一拍再拍海明威写的故事。我的老天哪,我都不知道看过几遍《丧钟为谁而鸣》了!大概有三十个不同的版本吧!全部都是写实的。噢,写实主义!噢,就在此时,噢,就在此地,噢,通通去死吧!"

"讲话这么酸没好处啊!"

"加勒特先生,你一定得提交一份完整的报告吧,难道不用吗?"

"当然要啦。"

"那么,看在好奇心的分上,你最好进来走一走、看一看。花不了什么时间。"

"好吧。请带路。还有,别耍什么花样。我身上可是带了枪的。"

通往厄舍宅邸的大门嘎吱嘎吱地开启了。迎面而来的是一股潮湿的气流。巨大的叹息声和哀嚎声此起彼落,像是一具地底风箱在失落的墓穴里喘着大气。

有只老鼠大摇大摆地横越石砌地板。加勒特大叫出声,踢了它一脚。老鼠是翻了过来,可是在它尼龙毛皮之内,竟令人难以置信地涌出一大群金属跳蚤。

"真是惊人!"加勒特弯腰看个仔细。

壁龛里坐着一名老女巫，颤抖的蜡制双手摸着几张橘蓝相间的塔罗牌。她的头猛然一摇，手指轻敲油腻腻的纸牌，嘶嘶声就从那瘪掉的嘴巴直朝加勒特而去。

"死神哪！"她吼道。

"嗯，那正是我所指的那种东西，"加勒特说道，"真糟糕哇！"

"我会让你亲手把她烧掉。"

"会吗？你说的是真的？"加勒特很满意。不过很快他又皱起眉头。"我必须承认，你这一切实在做得很不错。"

"我的努力只不过恰恰足以创造这地方罢了。要说是我做好这一切，也只不过是刚好而已。应该说我在这个充满怀疑的现代世界里头，营造出一种隶属于中世纪的风味。"

"虽然有点心不甘情不愿，但我个人对你的天才倒是有几分佩服，先生。"加勒特目睹一阵迷雾从眼前飘过，它有着女子的形体，朦胧而美丽，不断说着悄悄话。潮湿的回廊尽头，一具机器正不停地旋转、翻搅，就像是棉花糖机心里喷出的游丝，迷雾蒸腾、浮动，在静谧的厅堂中喃喃低语。

不知从哪儿蹦出一头猩猩。

"等一下！"加勒特仓皇大叫。

"别害怕。"斯滕达尔轻拍那头野兽的黑色胸膛，"不过是具机器人。铜制骨架加上其他的材料，就跟那女巫一样。看到了吗？"他抚摸毛皮，显露出底下的金属管料。

"是啊。"加勒特怯懦地伸出手，抚弄这玩意儿，"可是为什么，斯滕达尔先生，为什么你要搞出这整座大宅？是什么东西让你觉得很烦、很困扰？"

"官僚习气呀，加勒特先生。不过我没时间解释了。政府很快就会发现的。"他对着猩猩点点头，"好吧。就是现在。"

那猩猩立刻将加勒特先生给杀了。

"我们都准备好了吗，派克斯？"

派克斯从桌上抬起头。"是的，老板。"

"你刚刚做得很漂亮。"

"唔，我可是有领薪水哪，斯滕达尔先生。"派克斯一边轻声说道，一边掀起机器人的塑料眼睑，放入玻璃眼球，利落地拉紧橡胶制成的肌肉。"好了。"

"看到加勒特先生那副嘴脸就想吐。"

"我们要如何处置他，老板？"派克斯的头指向正牌加勒特先生的尸首所摆放的木板。

"最好把他烧掉，派克斯。我们不想见到两位加勒特先生，你说是吗？"

派克斯将加勒特推向砖砌的焚化炉。"再见啦。"他把尸体推进去,砰的一声关上门。

斯滕达尔站在机器加勒特的面前。"你有命令在身吧,加勒特?"

"是的,先生。"机器人坐得直挺挺的,"我将回到道德风气重整会。我会提交一份补充报告。至少延迟行动四十八小时。说我正在进行更完整的调查。"

"很好,加勒特。再见。"

机器人快步前往加勒特的火箭,走了进去,然后就飞走了。

斯滕达尔转过身来。"好了,派克斯,现在我们就去分送那些尚未发放的邀约请柬。我想我们会有段很快乐的时光,你说呢?"

"一想到我们已经等了二十年,今晚的确会很快乐!"

两人互相使了个眼色。

七点整。斯滕达尔端详着他的表。时间快到了。他转弄手中的雪莉酒杯,静静坐着。头顶上,橡木横梁间,尖叫的蝙蝠对着他来回闪动,精细的铜制身躯藏在橡胶血肉之中。他举杯向它们致敬。"为我们的成功干一杯。"接着他将身子靠回椅背,闭上眼睛,从头到尾仔细思量这整件事。等到他一把年纪的时候,会如何回想、品味这段历程?这一连串对无情政府焚书坑儒的文艺恐怖行径所做的报复举动。噢，这些年来，怒气和忿恨是如何在他心中滋养增长？噢，这整个计划如何在他麻木的心中缓慢成形，直到三年前的那一天，他遇上了派克斯。

啊，对了，就是派克斯。派克斯内心的沉痛悲苦并不亚于一口充满绿色酸液的漆黑深井。派克斯究竟是何方神圣？他正是他们之中最伟大的一个！万变魔君派克斯，他是一把怒火、一缕青烟、一阵蓝雾、一场白雨、一只蝙蝠、一具石像鬼、一头怪兽，那就是派克斯！比朗·钱尼①还厉害，是那个老头子吗？斯滕达尔沉思了一会儿。夜复一夜，他不断地观赏钱尼在那些很老很老的电影里头的表演。是的，比钱尼还厉害。会比另外那个古老的默片演员还高明吗？他叫什么来着？卡洛夫②？棒多了！卢戈西③呢？根本就不能比嘛！不，世界上只有一个独一无二的派克斯，可是他却被迫褪去身上的奇幻色彩，偌大的地球已经没有他的容身之处，满腹的才华也不能向谁展现。甚至连站在镜子前表演给自己看也不行！

可怜哪，无所不能却被彻底击垮的派克斯！那一夜，他们查封了你的胶卷，像拉肠子一般从摄影机里猛力抽出，

---

① Lon Chaney（1883—1930），默片时代的美国演员，出演过许多形象怪诞或受折磨的角色，最著名的作品是《钟楼怪人》和《歌剧魅影》。
② Boris Karloff（1887—1969），英国演员，因参与恐怖片的演出而出名。
③ Bela Lugosi（1882—1956），著名的恐怖片演员，曾多次出演吸血鬼、科学怪人等形象。

你的五脏六腑就这么被抓起来捆成一匝匝、塞作一团团，然后全部填入火炉里烧掉。派克斯，那必定是万分苦痛！这种悲愤是否比得上眼睁睁看着五万册书本全数消灭殆尽，却盼不到任何补偿？是。当然是。斯滕达尔感到双手因愤怒而失去知觉，渐渐变得冰冷。所以，还有什么比这更自然的呢？数不尽的夜里，一壶接一壶的咖啡，他们促膝长谈；就在话语之间，酝酿出最为苦涩的一盅——也就是厄舍古屋。

巨大的教堂钟声响起。宾客陆续光临。

他脸上带着一抹笑意，起身前往招呼。

有着成人体态，却毫无记忆的机器人等待着。他们穿上丝绸，一身密林池水的色泽，也是青蛙和蕨类植物的翠绿，静静地等待着。顶着一头鲜明如阳光与尘沙的金黄秀发，机器人还是默默地等待着。带着一整副由青铜管切割而成，并且浸过凝胶的骨架，上了油的机器人躺卧着。在那些专为尚未死透，却也不能算是活着的怪物所准备的棺材里，在那些厚实的木箱之中，节拍器等着被激活的那一刻。周遭弥漫着车床加工过后，施以润滑的铜油气味。整个地方一如墓园，万籁无声。机器人有男有女，但实际上并无性别；尽管各有称号，但却不是自己的名字；他们具备人类的所有特质，但就是缺乏人性。这些机器人被装在标有 F. O. B.①字样的箱内,眼睛直直瞪着封死的盖板,像是死人一般,却又不够格称作死亡,因为他们根本未曾活过。转瞬间,一根根铁钉被硬生生撬开,发出巨大的声响;盖子掀起,木箱上人影晃动,一只手按压油罐,里头的液体喷洒而出。有具定时器开始运转,微弱地滴答一声。随后一台接着一台,直到这里就如同巨型的钟表店,齿轮机具齐声低吼。石珠做成的眼球,在橡胶眼睑底下骨碌碌地转动,鼻孔也抽了两下。机器人,覆盖着猩猩一般的毛发,或是雪白如兔的皮草,终于起身了:叮当兄跟着叮当弟②,素甲鱼③、榛睡鼠④,海里淹死的尸体混杂着盐粒和白花杂草,摇摇晃晃地走着;吊死鬼翻着蛤肉般的白眼,脖子上的青色勒痕清晰可见;还有寒冰和熔丝合成的怪兽、腐殖土构成的侏儒、胡椒精灵、滴答人⑤、地精王拉格多⑥;圣·尼古拉带着自制的阵阵飞雪,在他身前洒落一片;蓝胡子的胡须像是乙炔火焰,旁边飘散着硫磺云雾,不时还冒出绿色火舌;一条巨龙身披鳞甲,肚子里头装着火炉,拖着蜿蜒蛇形,蹒跚步出门外,高叫一声,顿了一下,发出雷鸣怒吼,又安静下来,向前冲了几步,张口吐出一团热风。上万口箱盖散落地面,留在原处;机具乒乒乓乓朝

---

① Free On Board 的简写,国际贸易中常用术语,即装运港船上交货。
②③④ 均为《爱丽丝梦游仙境》与《爱丽丝镜中奇遇记》中的角色。
⑤⑥ 均为奥兹国系列童话中的人物。

向厄舍大宅前进。这个夜晚着魔了。

温暖的和风拂过大地。宾客们的火箭,喷发热焰,划过天际,将时序从深秋扭转为春天。他们一个个抵达了。

男人们身穿晚礼服步出火箭,女伴们随后跟上,精巧的头饰包覆她们的秀发。

"哟,那就是厄舍大宅!"

"可是门在哪里?"

正在此时,斯滕达尔现出身影。女子们笑闹着,似乎有说不完的话。斯滕达尔先生举起一只手,示意她们安静下来;然后转过身,向城堡高处的一座窗户望去,高叫道:

"长发公主,长发公主,请把头发放下。"

上头一位美丽的少女闻讯站在窗边,徐徐晚风中弯下腰身,放下她一头金色长发。发丝在风中纠结缠绕,最后竟变成一座绳梯。客人们开怀大笑,攀爬而上,进入宅邸。

多么卓越的社会学家!多么聪明的心理学家!重要性无与伦比的政治人物!还有细菌学家、神经医学家,等等!他们都站在那儿,在那潮湿的墙壁里面。

"欢迎各位大驾光临!"

特赖恩先生、欧文先生、邓恩先生、朗恩先生、斯蒂芬斯先生、弗莱彻先生,以及其他二十来位男士。

"请进,请进!"

吉布斯小姐、波普小姐、丘吉尔小姐、布朗特小姐、德拉蒙德小姐,还有其余二十位淑女,闪耀登场。

他们每一位都是地位崇高、声誉卓著的佼佼者:奇幻防治协会的会员、废除万圣节与盖伊·福克斯①之夜运动的提倡者、剿灭蝙蝠的杀手、拿起火把焚烧书册的人;个个都是干净、纯洁的好公民,都等到干粗活的人们过来埋葬火星人,把城市清理妥当,并且建起了新市镇、修补了公路,每件事物都安全无虞之后,才踏上这座新世界。就在这个时候,这个所有事物都迈向"平安"的康庄大道的当下,那些欢乐的剥夺者,那些血管里流着红汞液、眼球泛起碘酒色泽,誓言要消除一切毒素的个体,跑过来建立他们的道德风气重整会,像发放救济品似的把这份善意硬塞给每一个人。而这些人物全都是斯滕达尔的朋友!没错,他戒慎恐惧、小心翼翼,在地球上的最后一年里一一亲身前往拜会,并且还和他们论交!

"欢迎来到这广大无边的死亡之殿!"他高叫道。

"哈啰,斯滕达尔,这玩意儿究竟是些什么?"

"你等着看好了。请各位脱下身上的衣物。更衣间就在

---

① Guy Fawkes(1570—1606),天主教阴谋组织成员,企图实施火药阴谋,炸掉英格兰上议院,但被发现,阴谋破产。英国每年 11 月 5 日的盖伊·福克斯之夜用来纪念此次事件,人们燃起篝火,庆祝胜利。

那一边。并且换上那儿所摆放的服装。"

大家站在原地,不安的气氛弥漫其间。

"我不知道我们是否该继续待在这里。"波普小姐道,"我不喜欢这儿的样子。看起来几乎是一种——亵渎。"

"胡说,只不过是场化装舞会而已!"

"似乎不怎么合法。"斯蒂芬斯先生嗤之以鼻。

"别再叨叨啦。"斯滕达尔笑道,"好好享受一番吧。到了明天,这里就会变作一堆废墟了。进更衣室吧!"

大宅色彩缤纷,充满生气;小丑们戴着挂有铃铛的鸭舌帽叮叮当当走过;侏儒们手持小小弓弦,拉着迷你的小提琴;白老鼠随着音乐跳起具体而微的方块舞;熏黑的屋梁上,旗帜轻轻飘荡;同一时间,蝙蝠群穿入云雾,就在石像鬼的四周;而它们的大嘴也没闲着,不断地涌出美酒,清凉、浓烈、还冒着泡沫。一道小溪就此形成,蜿蜒于化装舞会所在的七座房间。宾客们啜饮一口,发现原来就是雪莉酒。他们从更衣室内倾巢而出,外表所显露的年纪有了变化,脸上则覆盖着半截假面。这个戴面具的举动也同时撤消了他们平日对奇幻与恐怖作品百般挑剔、批判的立场。女士们拖着大红礼服,不时谈笑嬉闹;男子们则猛献殷勤,与之共舞。然而,尽管墙壁上的阴影随处可见,却没有一个是人的影子;厅堂里的镜子也并未映照出人的形象。"我们都是吸血鬼呀!"弗莱彻先生笑道,"通通都死掉啦！"

舞会占用了七个房间，每一间都有自己的颜色：蓝的、紫的、绿的、橙的，有一间是白色，第六间是紫罗兰色，第七间则被黑天鹅绒完全遮盖①，其间还有一具黑檀木制成的挂钟，报时声清晰嘹亮。来宾们四处奔跑、开怀畅饮，就在这个场域里面，就在机器人所扮演的幻想人物之间：榛睡鼠和疯帽子、侏儒和大巨人、黑猫②及白皇后；而在他们舞动的双脚底下，一阵阵扑通扑通的激烈脉动从地板发出，原来下面埋藏着一颗告密之心③。

"斯滕达尔先生！"

传来悄悄的说话声。

"斯滕达尔先生！"

一个带有死神脸孔的怪物站在他旁边，原来是派克斯。"我必须单独向您报告。"

"什么事？"

"看看这个。"派克斯伸出一只骷髅手。掌上摆着一些熔去大半，烧得焦黑的细小零件。

斯滕达尔仔细端详了许久。然后他把派克斯拉进一座回廊。"是加勒特吗？"他悄声问道。

派克斯点点头。"他派了一具机器人来顶替他。我刚

---

① 爱伦·坡恐怖短篇小说《红死病的假面》中的房间布置。
②③ 典出爱伦·坡短篇小说《黑猫》《告密的心》。

刚清扫焚化炉的时候，发现了这些东西。"

有好一段时间，两人紧盯着这些攸关生死的齿轮碎片。

"这意味着警察随时有可能闯进来，"派克斯焦急地说道，"我们的计划要泡汤了。"

"我不晓得。"斯滕达尔瞥了那群身穿花绿衣裳，不停旋转舞动的人们一眼。音乐流泻穿过烟雾迷蒙的厅堂。"我早该想到加勒特不会那么白痴，自己跑过来才对。不过，等一下！"

"怎么了？"

"没事，其实这根本就没什么关系。加勒特派了一具机器人来调查我们。唔，可是我们也回敬了一台。除非他检查得够仔细，否则他应该不会注意到那个开关。"

"那是当然！"

"所以下一次他就会亲自上阵。因为他会以为现在已经安全无虞。嘿，他有可能随时就等在门外，而且是本人！再来一杯吧，派克斯！"

门钟响起。

"我敢跟你打赌，一定是他。去让加勒特先生进来吧。"

长发公主再度放下她的金色长发。

"加勒特先生。您是正牌的加勒特先生？"

"如假包换。"加勒特望了一下潮湿的墙壁，以及不断回旋的众人,"我想我最好亲自过来看看。机器人不可靠,特别是那台机器人又不是你养的。我还采取预防措施,召集了拆除队。一个小时之内,他们就会抵达这里,把这个糟糕透顶的地方连同底下的支柱一起敲掉。"

斯滕达尔鞠了个躬。"谢谢你告诉我。"他挥一挥手,"与此同时,你可能也想找点乐子。来点酒吧?"

"不,谢了。这是怎么一回事?一个人可以沉沦到这种地步?"

"依你的见解呢,加勒特先生?"

"是谋杀。"加勒特说。

"绝大部分的谋杀都很歹毒哇。"斯滕达尔答道。

传来一声女子的尖叫。波普小姐跑上前,面如土色。"刚刚发生了最最可怕的事情!我看到布朗特小姐被一头猩猩给掐死,尸体还塞到烟囱里面!"

他们四处张望,发现一头金黄色的长发自烟道垂下。加勒特惊叫连连。

"真恐怖!"波普小姐哽咽失声,突然间却停止哭泣。她眨了眨眼,转过身去。"布朗特小姐!"

"正是,"布朗特小姐站在那儿应答。

"可是我才看到你被塞进烟囱里头!"

"不,"布朗特小姐笑着否认,"不过是照我的形体所做成的机器人罢了。做得还真像,简直一模一样!"

"可是,可是……"

"别哭了,亲爱的。我这不是好好的?让我看看我自己。哟,原来我在那里面!卡在烟囱上头。就像你所说的。这难道不好玩吗?"

布朗特小姐走开时还带着笑意。

"要不要来一杯呀,加勒特?"

"我想我很需要。方才真是吓坏我了。我的天哪,这是什么鬼地方?早就该把它给拆掉。才没多久就发生……"

加勒特将饮料灌入口中。

传来另一声尖叫。地板不可思议地出现一段向下的楼梯,四只白兔驮着斯蒂芬斯先生往下走去。他就这么被抬入一座陷坑,牢牢地绑在那里,独自面对一座巨大的钟摆;钟摆来回震荡,高度愈来愈低,摆锤下缘的锋利钢刃距离他那即将遭受酷刑凌虐的躯体也愈来愈近。

"被绑在下面的那个家伙就是我吗?"斯蒂芬斯突然从加勒特的手肘旁边冒了出来,开口说道。他在坑顶弯腰向下观视。"看着自己翘辫子,多么奇特、多么诡异呀!"

钟摆终于执行了最后一击。

"好逼真!"斯蒂芬斯先生赞叹道,随即转身离开。

"要再喝一杯吗,加勒特先生?"

"是的,谢谢。"

"不会等太久的。拆除队马上就来了。"

"感谢上帝!"

刺耳的声音三度响起。

"这次又是怎么回事?"加勒特问道,脸上满是忧惧。

"轮到我了,"德拉蒙德小姐回答道,"看仔细啦。"

第二个德拉蒙德小姐出现,尽管她极力挣扎尖叫,还是被钉进棺材,连棺带人推入地板下的阴湿土地。

"嘿,我想起来了,"道德风气重整会的调查员倒抽一口凉气,"这些场景来自古老的禁书。像是《过早的埋葬》①,以及其他故事。那陷坑与钟摆,还有那猩猩、那烟囱,不正是《莫格街谋杀案》②的桥段?就在我烧过的一本书里,没错!"

"再来一杯吧,加勒特。在这儿,杯子要拿稳哟。"

"我的天哪,你还真有想象力,不是吗?"

他们起身目睹另外五个人的死状。一个被咬在龙嘴里,其他的被扔进漆黑的小湖泊,缓缓下沉,最后消失无踪。

"你想看看我们为你做的精心安排吗?"斯滕达尔问道。

"当然好,"加勒特说道,"有什么不一样?不论如何,我们还不是会把这整个鬼地方铲平?你真龌龊。"

"那就一起来吧,从这边走。"

---

①② 均为爱伦·坡短篇小说。

他引领加勒特进入地板,穿过数不清的通道,再走下一座旋梯,直通地底墓穴。

"你带我到这下面,是要来看什么?"加勒特又问道。

"看你自己被杀掉的样子。"

"是复制的机器人吗?"

"是啊。还有其他的东西。"

"是什么?"

"阿蒙提拉多①。"斯滕达尔一边说着,一边高举大放光明的灯笼,走在前面。冻得硬邦邦的骨骸有一半要掉出棺材板外。加勒特伸手捂住鼻子,嫌恶就写在他的脸上。

"阿什么?"

"你难道没听过阿蒙提拉多?"

"没有!"

"你不认得这个?"斯滕达尔指向一处小室。

"我应该要认得吗?"

"还是这个?"斯滕达尔带着笑容,从斗篷底下取出一把砌墙的泥刀。

"那是什么玩意儿?"

"来吧,"斯滕达尔说道。

两人步入小室。黑暗中,斯滕达尔将锁链挂在半醉半

---

① 典出爱伦·坡关于复仇的恐怖短篇小说《一桶阿蒙提拉多白葡萄酒》。

醒的加勒特身上。

"天哪，你在干吗？"加勒特尖叫道，链条受到牵动，咯咯作响。

"我正在挖苦人。别打断一个正在对其他个体冷嘲热讽的人，这样做很没礼貌。好了！"

"你竟敢用铁链把我锁起来！"

"没错，我就是要这样。"

"你想做什么？"

"把你留在这里。"

"你在开玩笑吧？"

"这个笑话很不错。"

"我的分身呢？我们难道不是要看他被杀掉吗？"

"根本就没有分身。"

"可是其他人呢！他们都有哇！"

"其他人都死光了。你看到的死者都是真人。那些分身，那些机器人，都站在旁边眼睁睁地看着本尊步入死亡。"

加勒特说不出话来。

"现在你应该要说：'看在上帝的分上，求求你，蒙特雷索！'"斯滕达尔命令道，"然后，我就会回：'是啊，看在上帝的分上。'① 你不想说吗？来吧，说啊。"

---

① 《一桶阿蒙提拉多白葡萄酒》中的对白。

"你这驴蛋。"

"我一定要哄着你吗？说吧，说'看在上帝的分上，求求你，蒙特雷索！'"

"才不要呢，你这个白痴。放我出去。"现在他的酒完全醒了。

"喏，这里。把这个戴上。"斯滕达尔丢出一件物品，上头系着铃铛，叮咚作响。

"那是啥？"

"一顶挂有铃铛的鸭舌帽。戴上去的话，我可能就会放你一马。"

"斯滕达尔！"

"我说了，把它戴上！"

加勒特顺从了。铃铛还发出响声。

"你难道不觉得这一切在以往都曾发生过吗？"斯滕达尔一面质问，一面拿起泥刀和砖头，抹上灰泥，开始干活。

"你又在做什么？"

"砌好一堵新的墙，把你关在里面。最下面的一排已经堆好，第二排也完成了。"

"你疯了！"

"这点我不否认。"

"你会因此被起诉的！"

他轻轻敲打一块砖瓦,把它放在未干的灰泥上,嘴里还哼着小曲。

加勒特在逐渐阴暗的斗室里大吼大叫、扭动挣扎,无助地捶打墙壁,声音都传到外面。砖墙愈砌愈高。"拜托你要继续挣扎啊。"斯滕达尔道,"让我们一起完成这场杰出的表演。"

"放我出去,放我出去!"

只剩最后一块砖头尚未摆到定位。里头的悲鸣仍持续不绝。

"加勒特?"斯滕达尔轻轻叫道,此时加勒特停止呼喊。"加勒特,"斯滕达尔继续说道,"知不知道我为什么要如此对你?因为你烧了爱伦·坡先生的作品,却从来不曾真正好好阅读它们。你只是采纳了其他人的建议,认为这些书该烧。不然的话,刚刚在我们下来这边的时候,你早就能料到我会如何对付你。无知可是会要人命的啊,加勒特先生。"

加勒特保持缄默。

"我希望整件事能够完美地结束。"斯滕达尔一边说着,一边高举灯笼,使光线得以穿过砖墙,直接照射到里面那个垂头丧气的人影。"轻轻摇晃你的铃铛。"铃铛沙沙作响。"好,现在如果你肯说出这一句:'看在上帝的分上,求求你,蒙特雷索!',我或许可以放你一条生路。"

里头的男子抬起头，把脸凑到亮处。他迟疑了一会儿，然后以古怪的声调说道："看在上帝的分上，求求你，蒙特雷索。"

"啊。"斯滕达尔闭上双眼，出声回应。他摆上最后一块砖，抹上灰泥，封得死紧。"安息吧，亲爱的朋友。"

他快步离开地下墓穴。

夜半钟声响遍作为舞会场地的七个房间，一切事物也因而静止不动。

红色死神现身了。

斯滕达尔站在门口，回转身，向里头仔细注视了好一会儿。然后他奔出大宅，越过护城河，有架直升机等在那边。

"好了吗，派克斯？"

"都好了。"

"我们走吧！"

他们带着微笑，眼神依旧朝向厄舍宅邸。它从正中央开始断裂、倾圮，好似受到地震的损害。就在斯滕达尔专心欣赏这壮观景象的同时，他听见派克斯在身后背诵着某段篇章，声音低沉却饶富韵味：

"'……我头昏脑涨，看着那几面巨墙顷刻间支离破碎——绵长的骚动声响犹如千道激流急奔而下——脚边那口深沉幽黯的小湖,带着忧郁,静静收合,掩盖了厄舍古屋的断垣残壁。'"①

直升机在雾气蒸腾的湖泊上空缓缓爬升,随即朝向西方飞去。

---

① 《厄舍古屋的倒塌》结尾文字。

二〇〇五年八月　老人

还有什么会比这更自然呢？最后，老人们也来到了火星；他们跟着招摇显眼的拓荒者遗留的足迹，踩着久经世故，别有一番风味的脚步，亦步亦趋地尾随专业的旅行家和浪漫不羁的讲演者，为的就是要寻找全新的美好事物。

于是，这些满是皱纹、又干又瘪的人儿；这些花费时间倾听自己的心跳、感受自己的脉动，一匙一匙将糖浆送入歪嘴的人儿；这些曾在十一月的深秋，躺卧在火车座椅上头，前往加利福尼亚，又曾趁着四月春光，踏进轮船的三等客舱，航向意大利的人儿；这些干涩枯黄、行将就木的人儿，终于也来到了火星……

二〇〇五年九月　火星人

蓝山的雾霭凝结成雨,降在绵长的运河之间;老拉法吉和太太走出屋外一探究竟。

"本季的第一场雨啊。"拉法吉表示。

"感觉真好。"他太太说道。

"我也很期待呀。"

他们关上门扉,在屋内的火炉边烘暖双手,此时全身还微微发颤。从窗户看出去,可见远方雨水打在载运他们离开地球的火箭船体,泛出点点光亮。

"只有一件事。"拉法吉看着自己的手掌,兀自说道。

"是什么?"他太太问道。

"我真希望能带汤姆一起过来。"

"噢,你又来了,拉福!"

"我不会再提了,抱歉。"

"我们是来安享天年,而不是过来想念汤姆。他已经走了那么久,我们应该要试着忘记他,以及地球上的种种。"

"你说得对,"他回应道,再度翻转手掌,移向热源,眼睛直直盯着火光,"我再也不会提起这件事了。只不过是怀念着那段时光:每个礼拜天,开车前往绿茵公园,在他的坟前摆上鲜花。那曾经是我们唯一出外走走的机会。"

蓝色的雨水轻轻洒落在屋顶。

晚上九点，他们爬上床铺，静静地躺在那儿，在雨声伴随的黑暗中手牵着手。他五十五岁，她则年满六十。

"安娜？"他柔声叫唤。

"嗯？"她回应着。

"你听到什么声音了吗？"

两人专心倾听这场风雨。

"没有啊。"她说。

"有人在说悄悄话。"他注意到了。

"没啦，我没听到。"

"我还是起来看看。"

他披上外袍，穿过整栋房舍，直到正门口。迟疑了一会儿，他才把门敞开，冰冷的雨滴溅落在他脸上。原来是风在吹拂。

门前的庭院站着一个小小的人影。

闪电划过天际，一抹白光照亮了那张朝向门内，正端详着老拉法吉的脸蛋。

"谁在那里？"拉法吉颤抖着叫道。

没有回音。

"你是谁？你想要干什么？"

依旧不发一语。

他觉得十分虚弱,疲倦而麻木。"你是谁?"他咆哮问道。

妻子来到身后,挽住他的臂膀。"你干吗大吼大叫?"

"一个小男孩站在院子里,却不回我的话。"老人解释道,身子仍在发抖,"他看起来就像是汤姆!"

"回来睡觉吧,你在做梦哪。"

"可是他就在那里,你自己看。"

他将门拉得更开,好让她瞧个仔细。冷风飕飕,细雨渗入土壤;然而那个身影还是站在原地,深邃的眼睛目不转睛地注视着两人。老妇抓住门框。

"走开!"她一面挥手,一面喊道,"走开!"

"他看起来难道不像汤姆吗?"老人询问太太。

人影动也不动。

"我好害怕,"老妇人对着丈夫说道,"把门锁好,上床睡觉。我才不想和这种事有什么瓜葛。"

她随即自门边消失,进入卧房,独自埋怨着。

老人迎风站立,冰凉的雨水洒落在手上。

"汤姆,"他轻声唤道,"汤姆,如果是你,如果万一真的是你的话,汤姆,我不会把门闩上。如果你会冷,想要进来暖暖身子,等会儿你就直接进来,躺在壁炉旁边;那儿有几条小毛毯。"

他只是将门虚掩,并未上锁。

妻子感觉到他回到床上,于是战战栗栗地对着他说:"这个夜晚好恐怖,我觉得自己好老。"说着说着就忍不住开始啜泣。

"好啦,好啦。"他抚慰妻子,将她抱进臂弯,"睡觉吧。"

等了好长一段时间,她才渐渐睡去。

接着,就在他竖耳倾听的同时,有人静悄悄地打开大门,风雨灌入屋内,随后门又关了起来。他听见壁炉那头传来细微的脚步声,和一阵舒缓的鼻息。"汤姆。"他自言自语。

天空中的闪电将黑暗一分为二。

到了早晨,阳光炙热异常。

拉法吉先生开启房门,走入客厅,很快地环顾四周。

炉边的地毯空空如也。

拉法吉叹了口气。"我老了。"他说。

他准备走到运河那边,打一桶清水以便梳洗。不过才踏出家门,他就差点撞倒提着满满一桶水的小汤姆。"早安,老爸!"

"早安,汤姆。"老人跌了一下。这年轻的男孩,光着脚丫冲过房间,放下水桶,带着微笑转过身来。"今天天气真好!"

"是啊。"老人迟疑道。男孩的举动一切如常,开始舀水洗脸。

老人凑了过去。"汤姆，你怎么来到这里的？你还活着？"

"难道我不能活着吗？"男孩朝上看了一眼。

"可是汤姆，在绿茵公园，每个礼拜天，那束花，还有……"拉法吉得坐下慢慢说。男孩过来站在身前，握住他的手。老人感觉手指温暖而有力。"你真的在这里，这不是在做梦？"

"您一直要我在这里的，不是吗？"男孩似乎有些不安。

"是啊，是啊，汤姆！"

"那还问什么？接纳我吧！"

"可是你的母亲；这冲击……"

"别为她担心。到了晚上我会唱歌给你们两人听，你们会因此更能接受我的存在，特别是她。我知道会有什么样的冲击；等到她过来，您就会见到了。"他放声笑道，摇晃着一头黄铜色的鬈发，眼睛水蓝清澈。

"早安，拉福，汤姆。"母亲从卧房里走出，一面将头发上拉，抓成一个圆髻，"天气实在不错啊。"

汤姆转身笑着对父亲说："您看。"

他们三人在屋后荫凉处吃了顿十分美好的午餐。拉法吉太太找出一瓶贮藏已久的向日葵酒，每个人都好好喝上一杯。拉法吉先生从来未曾见过妻子的脸色如此开朗。就算她心中对这个汤姆存有任何疑惑，也不会直接以言语表达出来。整件事对她而言，再自然也不过，因而拉法吉自己也渐渐能够接受。

就在母亲清理碗盘的同时，拉法吉挨到儿子身边，偷偷问道："你现在多大啦，孩子？"

"您不知道吗，父亲？当然是十四岁呀。"

"你是谁？说真的。你不可能是汤姆，但至少会有个身份。是谁？"

"不要哇！"男孩吓到了，以手掩面。

"你可以跟我说，"老人继续说道，"我会了解的。你是个火星人，对吧？我听过火星人的传说，但都不是什么确切的事实，只是一些故事，描述火星人有多么稀少，而他们会化作地球人的模样，混在我们之中。和你的情况很类似——你看起来像是汤姆，但实际上并不是。"

"为什么您就不能停止追问，直接接纳我呢？"男孩哭了，他的手完全盖住脸庞，"别再怀疑，请不要再怀疑我了！"他转身跑着离开餐桌。

"汤姆，回来！"

可是那男孩沿着运河，一路奔向远方的小镇。

"汤姆去哪儿了？"安娜回身收取其余的盘子，随口问道。她看着丈夫的脸，"你是不是说了什么，让他不高兴?"

"安娜,"他握住她的手说道,"安娜,你还记得绿茵公园的事,还有市场,还有汤姆其实得了肺炎吗?"

"你在说些什么?"她哈哈大笑。

"没事。"他淡淡地说。

运河边,汤姆狂奔所扬起的尘沙,在远方缓缓沉降。

下午五点,黄昏时分,汤姆回来了。他满脸疑惑地看着父亲。"您有事要问我吗?"他想要知道。

"没事。"拉法吉答道。

男孩展开天真无邪的笑容。"好耶。"

"你去哪儿了?"

"小镇附近。我差点就回不来了。我几乎要被……"男孩思索着某个字眼,"抓住了。"

"怎么说会被'抓住'呢?"

"我经过运河旁边的一间小铁皮屋,几乎被人认出,所以差点就回不了这里再见到您。我不知道该如何解释,实在是没办法跟您说,因为就连我都不怎么清楚;这很奇怪,我不想再多谈了。"

"那就别提了。孩子,最好把身子洗干净。要吃晚餐了。"

男孩一溜烟地跑开。

大概过了十分钟,有艘小舟自平静无波的运河水面翩

219

然漂至,一名顶着黑发的瘦高男子撑着篙,手臂优哉游哉地摆动。"晚安哪,拉法吉弟兄。"他停下动作,朗声招呼道。

"晚安,索尔,有什么消息吗?"

"今天晚上八卦一堆。你认识那个住在下边运河旁铁皮小屋、名叫诺姆兰的家伙吗?"

拉法吉身体一僵。"然后呢?"

"你知道他以前是个怎样的恶棍吗?"

"听说他是因为杀了人才离开地球的。"

索尔倚靠手上湿滑的竿子,盯着拉法吉道:"还记得那个被杀的叫什么吧?"

"吉林斯啊,不是吗?"

"没错,是吉林斯。唔,大概在两个小时之前,我们的诺姆兰先生哭喊着跑进城里,说他看到吉林斯,活得好好的,就在这火星上,就在今天,还是今天下午的事!他跑到监狱那边,央求他们把他关起来,好保障他的安全。监狱不肯答应。于是诺姆兰只好回家,不过是二十分钟前的事吧,据我所知,他用枪把自己的脑袋轰掉了。我才从那边过来而已。"

"哇,哇。"拉法吉叹道。

"最要命的事情还是发生了。"索尔说道,"那么,再见啦,拉法吉。"

"再见。"

小舟继续漂移在平静无波的运河水面。

"晚饭好啦！"老妇人叫道。

拉法吉先生坐在他的晚餐旁，手持刀叉，看着对座的汤姆。"汤姆，"他开口道，"你今天下午做了些什么？"

"没事啊，"汤姆回答道，嘴巴鼓鼓的满是食物，"怎么了？"

"只是想知道罢了。"老人将餐巾塞入上衣领口。

当晚七点，老妇想要进城逛逛。"已经有好几个月没去了。"她说。不过汤姆坚决反对。"我怕进城，"他辩称道，"还有那里的人。我不想去。"

"一个男孩子长到这么大了，还说这种话。"安娜回应道，"我才不信咧。你得一起去。我说了算。"

"安娜，如果孩子不想……"老人开口了。

不过并没有发生争执。她催促着两人步入运河小舟，在星空下沿着河流漂移；仰卧的汤姆双目紧闭，难以辨别是否已经入睡。老人从容地端详他，心里头总觉得奇怪。他想着：这孩子到底是谁，竟和我们一样需要爱的滋润？他是谁，或者该说是什么生物，居然也会因为孤单寂寞，所以跑来异星人的聚落，装出我们记忆中的声音和脸孔，最后得以立足于人群间，获得接纳而满心欢喜？他是来自哪一座山、哪一口洞穴,还是哪一个当地球火箭降落于斯的同时,还残存于火星的小小种族?老人摇摇头。他实在没有方法寻求这些答案。这孩子,再怎么说,还是汤姆。

老人看了看远方的城镇,实在找不到一个喜欢它的理由,于是回到关于汤姆和安娜的思绪之中,在心里对自己说道:或许根本就不该留下汤姆,哪怕仅仅只有一寸的光阴,毕竟他带来的只是麻烦和悲伤;可是我们怎能轻易放弃这最最渴望的事物,就算他只来一天就消失无踪,让黑暗的夜晚更显黯淡,让下雨的夜晚湿气更浓,让空乏的心灵更加空虚?把他从我们身边带走,就好比强迫我们吐出送进嘴里的饭菜。

他又望着男孩安睡在船舱里,呢喃诉说某个梦境。"那些人,"他在睡梦中低语道,"变化又变化。那天罗地网。"

"好啦,好啦,孩子。"拉法吉轻拍男孩柔软的鬈发,汤姆便不再做声。

拉法吉扶着太太和儿子下船。

"我们到了!"安娜笑对五颜六色的灯火,聆听酒馆里传来的音乐,有钢琴演奏,也有留声机播放的唱片声,看着人们手挽着手,信步走过热闹的街道。

"我真希望留在家里。"汤姆说道。

"你从来没说过这种话。"母亲道,"星期六晚上,你总喜欢待在城里。"

"别离开我,"汤姆悄声说道,"我怕被人抓走。"

安娜无意中听见了。"别说那种话了;快点过来!"

拉法吉注意到男孩拉着他的手,于是也紧握不放。"我绝对不会松手,小汤米。"他望着人潮来来往往,也不免有些担心,"我们不会待太久的。"

"说什么傻话,我们要在这里待上一整晚。"安娜驳斥道。

他们越过一条街,三名醉汉歪歪扭扭迎面而来。混乱中,三人被迫分开,转了一圈,拉法吉整个人呆呆站在原地。

汤姆不见了。

"他去哪儿了?"安娜焦躁地问道,"他每次都会找机会自己溜掉。汤姆!"她高喊着。

拉法吉先生急忙穿过人群,可是汤姆早已不知去向。

"他会回来的;等到我们要离开的时候,他就会在船那边。"安娜肯定地说,于是使唤她丈夫一起走向电影院。突然间,人潮之中有阵骚动,一男一女冒冒失失地从拉法吉身边闯过。他认出这两人是乔·斯波尔丁和他的太太。他还没来得及开口讲话,他们就走远了。

尽管不安地回头张望,拉法吉还是买了戏票,任由妻子将他拉进令人不快的黑暗中。

十一点,汤姆仍未出现在登船处。拉法吉太太脸色惨白。

"好啦,妈妈,"拉法吉道,"别担心。我会找到他的。在这里等着。"

"快点回来。"她的声音随着涟漪渐渐淡去。

他手插口袋,走过夜晚的街道。全城灯火几乎一盏接一盏地熄灭。一些人依然倚在自家窗户边,探出身子;因为夜依旧温暖,尽管群星之间仍不时可见厚实的积雨云。他一边走着,一边想到男孩不断提及会被抓住的事,以及对群众、对城市的恐惧。这根本没有道理,老人疲惫地思索着。男孩可能就此永远消失,也有可能他压根就未曾成形。拉法吉转入某条巷道,端详起门牌号码。

"哈啰,拉法吉。"

一个男人站在家门口,抽着一根烟斗。

"哈啰,迈克。"

"跟你的女人吵架啦?想要走走消消气?"

"不,只是单纯散步而已。"

"你看起来像是掉了什么东西。说到掉东西,"迈克继续道,"有人今晚被找回来了。你知道乔·斯波尔丁吧?还记得他女儿拉维尼娅吗?"

"记得啊。"拉法吉心头凉了一大截。整件事似乎就像个持续重复的梦境。他晓得接下来会冒出什么话。

"拉维尼娅今晚回家了。"迈克边抽烟边说着,"你想起来没,大概一个月前,她不是才在干枯的海床那边失踪了吗?有人找到一堆面目全非的骸骨,认定是她的尸体;自从那时候开始,整个斯波尔丁家就过得很不好。乔到处跑来跑去,声称她没有死,那东西才不是她的尸骨。我想他是对的。今晚拉维尼娅就出现了。"

"在哪里?"拉法吉感到自己呼吸变快,心脏也怦怦跳动。

"就在大街上呀。斯波尔丁一家正在买票准备看表演。突然间,人堆里面出现拉维尼娅的身影。那场面一定跟演电影一样。她起初还认不得他们。他们跟在背后走了大半条街,和她讲讲话。然后她才完全记起来。"

"你见到她了吗?"

"没有,不过我听到她在唱歌。记得她以前怎么唱那首《美丽的罗蒙湖畔》吗?没多久前,我才听见她在他们家以独特的颤音为她老爸献唱这一首。真是好听,她又是这么漂亮的女孩子。我实在丢脸,居然会认为她死了;现在她回到家,一切又可以跟原来一样。嘿,怎么了,你看起来很虚啊。最好进来喝点威士忌……"

"谢谢,不用了,迈克。"老人随即走开。他听到迈克向他道别,却没有回应,只是眼神呆呆地向上望着那栋两层楼的建筑,高高的水晶屋顶蔓生着几丛绯红色的火星花朵。屋后,就在花园的正上方,是一座弯曲的铁制阳台,上头的窗子里还点着灯。夜已经深了,他心里头仍想着:要是我没有带回汤姆的话,安娜会有什么反应?这第二次的冲击、第二次的死亡,会对她造成什么影响?她会不会回想起汤姆第一次在地球上过世,连同这场迷梦,以及瞬间的幻灭呢?噢,天哪,我必须找到汤姆,否则安娜会变成什么样子?可怜的安娜,在登船处痴痴等待。刹那间,他打断思绪,抬头张望。上面某处传来互道晚安的轻声细语,一扇扇的门转动、关闭,灯光也暗了下来,只有和缓的歌声继续吟唱着。不久,一名顶多只有十八岁、十分可爱的少女,走到阳台旁边。

拉法吉的呼唤随风扬起。

女孩转身向下望。"谁在那儿?"她叫道。

"是我。"老人回应道;他发现这样的应答既愚蠢又显得古怪,于是静默了一阵子,嘴唇喃喃不知嘀咕些什么。他该出声表示"汤姆,孩子呀,是你老爸啊"吗?该怎么跟她说呢?她恐怕会认为他疯了,然后请父母来处理。

女孩在摇曳的灯光下弯腰前倾。"我认得你。"声音依旧轻柔,"请走吧;这里没有你的事。"

"你得跟我回去!"在拉法吉来得及阻止自己前,这句话早已脱口而出。

月光下，楼上的人影走入暗处，所以再也看不清他是谁，只有一个声音答复着："我再也不是你儿子了。"他说道，"我们本来就不该进城。"

"安娜还在登船处等着呢！"

"很抱歉。"平和的人声继续说道，"但我又能怎么办？我在这里很快乐，有人爱我，就如同你们爱我一样。我就是我，我呈现所有可以表现出来的模样；现在太迟了，他们已经抓住我了。"

"可是安娜呢？想想看这打击对她有多大？"

"这屋子里的意念太强了，我就像被囚禁一样，没办法再变回去。"

"你是汤姆，你曾经是汤姆，不是吗？你不是在跟一个老头子开玩笑吧？你不会真的是拉维尼娅·斯波尔丁吧？"

"我不是什么人，我就是我自己；不管在哪里，我都会以某个形体出现，而现在我的形象不是你所能掌控的。"

"你在城里并不安全。最好还是待在运河边，那里没人会伤害你。"老人恳求道。

"是没错。"声音迟疑了一会儿，"不过我现在必须考虑到这些人。假使明早起来，却发现我又消失了，永远也不会回来，他们会有什么感受？不管怎么说，你那位母亲知道我是谁；她思考过，甚至就跟你的思虑一样周密。我认为他们全都想过，只是没有开口质问。没人会质疑上天的旨意。如果你无法拥有真实，幻梦一场其实还不错。也许我并非他们所思念的死者再度复生，但对他们而言，我甚至更好；因为我是他们心里头塑造出的完美形象。到这个地步，我一定得伤某人的心：要不就是他们，要不就是你的妻子。"

"他们家有五个人，更可以承受失去你的痛苦！"

"求求你，"那声音哀求道，"我累了。"

老人的声调愈显坚决："你得跟我走。我不能让安娜再度受到伤害。你是我们的儿子，所以你是属于我们的。"

"不，拜托！"阴影正在颤抖。

"你不属于这间房子或是这些人！"

"不，别这样对我！"

"汤姆，汤姆，儿子啊，听我说。回来吧，抓着这些藤蔓滑下来，孩子。跟我来吧，安娜在等着呢；我们会给你一个温暖的家，你要什么都会给你。"他瞪大双眼，不停地向上凝视，催动意志促其成真。

暗影游移，藤蔓窸窸窣窣发出声音。

人声最后悄然说道："好吧，父亲。"

"汤姆！"

月光下，男孩迅捷的身影滑下藤蔓。拉法吉伸长手臂要接住他。

楼上房间的灯火点亮了。其中一扇格子窗户里传出声音。"谁在下面?"

"快呀,孩子!"

灯愈来愈亮,人声愈发嘈杂。"不要动,我有枪!维尼,你还好吗?"脚步声匆匆而来。

老人与男孩齐步跑过花园。

一声枪响。子弹命中墙壁的刹那,他们恰好使劲把大门关上。

"汤姆,你走那条路;我从这里引开他们!直接跑向运河;十分钟后我会在那边跟你碰头,孩子!"

于是两人分头行动。

月亮躲在云朵后面,迟迟不肯探出头来。老人只好在黑暗中狂奔。

"安娜,我在这里!"

老妇颤抖着前来引导他上船。"汤姆在哪儿?"

"他快过来了,再等一分钟。"拉法吉气喘吁吁地说。

两人回身注视着纵横交错的巷弄,以及这座安睡中的城镇。就算在深夜,还是有人出外活动:一个警察、一个巡夜员、一位火箭驾驶员,几个落单的人刚结束聚会,准备回家;还有四名男女笑闹着走出酒吧。某处隐隐传来乐声。

"他为什么还没来?"妻子问道。

"他会来的，他会来的。"可是拉法吉自己也无法确定。那男孩在前来码头的途中，沿着午夜街道穿过阴暗房舍之间的同时，有可能由于某个莫名的原因，被人以某种方式给抓走。就算对一个年轻的孩子来说，这仍是一段很长的路程。不过他应该会先抵达这里才是。

此时出现一个身影，沿着月光照耀的大街远远跑来。

拉法吉大叫出声，随即噤住不语，因为影子的后方还有其他人在呼唤、追赶。窗子一扇接着一扇亮起灯光；人影正跑着穿越通往码头的空旷广场。那不是汤姆；仅仅是个奔跑中的形体，脸庞好像纯银打造而成，映照着广场四周丛集的球状灯饰，闪闪发光。当它越冲越近，五官也变得越来越熟悉，等到他一抵达登船处，赫然竟是汤姆！安娜见状猛然伸出双手；拉法吉急忙要解开缆绳，准备出航，但显然已经太迟。

这个时候，人们陆续从大街那头赶来，通过寂静的广场：一个男人、另一个男人，接着是一个女人，然后又来两个男的，斯波尔丁先生也在其中，全都拔腿狂奔。突然间，他们停下脚步，满脸疑惑。于是他们紧盯四周，想要回家，因为这很可能只是一场恶梦，整件事实在太过疯狂。尽管踌躇不决，走走停停，他们仍旧继续向前。

太迟了。不管是这个夜晚，还是整个事件，终将告一段落。拉法吉的手指缠绕着小舟的系绳，觉得十分寒冷、孤寂。众人的双脚在月色笼罩下起起落落，睁大双眼疾速前进；直到整整一群十个人，伫足于登船的地方。他们拼命想看穿小船内部，高声呐喊。

"别动，拉法吉！"斯波尔丁拿着一把枪。

刚刚到底发生了什么事，现在已经非常清楚。汤姆独自一人快速通过月光下的街道，穿越人群。一名警员看见人影从身旁掠去，于是转身看着那张脸，叫出某个名字，便开始追逐。"你给我停下来！"原来他看到的是个罪犯。沿着他奔跑的路径，相同的事情一再上演；这边的男人、那边的女人、巡夜员、火箭驾驶员，通通都看见他。这个竭力冲刺的人影对他们而言，代表着任何事物：不论是什么人、什么身份，或是叫什么名字。在这五分钟内，究竟有多少个人名因此脱口而出？有多少张不同的脸庞在汤姆的五官之上来回变换，但每一张终究还是虚幻不实？

一路上，梦中的形象和成群做梦的人，落单的猎物和整批发动攻击的猎犬，展开一连串的逃亡与追逐。一路上，总是从刹那间瞥见某张脸开始，熟识者目光一闪，叫出某个古老的名字，某段对于过往时光的记忆；于是，群众愈聚愈多。每个人都奋勇争先，追捕那奔跑中的迷梦；它像是从一万面镜子、一万只眼睛中映照出的影像；来了，随后又走了；不管是跑在前头，或是落在后方，都会看到一张不同的脸，当然还有那些尚未谋面的，未曾被看过的。

而他们现在都聚集在这里，在这小舟旁边，索讨属于自己的美梦，就好比我们要它变成汤姆一样，而不是拉维尼娅、罗杰，还是其他不相干的人。拉法吉心想。可是这一切都完了。它实在做得太过火了。

"你们全都一起上来！"斯波尔丁对着他们下令。

汤姆向岸上走去。斯波尔丁抓住他的手腕。"你要跟我一起回家。我知道你就是。"

"等等，"警察插话了，"他是我的犯人。名叫德克斯特。因杀人而被通缉。"

"不！"一名女子在旁啜泣，"他是我丈夫！我想我应该还认得自己的丈夫是谁吧！"

其他人齐声反驳。人群靠了过来。

拉法吉太太护住汤姆。"这是我的儿子；你们没有权利指控他什么。我们现在就要回家！"

至于汤姆，他此刻正颤抖得厉害，看起来非常不舒服。身边的人群愈挤愈多，狂乱地伸出手，又是抓握又是强求。

汤姆放声尖叫。

就在大家的面前，他开始起了变化。他既是汤姆，又是詹姆斯，也是一个叫做斯威彻曼的男人和另一个人称巴特菲的男子；他是镇长，是年轻女孩朱迪思、名叫威廉的丈夫，以及叫克拉丽莎的妻子。他是一团融化的石蜡，随着众人的心思不断成形。他们喧嚣着簇拥向前，不停恳求。他则大叫大嚷，拉长双手，整张脸孔持续分解再塑形，回应每个人的期盼。"汤姆！"拉法吉叫道。"艾丽斯！"另一个声音。"威廉！"他们抓住他的手腕，在原地打转、回旋，最后随着一声惊恐的嘶鸣，他终于倒下了。

他躺卧在石砌地上，融蜡渐渐冷却，他的脸竟是每一张脸的集合：一只眼睛是蓝色的，另一只则是金黄；头发混杂着棕、红、黄、黑；一道眉毛粗、一道眉毛细；一只手大、一只手小。

他们站在他身旁，不自主地咬着手指，随后弯身向下。

"他死了。"总算有人开了口。

天空开始下起雨来。

雨打在众人身上，大家抬头望向天空。

慢慢地，他们转身离开，速度渐渐加快，然后开始跑动，从事发地点四散而去。不过一分钟，便空空荡荡，杳无人迹，只剩下拉法吉夫妇还留在原地，眼神向下注视尸身；他们手牵着手，吓得魂不附体。

雨点落在那张朝着天、无法辨识的脸庞。

安娜不发一语，开始哭泣。

"快点回家吧，安娜，我们在这也没什么办法啊。"老人劝说道。

233

他们爬进小船,在黑暗中沿着运河驶向回家的水道。他们步入家门,燃起小小的炉火,暖暖自己的掌心;然后上床,两个冰冷而纤细的身躯躺在一块儿,倾听雨水击打在屋顶的声响。

"你听,"午夜时分,拉法吉说道,"你有听到什么吗?"

"没有,没有。"

"我还是出去看看好了。"

他摸索着穿过黑暗的房间,在大门前面等了许久才开启。

他拉开门,向外看去。

雨从黑色天空倾泻而下,落在空无一物的前庭,落入运河及蓝山之间。

他等了五分钟,接着轻轻地,用他湿润的双手关起门,然后闩上。

二〇〇五年十一月　旅行用品店

那还真是遥远的事情了，当旅行用品店的老板用那台可以直接接收地球讯号的光束收音机，收听夜间广播的同时，他开始体会这距离有多么遥远。

地球快开战了。

他走出门外，凝视天空。

是的，它就在那里。地球，在向晚的空中，即将随着太阳隐没于丘陵之间。收音机传来话语的源头，和那绿色的星星竟然就是同一个。

"我实在不敢相信。"老板说道。

"那是因为你不在那里的缘故。"佩里格林神父说道，他正从旁散步经过，打发傍晚的时光。

"神父，您的意思是？"

"就像我小时候，"佩里格林神父解释道，"我们听到中国那边在打仗，可是我们从来都不相信有这回事。因为它太远了，而且有太多人在垂死边缘。这是不可能发生的事。就算我们亲眼看了影片，却还是不敢相信。唔，那就是现在的情形。地球就是中国。由于它太过遥远，以至于上面发生的事情令人难以置信。它不在这里，你摸不着，甚至你想看也看不到。你所能见到的只是一个绿色的光点。二十亿人口住在那小小的一点？别逗了！至于战争？我们连个爆炸声都没听到。"

"我们会的。"老板回答道，"我一直在思索着这个礼拜准备前来火星的那些人。那会是怎样的情况？下个月左右，大概就会有十万人上来这里。如果战争开打了，他们又会怎么办呢？"

"我猜他们会直接回头。地球需要他们。"

"唔，"老板说道，"我最好把货架上行李箱的灰尘给清一清。总觉得随时都有可能来上一波抢购热潮。"

"你认为火星上所有的人都会回到地球，倘若这就是我们多年来一直揣测的那场大战？"

"是很可笑没错，不过神父，我认为会。我们全都会回去。我了解，我们上来这里是为了摆脱某些东西——政治啦，原子弹啦，战争啦，压力集团啦，偏见歧视啦，法律啦——我都知道。不过，那里终究还是我们的老家。你等着看好了。等到美国领土挨了第一枚炸弹，上面这边的人就会开始动脑筋想一想。他们来到这里的时间还不够久。顶多就几年而已。假设他们已经在这儿落脚四十个年头，事情可能就不一样；不过他们还有亲戚朋友住在下面，更何况那是他们的故乡。至于我自己嘛，我再也不相信地球了，对它也没有太多幻想。但我已经老了，所以不能算进去。我可能还是会留在这里。"

"我很怀疑哦。"

"是啦,我想你是对的。"

他们站在门廊看着星星。最后佩里格林神父从口袋里掏出一些钱,递给老板。"说到这个,你最好给我一只新的手提箱。我那口旧的已经快烂掉了……"

二〇〇五年十一月　淡季

萨姆·帕克希尔手持扫帚，不停清除蓝色的火星尘埃。

"我们来喽，"他说，"是的，长官，看看那儿！"他的手指向某个地方。

"看看那张招牌。萨姆热狗！好看吧，埃尔玛？"

"是啊，萨姆。"他的妻子回应道。

"真是好样的，我居然做了这么大的转变。如果那些第四次探访的弟兄可以看看我现在的样子，该有多好。其他人都还在当兵，四处奔走的同时，我已经开始创业了，难道不值得开心吗？我们会赚大钱的，埃尔玛，赚大钱哟。"

他的妻子端详着他，良久不发一语。"怀尔德舰长最后怎么了？"她终于开口问道，"就是把那个自认要杀死每一个地球人的家伙给干掉的舰长啊，那家伙到底叫什么？"

"斯彭德，那个疯子。他实在他妈的太特别了。噢，你提到怀尔德舰长？我听说他坐火箭去木星了。他升了官，但同时也被架空。我想他也觉得火星怪怪的吧。太纤细敏感了，你知道的。如果他的运气够好，大概二十年后会从木星和冥王星那儿回来。那就是他自认为什么都很懂的代价。别管他在太空里冻得要死；看看我，看看这地方！"

这里是两条阴暗荒废的公路，纵横交会的十字路口。萨姆·帕克希尔在此搭起这座钉牢的铝架，银光闪闪，随着自动点唱机的音乐摇摆晃动。

他屈身固定小径两旁的玻璃镶边，材料取自山里一些古老的火星建筑。"称霸两个星球的热狗！在火星摆热狗摊的第一人！最棒的洋葱、芥末和红辣椒！你不能说我没有生意头脑哇。这儿是主干道，再过去那里就是荒废的城市和矿脉蕴藏的区域。从一〇一号地球殖民地开过来的卡车一定会一辆接着一辆，二十四小时全年无休地经过这里！这样我算不算会选位置啊？"

他的妻子看着自己的指甲。

"你认为那一万架新型工作火箭会来到火星？"她终于搭腔了。

"一个月内就会抵达。"他昂声答道，"你怎么看起来有点不舒服？"

"我才不相信那些地球人呢。"她说，"等我亲眼看见那一万架火箭载着十万名墨西哥人和中国人过来这边，我才会心服口服。"

"顾客啊。"他一直吟哦着这个字眼，"十万个饥饿的人哪。"

"如果，"妻子看着天空，缓缓吐出字句，"没有核战的话。我才不相信哪个国家没有原子弹。地球上已经有这么多颗了；究竟有多少，你也说不出个准。"

"啊。"萨姆叹了一声，继续打扫。

他的眼角瞥见一道蓝影。有个东西小心翼翼地飘浮在他身后。他听见老婆的叫唤："萨姆。有个朋友来看你了。"

一转身，萨姆看到一张面具似乎在风中载浮载沉。

"原来你又回来了！"说话的同时，萨姆像是持握武器一般，紧紧握住扫帚。

面具点点头。它是由淡蓝色的玻璃切割而成，挂在一条极为细瘦的脖子上面；下方则是一件单薄宽松的黄色丝袍，风儿一吹便随之飘荡。丝绸中，露出两只银色网格包覆住的手掌。面具的嘴巴只是一道细缝，银铃般的声音从里头发出；同一时间，袍子、面具、手掌也跟着高低起伏。

"帕克希尔先生，我又回来跟你说话了。"面具后方的人声如此说道。

"记得我跟你说过，不希望你靠近这里！"萨姆大吼道，"你再过来的话，我会把病传染给你的！"

"我早就得了。"那声音继续道，"我是少数的幸存者。已经病了很久了。"

"你就继续躲在山里面；你本来就属于那里，那儿也是你一直待着的地方。为什么要下来烦我？哎，而且还是突然冒出来，一天还来两次。"

"我们对你没有恶意。"

"可是我有！"萨姆一面后退，一面说道，"我不喜欢陌生人，我也不喜欢火星人，我之前从来都没碰过，实在太诡异了。这些年来你们躲躲藏藏，你却冷不防就找上我。离我远一点。"

"我们过来是为了一个很重要的原因。"蓝面具解释道。

"如果是关于这块地的话，它是我的。我靠自己的双手盖好这间热狗摊。"

"某方面来说，的确是和这块地有关系。"

"喂！听好了，"萨姆道，"我是从纽约市来的，那里有一千万个像我一样的人。你们火星人已经所剩无几，没啥城市可待，只能在山里头跑来跑去，没人领导，也没有法律，结果你现在给我跑出来要跟我谈谈这块土地。很好，长江后浪推前浪，那是施与受的自然法则。我这儿有支枪。在你上午离开以后，我就把它拿出来装好子弹。"

"我们火星人会心电感应。"冷冰冰的蓝面具继续说道，"我们和你们其中一个在死海对岸的城镇有所联系。你听过广播了吗？"

"我的收音机坏了。"

"那么你就有所不知了。传来一个大新闻,是关于地球的……"

银手摆了个姿态,亮出一支铜管。

"让我来给你瞧瞧这个。"

"是枪!"萨姆·帕克希尔吓得大叫。

电光石火之间,他自臀部的皮套掏出手枪,朝向迷雾中的长袍与蓝面具射击。

假面人支撑了一会儿,旋即像一顶被拔出地桩的小型马戏团帐篷,软趴趴地交叠于地;丝袍沙沙作响,面具直往下坠,银白指爪敲在石砌小径,发出叮叮当当的声音。最后,面具静静倒在一小团白骨和碎布上面。

萨姆站在原地,喘着大气。

他的妻子转向蜷曲的尸身。

"这根本就不是武器。"她一边弯腰拾起铜管,一边说道,"他是要把一条讯息给你看。用鬼画符写在这上面,整片都是弯弯曲曲的蓝色文字。我看不懂。你会吗?"

"不,那是火星的象形文,没啥意义。别理它了。"萨姆匆匆环顾四周,"或许还有其他人会来。我们得把他处理掉。拿铲子来!"

"你要做什么?"

"当然是把他埋起来呀!"

"你不应该打死他的。"

"那是个误会。快点!"

老婆沉默不语,将铲子递给他。

八点左右,他又回到热狗摊前,不自然地拿起扫把。老婆站在明亮的门口,两手抱在胸前。

"我很抱歉刚刚发生了那种事。"他的眼神原本看着妻子,随后却转往他处,"你知道这纯粹是命运的捉弄。"

"是啊。"老婆回应道。

"看见他拿出那把武器,我就不爽到了极点。"

"什么武器?"

"唔,我以为那是嘛!我很抱歉,我很抱歉!你要我说几遍嘛!"

"嘘,"埃尔玛竖起手指,立在嘴唇中间,"嘘。"

"我才不在乎呢,我有整间地球殖民有限公司做我的靠山!"他继续哼着说,"那些火星人才不敢……"

"看。"埃尔玛打断他的话。

他朝着死海海底的方向望去,不知不觉连扫把都掉了。再度拾起的时候,只见他张开大嘴,口水不禁滴落;突然间,他开始发抖。

"埃尔玛,埃尔玛,埃尔玛!"他直呼太太的名字。

"他们来了。"埃尔玛陈述事实。

十来艘高耸的火星沙船正横越古老的海床,扬起蓝帆航行浮动的模样,好似蓝色轻烟,又像是蓝色的鬼魂。

243

"那是沙船！可是埃尔玛，它们不是已经不存在了吗？不是已经没有沙船了吗？"

"那些看起来似乎就是沙船。"她说。

"可是当局已经将它们全部征收啦！他们把大部分的船拆掉，还拍卖了几艘。我是这整个鬼地方当中唯一拥有沙船，并且知道如何操控的人。"

"再也不是了。"她对着海点点头。

"快呀，咱们离开这里！"

"为什么？"她缓缓吐出疑问，明显被这些火星大船给迷住了。

"他们会杀了我的！快上卡车，快！"

埃尔玛没有动静。

他得拖着她绕到摊子后面，那里停放着两部机具。其中一辆是他长久以来用得好好的卡车，直到一个月前；另一艘就是他笑着在拍卖会场拍下来的老火星沙船。整整三周，他一直开着这艘船在光滑的海床上来回往返，载运货物。现在他看到卡车才猛然想起：引擎早就被拆卸下来，还放在地上呢；他已经跟它耗上两天了。

"卡车看起来动不了哦。"埃尔玛说道。

"还有沙船。快进来！"

"然后让你开沙船载我？噢，不要。"

"给我进去！我会开啦！"

他将妻子推进船内,自己随后一跃而入,然后拉动舵柄,升起深蓝船帆迎向晚风。

灿烂星光下,蓝色的火星船队轻快掠过低语中的沙尘。起初他的船还动弹不得,他随后想起沙锚,于是使劲将它拉进船内。

"那儿!"

狂风怒号,带着沙船呼啸飞渡死海海床,越过埋藏已久的水晶,穿过一根根竖立的槛柱,驶过由大理石和黄铜铸成、业已荒废的码头,经过一座座苍白死寂的棋城,以及紫色的山麓小丘,直达远方。火星船舰的形影被抛在后头,渐渐模糊,于是他们开始急起直追。

"我想他们已经见识到我的能耐了,老天有眼!"萨姆叫道,"我要跟火箭公司报告。他们会保护我!我的动作真是快呀!"

"他们要的话,随时都可以让你停下来,"埃尔玛疲惫地说,"他们只是不想那么麻烦。"

他笑了。"给我闭嘴。他们凭什么逼我下船?不,他们不够快,事实就是如此。"

"是吗?"埃尔玛开始在他身后打盹。

他并未回头,只感觉有阵寒风吹过。其实他不敢转身,因为他一直觉得有什么东西就坐在后面,一种虚无缥缈的东西,就如同寒冷早晨呼出的雾气;一种蓝蓝的东西,就好比薄暮时分燃烧山桃木的缕缕青烟；它像是老旧的白色蕾丝，又像飘落的雪花，简直跟严冬里，脆弱莎草上的冰霜没什么两样。

一个类似玻璃薄盘碎裂的声音——原来有人在笑。然后竟没了下文。他再也忍不住，回身望去。

那名年轻女子静坐在舵旁的长椅上，手腕细瘦似冰柱，两眼如同火星的双月一般皎洁、硕大，眼神雪白明亮。劲风吹拂之下，她就像是冰冷水面映出的倒影，泛起阵阵波纹；扯烂的丝袍，好比蓝色雨点，裹住她孱弱的娇躯，随风飘扬。

"回去吧。"她说道。

"不。"萨姆正微微发颤，抖动的样子就像悬浮在空中的黄蜂，动作细微难以察觉，不知出于畏惧还是忿恨，"滚出我的船！"

"这不是你的船。"那幻影反驳道，"它和我们的世界一样古老。一万年前，它就开始遨游于沙海之间；当海面细沙飒飒而去、空余无人码头的同时，你们却来强占、偷走它。现在请你返航，回到那十字路口。我们必须跟你谈谈。有重要的事情发生了。"

"滚出我的船！"萨姆再次说道。他自皮套取枪，发出嘎嘎声响，然后小心翼翼地瞄准："在我数到三之前，给我跳下去，否则……"

"不要!"那女孩高喊,"我不会伤害你,其他人也不会。我们没有敌意!"

"一。"萨姆开始计数。

"萨姆!"是埃尔玛的声音。

"听我说……"女孩央求道。

"二。"萨姆语气坚定,同时手指扣上扳机。

"萨姆!"埃尔玛嘶吼着。

"三。"萨姆数完了。

"我们只是……"女孩的话还来不及说完。

枪已击发。

阳光下,霜雪消融,水晶也汽化为蒸汽,飘散于虚无之间。烟雾在火光中舞动,随即不见形迹。火山核里,易碎的物体爆裂之后更不知所终。那中枪的女孩,那受到高热烧灼、震荡冲击的女孩,像一条软绵绵的围巾拦腰而折,像一座水晶雕像冰消瓦解。她还留下些什么呢?冰晶、雪花、烟尘,全都随风而逝。舵旁的座位空了。

萨姆将枪收进套内,没有多看妻子一眼。

"萨姆,"经过一分多钟的航行,她的悄悄细语飘过背负月色的沙海,"停船。"

他才注意到她脸色发白。"不,你不会的。在这个节骨眼上,你不会丢下我不管的。"

她看着萨姆手上的枪:"我相信你会,事实上你真的会。"

他猛力摇头,一只手紧紧抓住舵柄。"埃尔玛,这太疯狂了。再一分钟,我们马上就进城,我们会没事的!"

"是啊。"太太身子冰冷,躺在船上。

"埃尔玛,听我说。"

"没什么好听的,萨姆。"

"埃尔玛!"

他们正穿过一座小小的白色棋城;挫败、盛怒之下,他打了六发子弹捣毁城中的水晶塔。整座城市就崩解成飘零的古旧琉璃和破碎石英,如同刀削肥皂,三两下就化为细屑,灰飞烟灭。他狂笑着一再击发,最后一座塔、最后一颗棋子,也逃不过烈焰焚烧的命运,随着蓝色碎片直朝天上群星而去。

"我要让他们好看!我要让所有人好看!"

"你继续吧,秀给我们看哪,萨姆。"埃尔玛倒卧在暗影中说道。

"我们又到了另一座城!"萨姆装填好子弹,"看我怎样料理它!"

幽灵般的蓝色火星舰队隐隐约约出现在他们后方,稳定而快速地逼近。起初他并没有看见他们,只是察觉到一阵呼啸,以及高分贝的尖鸣,仿佛是精钢斩过沙地,事实上也是沙船尖锐如利刃的舰首削切海床的声响;桅杆上的旌旗，或红或蓝，随风飘荡。蓝光下，船舰是一片片暗蓝色的形影；戴着面具的人群，脸上泛起银光，双目似蓝星，两颊旁边雕琢金色耳轮，面颊贴有锡箔，嘴唇镶饰红色宝石，两手交叉置于胸前。这些追赶他的人，正是不折不扣的火星男儿。

一，二，三。萨姆计数着。火星沙船愈靠愈近。

"埃尔玛，埃尔玛，我没办法完全抵挡他们！"

妻子并没有答话，也未能自倒卧处起身。

萨姆开了八枪。其中一艘沙船中弹解体：船帆、翠绿船身、青铜制的铆接点、和月光一样雪白的舵柄，还有许许多多支离破碎的物事。船上戴着面具的人们，全数被震开，陷入沙堆之中，燃起熊熊橘色烈焰，随即化作缕缕黑烟。

然而，其余船只仍不断紧逼。

"他们的人太多了，埃尔玛！"他叫道，"他们会把我杀了！"

萨姆抛出船锚，却完全起不了作用。船帆下降、折叠，飒飒声响仿佛叹了口气。船停了，风息了，逃亡也就此终结。整个火星静止不动，此时火星人巍峨的巨舰缓缓包围，带着顾虑、犹豫不决地迎向他。

"地球人。"声音从某个高处的座椅传来。一张银色假面有了动作。说话的同时，唇缘的红宝石闪烁着光彩。

"我什么都没做啊！"萨姆看着在场的火星人，总共约有一百个，将他团团围住。火星上残存的火星人已经不多——总计一百名，顶多一百五十名上下。绝大部分都在这里，乘着再度复活的沙船，来到这死海之上，濒临他们死寂的棋城。其中一座才刚刚倾倒，就如同圆石掷向脆弱花瓶的景况。他们脸上佩戴的银色面具闪闪发光。

"这全都是误会呀！"萨姆站在自己的船上，犹不死心地辩解道。他的妻子瘫在后方船舱深处，形容枯槁，时日无多。"我来到火星，就跟其他所有殷实可靠，富有冒险犯难精神的企业家一样。我从一架坠毁的火箭搬出剩余物资，给自己建造最棒的小摊位，也就是你们在十字路口看到的那一座——你们都知道在哪里。你们得承认我盖得很不错。"萨姆干笑几声，环顾全场，"然后那个火星人——我晓得他是你们的朋友——就来了。他的死纯粹是意外，我向你们保证。我所要做的不过是拥有一间热狗摊，全火星独一无二，是第一家，也是最重要的一家。你们能了解吗？我将在那儿供应最棒的热狗，外加红辣椒、洋葱和橙汁。"

银色面具一动也不动。它们反射月光，看起来像是起火燃烧。黄色眼睛发出的光芒直接投射在萨姆身上。他觉得自己的胃部收紧、萎缩，纠结成一块岩石，于是把枪丢在沙堆里。

"我投降了。"

"捡起你的枪。"火星人异口同声。

"什么？"

"你的枪。"一只珠光宝气的手自某艘蓝色船舰的舰首挥舞着，"把它捡起来，收好。"

他不敢置信地拾起枪。

"现在，"那声音继续道，"将你的船调头，回到你的摊位那里。"

"现在？"

"现在。"那声音语气坚定，"我们不会伤害你。在我们有机会向你解释之前，你就逃走了。来吧。"

此刻，整队巨舰像是月蓟一般轻巧地回转。两翼风帆飘动，像是空中传来轻柔的掌声。面具们也改变方向，银光闪闪，照亮阴影。

"埃尔玛！"萨姆跌入船中，"起来呀，埃尔玛。我们要回去了。"因为心情放松，他极为兴奋，几乎开始胡言乱语，"他们不会伤害我，也不会杀我，埃尔玛。起来呀，亲爱的，起来嘛。"

"什么——什么？"埃尔玛眯着眼睛看看四周，就在整艘船再度乘风前进的当口，她慢慢撑起自己，像是做梦一般，回到座椅上，然后如同一大袋石头瘫在那儿，无法言语。

沙土在船底下迅速滑过。不过半小时的光景，他们就回到十字路口。等到船儿定锚，一干人等全数走到地面。

火星人的首领站在萨姆和埃尔玛面前，他的面具是由光亮的青铜锤制而成，眼部仅是两个深邃的蓝黑狭缝，代表嘴巴的裂口将字句吐向风中。

"准备好你的摊子，"他一面说着，一面挥舞一只戴有钻石手套的手，"准备好吃的，准备好奇特的醇酒，因为今夜实在是个美妙的夜晚！"

"你是说，"萨姆问道，"你们会让我继续待在这里？"

"没错。"

"你们并没有对我大发雷霆？"

那张面具的表情变得僵硬、冷漠，深深印在火星人的五官之上，他的眼睛也失去神采。

"准备好你那摆放食物的地方。"他淡淡地说，"还有，收下这个。"

"这是什么？"

萨姆眯眼看着递交给他的银箔卷轴，上头的象形文字如灵蛇般舞动。

"那是土地出让书，涵盖的范围从银山到蓝丘，还有从死海那头一直到远方的月长石谷及祖母绿谷。"火星人首领说明道。

"都是我、我的？"萨姆难以置信。

"都是你的。"

"一整片横跨十万英里的土地？"

"都是你的。"

"你听见了吗，埃尔玛？"

埃尔玛坐在地上，身体倚靠铝制的热狗摊，双眼紧闭。

"可是为——为什么你们要给我这份大礼？"萨姆问道，还试图看穿面具上的眼洞。

"不只那一份呢。还有这些。"随即取出另外六份卷轴。姓名、土地一并宣告周知。

"哇，那是半个火星！我居然拥有一半的火星！"萨姆紧握卷轴，发出咯咯响声。他对着埃尔玛挥舞这些文件，笑到快疯掉。"埃尔玛，你听见了没有？""我听到了。"埃尔玛看着天空回应道。

她似乎正在注意些什么，变得警醒了一些。

"谢谢，噢，谢谢你们。"萨姆对着青铜假面说道。

"现在就是那个夜晚。"那面具提醒道，"你一定要准备好。"

"我会的。那是什么——是个惊喜吗？火箭比我们之前所想的还要早到，提早一个月从地球出发？那整整一万架火箭，载着拓荒、采矿的人，还有工人跟他们的老婆，总共加起来有十万人，今晚就会抵达？那我们不就发了，埃尔玛？你看，我就跟你说嘛。我就跟你说过，那边的城镇不会一直都只有一千个人住在里面。有五万人快要来了，一个月之后再来个十万，到了年底就会住满五百万个地球人。而我就在这通往矿区最繁忙的公路上，开着这么唯一一家热狗摊！"

那面具随风飘浮。"我们要走了。赶快准备好。这片土地是你的了。"

摇曳的月影之中，老旧的火星船舰再度掉转，驶过飞驰的尘沙，好似蓝色彩羽，宛如某种古代花朵的金属花瓣，广大、沉静又可比拟钴蓝蝶翼。船上火星人的面具映着月光，光彩夺目，直到最后一道光芒、最后一丝蓝影消逝在群山之间。

"埃尔玛，他们为什么要这样做？他们为何不杀了我？难道他们什么都不知道吗？他们究竟是吃错了什么药？埃尔玛，你了解吗？"萨姆摇了摇她的肩膀，"我拥有了半颗火星！"

她专注地看着天空，不知在等待什么。

"来吧，"他继续说道，"我们得把这地方整理妥当。煎好热狗、热好面包、炒好红辣椒、洋葱去皮切丁、摆好佐料、把餐巾纸放在夹子里头，整个地方打扫干净，嘿！"他狂喜地跳起舞来，踢着脚跟，"噢，兄弟，我真高兴；是的，长官，我真欢喜。"他敞开五音不全的歌喉，"今天是我的幸运日。"

一股激情促使他煎了热狗，切了面包，还削了洋葱。

"火星人说会有个惊喜。只要好好想一想，这只意味着一件事，埃尔玛。一定是那十万人提早了行程，今天晚上就会来啦！这里会被塞爆！我们每天都会忙到很晚很晚，因为观光客会到处逛来逛去，看东看西。埃尔玛。想想看这都是钱哪！"

他走出摊位望向天空，可是并没有看见什么。

"也许再过一分钟吧。"他开心地深吸沁凉如水的空气，高举双臂，拍打胸膛，"啊！"

埃尔玛什么也没说，只是静静地削着马铃薯，制成薯条；然而她的目光无时无刻不离夜空。

"萨姆，"半小时后，她总算开了金口，"在那里。你看。"

他张望了一会儿，终于看见了。

地球。

一颗浑圆、完整的绿色球体已经升起，像是精工切割的石珠，出现在山丘之上。

"好个老地球哇。"他深情地悄悄说道，"好一个古老、奇妙的地球哇。送来你那饥饿的子民吧。再来，再来——这首诗要怎么继续呢？送来你那饥饿的子民吧，老地球。这儿有萨姆·帕克希尔，他的热狗早已煎熟，他的红辣椒正在热炒，每一样大小事物都整整齐齐、清洁卫生。来吧，你这地球，把你的火箭送来吧！"

他走出外面观看自己的摊子。它就完美无瑕地伫立在那边，如同一颗新生的蛋，置于死海海床之上。它是方圆数百英里的寂寥荒原中，唯一散发光彩的温暖核心；它像是巨大的黑暗躯体里头，独自律动的心脏。萨姆凝视着它，眼眶里泛出泪水，自豪中带有几许哀伤。

"这的确让你体会到什么是谦卑。"弥漫在熏肉香肠、烘烤面包和奶油的香气之中，萨姆如是说。"过来，"他对着天上繁星提出邀请，"谁先来买呀？"

"萨姆。"埃尔玛叫唤他。

漆黑的夜空里，地球发生异变。

它着火了。

其中一部分似乎裂成亿万碎片，仿佛一张爆开的巨型拼图。一道邪恶刺眼强光笼罩地球，长达一分钟之久，使它的大小暴涨为平日的三倍，然后开始逐渐萎缩。

"那是什么？"萨姆看着空中的绿火。

"地球啊！"埃尔玛回答道，双手紧紧交握。

"那不可能是地球，那不是地球！不，那才不是地球！不可能。"

"你的意思是说它不可能是地球，"埃尔玛看着丈夫，"那才不是地球。不，那不是地球；这就是你心里的想法？"

"不是地球——噢，不，它不可以是地球啊！"萨姆嚎啕大哭。

他站在原地，双手无力地垂在两旁，嘴巴开开，睁大的双眼失去神采，一动也不动。

"萨姆。"埃尔玛叫唤他的名字。这些日子以来，她的眼珠还是头一回绽放光芒。"萨姆。"

他只是呆呆地望着天空。

"唔。"她也不知该怎么说，只能安静地环顾四周。约略过了一分多钟，她忽然拾起一条湿毛巾向上挥舞，拍击自己的手臂："灯再多开几盏，播放音乐，把门打开。大概再过一百万年，另一批客人就会来了。要准备好哦。是的，长官。"

萨姆连动一下也不肯。

"这地点拿来开热狗摊，真是棒啊！"埃尔玛鼓励道。她伸手向前，从罐中取出一根牙签，剔着正中央的门牙齿缝。"跟你说一个小秘密，萨姆。"她挨近他的身子，悄悄地说，"看来我们要迎来淡季了。"

二〇〇五年十一月　观望者

当天晚上，他们全都跑出来仰望天空。他们放下正在享用的晚餐，或是等待洗涤的餐具，或是准备去看表演的盛装打扮，走到已经不能算是崭新的门廊，观看着那绿色的星点——地球。这是个下意识的举动，可是他们全都做了，好帮助他们更加了解刚刚才从收音机听到的新闻。地球在那儿，即将爆发的战争在那儿，几十万几百万的妈妈爸爸爷爷奶奶兄弟姊妹叔叔阿姨姑表亲戚也全在那儿。他们站在门廊，试图相信地球的存在，八成就像当初他们一度尝试要相信火星的存在一样；问题刚好颠倒过来。不管心里存有什么想法或念头，如今地球可以说是死了；他们已经离开那里三四个年头。太空是种麻醉药；几千万英里的虚空令人麻木，让记忆沉睡，印象中地球上的人愈变愈少，过去也一笔勾销，使这些人得以在这里持续安身立命。然而现在，就在今晚，过往的记忆被唤醒；逝者重生、地球又住满了人，千百万个名字成为谈论的焦点：那个谁谁谁今晚正在地球上做些什么？这个是怎样，那个又是如何？门廊上的人们，斜着眼偷偷观察彼此的神情。

九点钟左右，地球似乎爆炸了，起火燃烧。

人们高举双手,好像要拍熄火焰。

他们持续等待。

到了午夜,火终于熄灭,地球依旧挂在那儿。门廊上传来秋风般的喟叹。

"有好长一段时间没听到哈利的消息了。"

"他还好吧。"

"我们应该捎个信给老妈。"

"她也还好吧。"

"是吗?"

"嘿,别担心。"

"你认为她真的没事吗?"

"当然,当然;上床睡觉吧。"

可是没人敢动。他们摆好折叠桌椅,将迟未开动的晚餐端到夜晚的草地上慢慢吃;直到凌晨两点,光束无线电收到地球传来的消息。他们所阅读的是伟大的摩尔斯电码,像只远方的萤火虫闪烁不定:

预存核武提早爆炸,澳洲大陆核化。洛杉矶、伦敦遭轰击。战争爆发。回家。回家。回家。

他们站在桌边,不能自已。

回家。回家。回家。

"这一年来,你收到过你哥哥特德的来信吗?"
"你知道的。寄封信到地球得花五块钱,所以我不敢太常写。"

回家。

"我一直想知道简的近况;你还记得简吧,我那个年纪还小的妹妹。"

回家。

三点整。在这个冷飕飕的清晨,旅行用品店的老板抬头看了一眼。一大群人从街道那头走来。
"我们特别延长营业时间。想要买什么,先生?"
还不到破晓时分,架上的行李箱全都销售一空。

二〇〇五年十二月　寂静的城镇

干涸的火星海滨,坐落着一个白色的寂静小镇。这个镇空空荡荡,无人居住。商店里,成天就孤伶伶地点着几盏灯火。店门大开,仿佛人们迅速离开的一刻,忘记使用身上的钥匙。荒废的杂货店门前铁丝架上,摆放着一个月前才由银色火箭从地球运来的杂志;这些书册乏人问津,任凭风儿翻动、艳阳烧灼,内页也因而泛黄。

小镇已死。屋内的床铺空虚、冰冷。唯一的声响仅是电线和发电机的嗡嗡蜂鸣,它们自给自足,安然健在。被遗忘的浴缸中,水持续奔流,注入客厅,漫过门廊,向下流经小小花圃,喂养着遭人弃置的花朵。黑暗的戏院里,座椅底下的口香糖逐渐变硬,尽管齿痕还印在上面。

火箭发射场就在小镇的对面。这里留存着最后一架归返地球的火箭发射时遗留的难闻焦味。倘若你将一毛钱投入望远镜,将它对准地球,或许还可亲眼目睹那场大战。你或许会看到纽约被炸翻、伦敦蒙上一层和过往大异其趣的新生迷雾。到那时,大概你就能了解这座火星小镇为何被居民所弃。那撤退究竟有多么迅速?走进任何一家商店,砰一声敲击收款机上的"开箱"键,装钱的抽屉立刻弹出,里头叮当作响的全都是亮晶晶的铜板。地球上的大战想必十分惨烈……

此时此刻,沿着城中空旷大街迈开脚步,轻轻哼唱小曲,专注踢着前方马口铁罐的,是名身形高挑、细瘦的男子。他的眼睛散发出一道暗淡恬静的孤寂神采,骨瘦如柴的双手插进口袋,玩弄着里头崭新的零钱。他不时将一毛硬币扔掷于地,温和地一笑,丢下钱,继续向前走,银亮的光芒俯拾皆是。

这个男人名叫沃尔特·格里普。他拥有一座砂矿场,以及一间棚屋,都位于遥远的火星蓝山上。每两个星期,他都会走进城里,看看能否娶回一名聪慧、寡言的美娇娘。这些年来,他总是孤单地失望而归。不过,一周前他再度前来,竟发现城是空的!

那天,他实在太惊讶了,以至于当场冲进一家熟食店,手提箱随便一扔,点了一份特大号的三层牛肉三明治。

"来啦!"他吆喝道,手臂上多了条毛巾。

他手舞足蹈地在前一日已烘焙好的面包上头排放肉品,清出一张桌子,请自己坐下,开始大快朵颐,直到他觉得口干舌燥,却必须亲自出马找一台冷饮供应机点杯苏打水。这才发现,那个老板,刚好也叫沃尔特·格里普,礼数真是周到,二话不说,马上给他倒一杯!

他将牛仔裤塞满所有能够找到的钱,还推了一辆小推车，里头尽是十元纸钞，飞快地在城里横冲直撞。到了郊区，才突然醒觉：刚刚他的行为真是呆得可以。他根本不需要钱嘛。于是他把那辆推车，连同钞票，一并归回原位，从自己的皮夹里点出一元，当做是三明治的费用，丢入熟食店的钱箱，还附上二十五分钱小费。

当晚，他洗了热腾腾的土耳其浴，享用一客香嫩多汁的菲力牛排，佐以鲜美的蘑菇、进口的干雪莉酒，酒里头还加了草莓。他试了一套全新的蓝色法兰绒西装，搭配一顶深灰软毡帽，戴在枯瘦的头顶，样子颇为古怪。然后将零钱投入点唱机，点了首《我的老死党》，一连投了全城总共二十台机器。于是他那高瘦身影在荒凉街道上踽踽独行的同时，《我的老死党》忧郁哀伤的曲调充盈着整个寂寞的夜。他穿上新鞋，跫音轻巧，步履却十分沉重，冰冷的双手则插在口袋里面。

就这样，一整个礼拜过去了。他睡在火星大街上一栋舒适的房子里；早上九点起床，洗个澡，然后闲晃到城中寻找火腿和蛋充饥。接下来的上午时光，他忙着将一整吨的肉类、蔬果，还有柠檬派等冷冻起来。这些食物够他吃上十年，足以撑到火箭从地球回来的那一天，如果它们真会再回来的话。

今晚，他就这么游游荡荡，看着五颜六色的商店橱窗里所摆设的蜡制女模特儿，粉红色的肌肤，既娇艳又美丽。第一次，他感觉到这个小镇有多么死气沉沉；但也只能倒一杯啤酒，细细啜饮。

"啊，我真孤单。"他埋怨道。

格里普走进"精英戏院"，给自己放部电影，好转移心中与世隔绝的感受。戏院里空空洞洞，好比一座陵墓，还有灰黑色的幽灵爬在宽广的银幕上。他吓得浑身发颤，连忙冲出这鬼影幢幢的地方。

他决定要回到山里的家，于是快步走在城边一条马路正中央，几乎要拔腿狂奔。这时候，他听见电话铃响。

仔细地聆听。

"不知道谁家的电话在响。"

两只脚仍飞快地前进。

"应该要有人接电话啊。"他若有所思地说。

发现有石子跑进鞋里，格里普只好懒懒地坐在路缘石上，动手取出。

"有人！"他尖叫一声，身子弹了起来，"不正是我吗？我的老天哪，我是吃错什么药了？"他高喊道，整个人在原地团团乱转。哪间房子？是那间！

格里普冲过草地，飞上台阶，进入房舍，直朝一座黑暗的厅堂奔去。

他猛力拿起话筒。

"喂！"他吼道。

嘟嘟嘟嘟嘟嘟。

"喂，喂！"

对方挂断了。

"喂！"他大声咆哮，击打话机，"你这大白痴！"他疯狂地责骂自己，"居然呆呆地坐在路边，你这笨蛋！噢，你这他妈的无敌大笨蛋！"他紧紧抓住话筒，像是要掐出水来，"快呀，再打来呀，快呀！"

他从未想过或许还有人留在火星。一整个礼拜下来，他连一个人影儿都没瞧见。他之前还以为其他的城镇都跟这个一样杳无人烟。

现在，瞪着那具小小的，令他敬畏万分的黑色电话，格里普不住发抖。连锁的拨号系统串起火星上每一座城镇，到底这通电话是从三十个城镇当中的哪一个打来的？

他不知道。

他持续等待。趁着空档，他晃进这陌生的厨房，从冷冻柜里取出黑莓，解冻后囫囵吞下肚，心里郁闷食不知味。

"电话的另一头应该没人吧。"他喃喃自语道，"或许是哪里的电杆烧掉了，话机就自己随便乱响。"

可是他明明就听见按下切钮的声音，那不就代表远程有人挂断电话吗？

接下来整个夜晚，他就这么呆呆地站在大厅。"才不是因为那通电话的关系，我只是没有其他事情可做。"格里普自我安慰地说。

他专注于手表的滴答声。

"那女人不会再打了，她不会再拨打一个没人回应的号码。现在她很有可能打到城里的其他地方！而我坐在这里——等一下！"他笑了，"为什么我一直都认定那电话是女人打的？"

他眨了眨眼。"也有可能是男的啊，不是吗？"

他心一沉，忽然觉得空虚、寒冷。

格里普走出屋外，兀自站在凌晨时分朦胧的街道中央。

倾听四周，万籁俱寂，没有鸟鸣，更无车声，只有自己的一颗心在跳动；扑通一声，暂停了一会儿，又扑通一下。脸颊紧绷而疼痛。风轻轻地吹，噢，如此轻柔地拂过他的大衣。

"嘘，"他悄声道，"仔细听。"

他的身子轻轻摆动，缓慢地绕着圈子，侧耳听过一间又一间寂静的房舍。

她会一个号码接着一个号码不断拨打，格里普心想。那绝对是个女的。为什么？因为只有女人才会不停地打电话。男人不会。男人很独立自主。我打过电话给谁吗？没有！连想都没想过。所以那一定是个女人。老天保佑，那一定得是个女人!

听。

远远的,在群星底下,传来电话铃响。

他拔腿快跑。他停下来听清楚方向。那铃声细不可闻。又跑了几步路。比较清晰了。他冲进一条小巷。更大声了!他跑过六间房子,再经过六间。声音愈来愈大!他分辨出是哪一栋,可是大门却紧紧深锁。

就是里头的电话在响。

"去你的!"他猛力拉扯门把。

铃声如雷贯耳。

他使尽吃奶的力气,举起一张摆在门廊边的座椅,从窗户扔进起居室,自己随后也跳了进去。

他连电话的边都还来不及够着,铃声就戛然而止。

他只能大步在屋里晃荡,打破镜子、扯下窗帘,厨房的炉具也被狠狠踢了一脚。

最后,精疲力竭的他总算拾起那本薄薄的电话簿,里头记载着火星上每一个电话号码。总共列出五万个名字。

他开始拨打第一通。

阿米莉娅·艾姆斯。格里普拨了她在新芝加哥的电话,在死海的另一端,距离此地有一百英里之遥。

没人应答。

第二个人住在新纽约。去那边得横越蓝山,走上五千英里。

依然无人响应。

他打了第三、第四、第五、第六、第七、第八通，手指头打到抽筋，抓不稳话筒。

另一头响起一个女声："喂？"

沃尔特兴奋地喊回去："喂，我的天哪，喂！"

"这是电话录音机，"那声音陈述道，"海伦·阿拉苏曼小姐现在不在家，请留下您的讯息，等她回来后会尽快与您联络。喂？这是电话录音机，海伦·阿拉苏曼小姐现在不在家，请留下您的讯息……"

他挂了电话。

坐下来，嘴角不停地抽动。

想了一会儿，他重新拨打那个号码。

"等海伦·阿拉苏曼小姐回来的时候，"他说道，"叫她去死吧！"

他打给火星中继站、新波士顿、阿卡狄亚和罗斯福市的接线中心，推断人们比较可能从这些地点打过来；之后，他又试图联系各地的市政厅和其它公共机构。他还打给每一家最豪华的饭店，猜想那名女子会利用机会好好奢侈一下。

突然间他停下动作，猛力拍掌，开心地笑了。就是这样！他查阅电话簿，打了一通长途电话到新得克萨斯市里最具规模的美容沙龙。还有什么地方会让女人流连忘返，坐在吹风机底下，脸上还敷着泥块？那铁定是一间天鹅绒般柔软舒适、钻石般晶莹闪亮的美容沙龙！

电话通了。另一头有人拿起话筒。

一个女人的声音说道："喂？"

"假如这是电话录音，"沃尔特·格里普宣称，"我就会过去把你那个地方给炸掉。"

"这不是录音，"那女子道，"喂！噢，喂，我是真的人！你在哪里？"她兴奋得尖叫。

沃尔特乐到几乎就要崩溃。"你！"他猛然起身，眼睛睁得老大，"我的天哪，我是走了什么运，你叫什么名字？"

"吉娜维芙·谢瑟！"她在电话边激动得掉泪，"噢，我真高兴能听见你的声音，不管你是谁！"

"我是沃尔特·格里普！"

"沃尔特，哈啰，沃尔特！"

"哈啰，吉娜维芙！"

"沃尔特。这名字真好听。沃尔特，沃尔特！"

"谢谢。"

"沃尔特，你在哪里？"

她的声音是如此亲切、甜美，格里普不禁将话筒靠紧耳朵，好一字不漏地倾听她的轻柔娇声。他觉得整个人飘飘然浮在空中，脸颊也热了起来。

"我在马林村，"他回答道，"我……"

嘟嘟嘟。

"喂？"他喊道。

嘟嘟嘟。

他轻轻摇动电话的挂钩，仍旧没有声音。

必定是哪边来了一阵风，把电杆吹倒了。吉娜维芙·谢瑟就此消失，就如同她的到来一样迅速。

他再度拨打，线路却始终不通。

"不管怎样，我至少还知道她在哪里。"他冲出房舍。旭日东升的同时，格里普自屋主的车库倒出一辆甲壳虫汽车，后座塞满了从屋里搜刮出的食物。他以每小时八十英里的高速冲上公路，直朝新得克萨斯市前进。大概有一千英里吧，他心里头盘算着。吉娜维芙·谢瑟，坐好哦，你一定会收到我的消息！

他在每个出城途中的转角狂鸣喇叭，一个也不放过。

日落时分，历经一整天不可思议的狂飙之后，格里普将车停在路边，踢落紧紧贴在脚丫的鞋子，整个人摊平在座椅上，拉下灰色软毡帽，盖住疲倦双眼，呼吸也变得舒缓、规律。薄暮之下，晚风吹拂，群星的光芒轻轻照耀着他。亿万年不变的火星山岭环绕四周。某座火星小镇的尖塔群也在星光下现出形迹，点缀在蓝山之间，如棋局般小巧玲珑。

他躺卧在清醒与睡梦之间的灰色地带，不时喃喃自语。吉娜维芙。噢，吉娜维芙，甜美的吉娜维芙。他轻轻唱着，岁月一年一年地到来，岁月一年一年地溜走。可是吉娜维芙，甜美的吉娜维芙……心中洋溢着一股暖意。他可以听见她恬静、清冽的声音不停地吟哦：喂，噢，哈啰，沃尔特！这不是录音。你在哪里，沃尔特，你在哪里？

他叹了一口气，伸手意欲抚摸月光下的她。长长的深色头发飘扬在风中，煞是好看。她的唇是鲜红的薄荷，脸颊一如新摘湿润的玫瑰。而她的娇躯却像是透明薄雾，只有那恬静、清冽的声音一次又一次对他哼着那首古老、哀伤的歌曲：噢，吉娜维芙，甜美的吉娜维芙。岁月一年一年地到来，岁月一年一年地溜走……

他就此进入梦乡。

午夜，格里普终于抵达新得克萨斯市。

车子停在那间高级美容沙龙的门口，他高声呼唤。

原以为她会立刻冲出，满心欢喜，全身香喷喷。

可是却毫无动静。

"她睡着了吧。"格里普走向大门，"我来啦！"他叫道，"喂，吉娜维芙！"

这座城市静静地享受双重的月光。不知从何处传来清风拍打帆布篷的声响。

他拉开玻璃门,走了进去。

"嘿!"他不自在地笑道,"别躲啦!我知道你在这里!"

每个隔间都找过一遍。

他在地板上寻获一条小巧的手帕,闻起来无比芬芳,使他差点失去重心,坐倒在地。"吉娜维芙。"他喃喃说道。

他开着车绕着空荡荡的街道,却什么也没瞧见。"是不是有人在开我玩笑……"

格里普把车子慢下来。"等等。线路是突然中断的。或许在我开来这里的同时,她也开车到马林村去!她很可能沿着那条老海路开,所以我们就没得碰头。她怎么知道我会过来找她?我没说我会呀。线路断掉的时候,她是如此担心害怕,所以她就冲到马林村去找我!而我却在这里,天哪,我真是笨得可以!"

猛按一下喇叭,车子飞快地出城。

格里普整晚都紧握着方向盘。他心想:要是我到的时候,她却没有在马林村等我,那该怎么办?

不,他不能那样想。她一定会在那里。而他会冲上前抱住她,甚至还可能亲吻她,正对嘴唇印下去。

吉娜维芙，甜美的吉娜维芙，他轻轻哼唱，右脚重踩油门，速度飙到每小时一百英里。

黎明的马林村寂静无声。几家店里还点着昏黄灯火；就连原已连续播放一百个小时的点唱机，也因为电路烧坏而无法继续，使得全镇更显沉默。阳光温暖了街道，也温暖了寒冷而无云的天空。

沃尔特拐了个弯，进入主街。车灯还开着，叭叭两下连鸣，在一个转角按了六回，另一个转角又按了六遍。他注视着商店招牌，整张惨白的脸满是倦意，双手搁在早已被汗水浸湿的方向盘，左右滑动。

"吉娜维芙！"他喊向空无一人的街道。

有间美容沙龙的大门开启了。

"吉娜维芙！"格里普停下车。

就在他奔跑过街的同时，吉娜维芙·谢瑟出现在敞开的沙龙门口，手臂上摆放一盒开着的奶油巧克力。搂着那个盒子，紧紧不放的手指，不仅胖嘟嘟，还苍白没有血色。格里普步入灯光下，才看清楚她那张浑圆、肥厚的脸；两只眼睛宛如巨大的鸡蛋，嵌入一坨白色的生面团。她的腿和树干一样粗壮，拖着脚步笨拙地移动。一头杂乱无章、深浅不一的棕发，不知吹整染烫了多少回，看起来跟鸟窝没什么两样。这女人根本就看不出有嘴唇；为了弥补这项缺点，她以口红描出一张油腻腻的血盆大口，时而开心地咧嘴而笑，时而惊恐警醒，瘪嘴紧闭。眉毛则拔得只剩两条昆虫般的触须。

沃尔特停下脚步，脸上的笑意融化了，站在原地盯着她看。

她将手中的一整盒巧克力糖扔在人行道上。

"你是——吉娜维芙·谢瑟？"他的耳朵嗡嗡作响。

"你是沃尔特·格里夫？"她问道。

"格里普。"

"格里普。"她纠正自己的错误。

"幸会幸会。"他的声音颇为压抑。

"幸会幸会。"她握住他的手。

她的手指黏答答的，沾满了巧克力。

"唔。"沃尔特·格里普吐出一个单音。

"什么？"吉娜维芙·谢瑟问道。

"我刚刚说'唔'。"沃尔特答道。

"噢。"

此刻已经是晚间九点。整个白天他们都在野餐；至于晚饭，他本来准备好上等的菲力牛排，她却嫌太生了，于是他只好烤熟一点，结果烤得太透，像是煎的。他笑道："我们去看电影吧！"她说好，整只沾满巧克力的手搭上他的手肘。可是她就单单只想看一部五十多年前克拉克·盖博主演的老片。"他不是刚刚把你给杀了吗？"她咯咯发笑。"他不是现在就杀了你吗？"电影结束。"再放一遍。"她命令道。"再一遍？"他想确认一下。"再一遍。"她很坚持。等到他处理完毕，回到座位，她整个人舒舒服服地依偎着他，两只熊掌紧紧搂住。"你跟我期待中的样子差很多，不过你人真好。"她坦白说道。"谢谢。"他咽了口气。"噢，那个盖博！"她边说边捏他的大腿。"哇！"他痛得叫出声音。

看完电影，他们沿着寂静的街道大肆采购。她敲破窗户，换上一套所能找到最亮眼的洋装。然后倒了一整瓶香水在头发上，看起来像是一条被水淹过、全身湿答答的牧羊犬。"你几岁了？"他询问道。"你猜。"尽管身上还滴着香水，她还是引领他在街上漫步。"噢，三十吧。"他答道。"唔，"她扭扭捏捏地公布答案，"我只有二十七岁啦，很接近了耶！"

"这里还有一家糖果店！"她兴奋地说道，"坦白讲，自从事件爆发之后，我就一直过着奢侈有钱的阔日子。我从来就没喜欢过身边的人，他们全都是笨蛋。两个月前就出发回地球了。我原本应该要搭上最后一班火箭，但我还是留了下来；你知道为什么吗？"

"为什么？"

275

"因为每个人都在跟我过不去。所以我决定待在一个可以成天把自己洒得香喷喷、喝上一万杯啤酒、吃糖果吃到爽、却没人会吐槽说'噢，那些全都是热量！'的地方。所以我就在这儿啦！"

"你是在这儿没错。"沃尔特闭上眼睛。

"已经很晚了。"吉娜维芙看着他。

"是啊。"

"我累了。"她说道。

"怪了，我还很清醒呢。"

"噢。"她不知如何回应。

"我觉得好像精力充沛，可以整晚都不睡觉。"他提议道，"喂，在迈克的店里有张唱片很棒。来嘛，我放给你听。"

"我累了。"她抬头望着他，明亮的眼眸闪过一丝诡秘。

"我精神还很好哩，"他说道，"真奇怪。"

"我们回那间沙龙，我想要给你看一样东西。"她说。

吉娜维芙拉着沃尔特穿过玻璃门，引领他走到一个大型的白色箱子前面。"我从新得克萨斯市开车过来的时候，随身带着这个。"她解开粉红色的缎带，"我在想：唔，我，火星上唯一的女人，都过来这边了，而你又是唯一的男士。然后，嗯……"她掀开盖子，窸窸窣窣地向后折好一层又一层的粉红棉纸,然后轻轻拍了一下。"好了。"

沃尔特·格里普瞪大眼睛。

"那是什么?"他问道,身体开始发抖。

"你不知道吗?小傻蛋。它是纯白蕾丝做的,很精巧、很漂亮呢。"

"不,我不晓得那究竟是什么玩意儿。"

"那是婚纱啊,你好笨哪!"

"是吗?"他的声音哑了。

格里普紧闭双眼。她的声音依旧清洌、甜美,跟电话里听到的一模一样。可是当他睁开眼睛看着她的时候……

他挺直身躯。"真美呀。"

"可不是吗?"

"吉娜维芙。"他瞥向门口。

"唔?"

"吉娜维芙,我有话要跟你说。"

"什么?"她慢慢挨过来,圆滚滚的苍白脸蛋满是浓郁的香水味道。

"我想要跟你说的是……"

"是什么?"

"再见!"

在她来得及尖叫之前,他赶忙奔出大门,冲进车里。

她跑在后头,站在路边,眼睁睁看着他将车子开走。

"沃尔特·格里夫，给我回来！"她挥舞手臂，不停地哀嚎。

"格里普。"他纠正道。

"格里普！"她吼着他的名字。

不管她再怎么捶胸顿足，再怎么声嘶力竭，那辆车还是头也不回地驶离这条寂静的街道。排放出的废气拂过她紧紧握在肥嘟嘟的手里、早已弄皱的白纱礼服。天上星光闪耀，车子就这么开往沙漠，消失在黑暗的尽头。

格里普不眠不休地开了三天三夜。有一度他还以为后头跟着一辆车，吓得他直冒冷汗，连忙取道另一条公路，抄近道横越这孤寂的火星世界，穿过一座又一座小小的死城。他开着开着度过整整八天，距离马林镇有上万英里之遥。然后他驶入一座名叫霍特维尔泉的小镇，那里有些小店，让他能在夜里点起灯光，获得补给，也有些饭馆可以供他坐在里头，饱餐一顿。从这时候开始，他就一直住在那个地方；有满满两座大冷冻柜的食物，够他吃上一百年；也有足够的雪茄，抽上一万个日子不成问题；当然还有张舒适的床，上头铺着柔软的床垫。

在这漫长的岁月里，真有那么几回，电话铃响了——可是他绝对不接。

二〇二六年四月　漫长的岁月

每当阵阵凉风拂过天空,他们小小的一家人就会坐在石砌小屋里,燃起柴火,温暖双手。风儿吹动运河河水,几乎快把星星刮跑;然而哈撒韦先生总是心满意足地坐在那里和妻子攀谈,太太都有所回应。他还会跟儿子与两个女儿诉说之前在地球上的种种往事,他们也简单明了地应和着。

大战结束已有二十个年头。火星成了陵墓般的星球。地球是否遭受同样的下场,就成为哈撒韦和家人在绵长的火星夜晚,默默讨论争辩的话题。

是夜,一场凶猛的沙尘暴笼罩低矮的火星墓园,扫过古老城镇,美国人新建的都市也无法幸免;塑料围墙被扯开、撕裂,整座城化作沙土,成为不毛之地。

风暴渐渐平息。哈撒韦走出屋外,顶着风,目睹地球在晴朗夜空闪烁着绿色的光辉。他举起手臂,像是在黯淡的房间里,伸手调整天花板上朦胧未明的灯泡。他的眼神扫过死寂已久的海床,心想:整颗星球应该没有其他活生生的个体了。只有我,还有他们。此时视线再回到石屋之内。

地球现在变得如何了？就算透过他那具三十英寸的望远镜，也无法观察出外观上的任何变化。唔，他想着，假如我够小心的话，还可以再活个二十年。到时候或许就会有人来了。不论是跨越死海，还是搭乘火箭，拖着一道小小的火红焰尾，从天而降。

他对着小屋喊道："我要出去走走。"

"好啊。"妻子回应道。

他静静地穿越重重废墟。"纽约制造。"经过一块金属板时，随口念出上面的字样，"这些来自地球的东西，消失的速度远比古老的火星市镇要快呀。"他远眺耸立于蓝山之间，已有五千年历史的村庄，感叹地说。

走着走着，他来到一座僻静的火星墓园，寂寥的微风轻轻拭过整片小巧的六角石碑。

他站在那儿，向下望着四座坟墓；坟上插着简陋的木造十字架，上头刻有亡者的姓名。泪水并未夺眶而出，因为它们早已流干。

"你们能原谅我的所作所为吗？"他对着十字架问道，"我实在很孤单哪，你们知道的，不是吗？"

他走回石屋，就在进门的一刹那，再一次将手搁在眉梢，目光对准黑暗的天空来回搜寻。

"你一直等、一直等，一直看，"他自言自语道，"或许在某一个夜晚……"

空中浮现一团小小的红色火焰。

他向外走了几步,避免受到屋内灯光的影响。

"——现在你又在看了。"他悄声道。

那团小小火光还在天上。

"昨晚没瞧见这玩意儿啊。"低语嘟哝着。

哈撒韦跌了一跤,连忙起身,跑到小屋后面,转动望远镜,朝天空看去。

他渴切盼望地凝视着镜头,足足有一分钟。随后,身影出现在小屋低矮的门口。妻子儿女不约而同,转头朝向他。良久,他终于得以开口说话。

"我有个好消息。"他说道,"我刚刚观测夜空,有架火箭要过来载我们回家。明天清晨就会到了。"

他放下双手,将头埋入掌心,开始轻轻哭泣。

凌晨三点,哈撒韦动手焚烧新纽约殖民地所遗留下来的一切。

他手持火把,走进这座人造都市,任由火舌四处吞噬城墙。熊熊火光、阵阵热气不断自城里蒸腾而上。那是整整一平方英里的照明,就算在太空中也清晰可见,一定能够引导火箭降落此地,接走哈撒韦先生和他的家人。

他回到小屋,心脏因急速跳动而隐隐作痛。"看到了没?"他自暗处取出一只沾满灰尘的瓶子,在灯光下高高举起,"这是我收藏的酒,就是为了今晚。我早知道总有一天会有人找到我们！我们来喝一杯，好好庆祝一番！"

他斟满五杯酒。

"这段日子还真久，"他看着自己的杯子，语重心长地说，"还记得大战爆发的那一天吗？已经是二十年又七个月以前的事了。所有的火箭都被召回，而你、我和孩子们，刚好在山里进行考古工作，研究古代火星人的外科手术法。我们骑马狂奔，差点就累死它们，还记得吗？不过我们晚了一个星期才抵达城里；所有人都走光了。美国早已被摧毁；火箭全数飞走，连留下一架等候落在后头的人也不肯，记得吗？还记得吗？然后我们就变成唯一留在火星上的人啦？天哪，老天爷呀，这段岁月是怎么过的啊。要不是你们全都在这儿，我真不知道该如何撑下去。不过，跟你们在一起，等得再久也值得。所以现在就来敬我们大家。"他举起酒杯，"也敬我们这么长的时间都在一起等待。"随即一饮而尽。

他的妻子、儿子和两个女儿也各自端起杯子沾沾嘴唇。

可是酒液却从他们的下巴滴落地面。

天亮时，城市化为焦黑、轻柔的碎片，在海床之上随风飘荡。火已熄灭，但目的早已达成；天空中的红点愈来愈大。

石屋里传来阵阵烘烤姜饼的浓郁气息。哈撒韦进门时，他的妻子正站在桌边，准备好刚出炉，还热腾腾的面包。两个女儿手持硬毛扫帚，轻轻刮扫光秃秃的石砌地板；儿子则忙着擦拭银器。

"我们要为他们准备一顿丰盛的早餐。"哈撒韦笑道，"穿上你们最漂亮的衣服吧！"

他赶忙穿过自家土地，走到宽广的铁棚底下。里头摆着他这些年来，凭借自己一双神经质但精细灵巧的手所修复的冷冻设备和发电机；他也利用闲暇时光，修好时钟、电话和录音机等。棚内满是他亲手打造的物品；还有几台机器，现在就算是他自己来看，也摸不清楚它们的功用。

他从冷冻柜深处，取出一盒盒足足摆了二十年、早已结霜冰封的豆子和草莓。就像《约翰福音》里，拉撒路从死里复活一样啊，他心想，随后又拉出一只冻透的鸡。

火箭着陆时，空气中满是烹煮食物的香味。

哈撒韦像个小男孩一样跑下山丘。由于胸口突然发痛，他一度停歇，坐在石头上调匀呼吸，然后跑完剩下的路程。

他站在火箭所排放出的热风之中。一道舱门开启。有人朝下方看去。

哈撒韦护着眼，打量了一会儿，终于说道："怀尔德舰长！"

"那是谁?"怀尔德舰长发出疑问,于是跳下火箭,站在那儿端详着这名老人,最后把手伸了出去。"天哪,是哈撒韦!"

"没错。"两人注视着彼此的脸庞。

"哈撒韦,第四次探访那时候的老部属。"

"那是很久以前的事了,舰长。"

"太久了。见到你真好。"

"我老了。"哈撒韦淡淡地说。

"我自己也不再年轻了啊。二十年来,我去了木星、土星跟海王星。"

"我听说他们升了你的官,同时也把你架空,好让你无法干涉火星上的殖民事务。"老人环顾四周,"你这一去太久了,所以不知道发生了什么事……"

怀尔德道:"我可以料想得到。我们绕了火星整整两圈,除了你以外,只发现一个人。他名叫沃尔特·格里普,距离这儿大约一万英里。我们本来给他机会,让他跟我们走,可是他不肯。我们离开的时候,他还坐在一张摆在公路正中央的摇椅上,抽着烟斗,挥手向我们道别。火星算是死透了,连一个活的火星人都没瞧见。那地球呢?"

"我知道的也没比你多。我偶尔会收到地球发送的无线电,讯号非常微弱。不过它总是说着某种异国的语言。遗憾的是,我只懂拉丁语。有几个字眼倒一直重复出现。我猜地球上大都已经变成废墟，可是仗还是继续在打。你要回去吗，长官？"

"是啊，我们当然很好奇。我们到达那么遥远的地方，却一直没有无线电的接触。不论如何，我们还是会回地球看看。"

"你会带我们一起走吗？"

舰长打开话匣子。"那是一定的啊。你老婆我还记得。那是二十五年前的事了，不是吗？火星第一城正式成立，你马上就办好退伍，把她带上火星。还有三个小孩……"

"我的儿子跟两个女儿。"

"是啊，我记起来了。他们也在这里？"

"就在山上我的小房子里。里头有一顿丰盛的早餐等着你们哩。要一起来吗？"

"这是我们的荣幸啊，哈撒韦先生。"怀尔德舰长对着火箭叫唤，"弃船！"

他们步行上山，哈撒韦和怀尔德舰长在前，其余二十名船员跟在后面，气喘吁吁地呼吸着早晨清凉、稀薄的空气。太阳升起，又是一个晴朗的好日子。

"你还记得斯彭德吗，舰长？"

"我永远都忘不了他。"

"大概每一年我都会到他的坟前走走。看来最后他还是达成了心愿。他不想让我们来到这里。我猜他现在一定很高兴,因为人全都走光了。"

"至于那个谁——叫什么来着?——帕克希尔,萨姆·帕克希尔呢?"

"他开了一家热狗摊。"

"听起来就像他会做的好事。"

"然后大战开始的第二个礼拜,他就回地球了。"哈撒韦捂住胸口,骤然坐在一块大圆石上,"对不起,实在是太激动了。这么多年来还能再见到你。得休息一下。"他感觉心脏扑通扑通剧烈跳动。他暗自计数,情况很糟糕。

"我们有医生。"怀尔德劝道,"不好意思,哈撒韦,我知道你自己就是,不过最好还是由我们的人来为你检查一下——"医生被叫来了。

"我还好,"哈撒韦坚持道,"这等待,这兴奋,"他几乎不能呼吸,嘴唇都发紫了,"你知道的,"就算医生把听诊器摆在他的胸口,他还是滔滔不绝,"仿佛我活的这些日子就只是为了今天,如今你们来到这里,把我带回地球,我就可以心满意足,含笑而终了。"

"药在这儿。"医生递给他一颗黄色药丸,"我们最好让你休息一下。"

"胡说八道。我坐一会儿就好了。能见到你们真好,尤其是再度听到家人以外的声音。"

"药还有效吗?"

"有。我们走吧!"

他们继续朝山上走去。

"艾丽斯,过来看看谁来啦!"

哈撒韦皱起眉头,弯身进入小屋。"艾丽斯,你听到了吗?"

他的妻子终于出现。随后,两个身材高挑、态度亲切的女儿也走了出来,后头跟着个头更高的儿子。

"艾丽斯,你还记得怀尔德舰长吗?"

她犹豫了一下,看着哈撒韦,似乎等待某种指示,然后微笑说道:"当然啦,怀尔德舰长!"

"我记得,在我出发前往木星的前一晚,我们曾经共进晚餐,哈撒韦太太。"

她精神饱满地握住他的手。"小女玛格丽特和苏珊。小犬约翰。想必你们还记得舰长吧?"

大伙儿握手言欢。

怀尔德舰长闻了闻屋内的气味。"是姜饼吗?"

"想要来一些吗?"

每个人都行动起来。折叠桌一张张马上摊开,热腾腾的食物迅速端上桌,瓷盘、银器、饰有花纹的餐巾也一一摆设妥当。怀尔德舰长站在原地,先是看着哈撒韦太太,随后是她的儿子,以及两个瘦瘦高高、默默做事的女儿。每当他们飞快地经过他身边,他便观察这些毫无皱纹的面容,特别注意脸上的一颦一笑,以及双手充满活力的一举一动。他坐在那张儿子带来的座椅上,开口问道:"约翰,你多大了?"

约翰回答道:"二十三岁。"

怀尔德愣了一下,手不由自主地动到桌上的银制餐具,脸色刹那间变得惨白。坐在旁边的人悄声说道:"怀尔德舰长,那不可能啊。"

那儿子走到别处,准备多拿几张椅子。

"怎么说,威廉森?"

"我自己都四十三岁了,舰长。我跟那位年轻的约翰·哈撒韦是同个时间进学校的,那是二十年前的事了。他说他现在只有二十三岁;而且他看起来就只有二十三岁。但那根本就错了。他应该至少也有四十二岁。那代表什么,长官?"

"我不知道。"

"您看起来像是生病了,长官。"

"我觉得不舒服。那两个女儿也是。我大概在二十年前就看过她们;可是她们一点都没变,连条皱纹也没有。可不可以帮我一个忙?我要你办点事情,威廉森。我会跟你说要去哪里看些什么。等会儿早餐吃到一半，你就溜出去。只要花你十分钟的时间。那地方并不远。登陆时我在火箭上就注意到了。"

"嘿！你们在谈什么，这么严肃？"哈撒韦太太动作灵巧快速，将汤舀进他们的碗里，"笑一个啊；我们都聚在一起，漫长的路程已经结束，来这儿就像回家一样！"

"是啊，"怀尔德舰长笑道，"你看起来的确非常年轻美丽，哈撒韦太太。"

"不愧是男人说的话啊！"

怀尔德看着她渐渐走远，热情洋溢的粉红脸蛋，光滑得就像颗苹果，光鲜亮丽，全无细纹。一听到笑话，她就发出悦耳的笑声；搅拌色拉的时候，又变得身手利落，绝不会停下来喘口气。骨瘦如柴的儿子和婀娜多姿的女儿也都聪明伶俐，像他们的父亲一样；他们口若悬河，诉说这些年来在火星上如同隐士一般的生活，而父亲就在旁边，对着每一位骨肉点头称许，态度颇为自豪。

威廉森偷偷溜下山。

"他要去哪里？"哈撒韦提出质疑。

"检查火箭。"怀尔德回答道，"不过，就像我刚刚说的，哈撒韦，木星上面什么都没有，至少对人类来说是如此。土星、冥王星也一样。"他只是机械式地动动嘴巴，连自己的话也充耳不闻，心中独独挂念威廉森跑下山，然后上来汇报所发现到的结果。

"多谢。"玛格丽特·哈撒韦为他斟满水杯。由于一时冲动,他碰了她的手臂。女孩完全没留意到。她的肌肤摸起来温热柔软。

坐在对面的哈撒韦,一段话断断续续停了好几遍,手指触摸胸口,显得十分痛苦。于是他只好倾听时而窃窃私语、时而高声喋喋不休的对谈,眼光则不时注意怀尔德;舰长看起来似乎不像在咀嚼姜饼。

威廉森回来了。他坐下取用食物,直到舰长悄悄地在他耳边问道:"如何?"

"我找到了,长官。"

"然后呢?"

威廉森的脸都白了,眼睛猛盯着那群有说有笑的人。那儿子说了个笑话,两个女儿露出端庄的笑容。威廉森道:"我去了墓园。"

"四个十字架在那边?"

"那儿的确有四个十字架,长官。上头还刻着名字。为了确保不会出错,我还写了下来。"他拿出一张白纸,照着念出里面的内容:"艾丽斯、玛格丽特、苏珊,及约翰·哈撒韦。死于某种不知名的病毒。二〇〇七年七月。"

"谢谢你,威廉森。"怀尔德阖上双眼。

"那是十九年前哪,长官。"威廉森的手不停地发抖。

"是啊。"

"那这些人是谁？！"

"我不知道。"

"您要怎么做？"

"我也不晓得该怎么做。"

"我们要通知其他弟兄吗？"

"先等等。当作没事一样，继续吃你的饭。"

"我现在不是很饿，长官。"

整个餐会以火箭带来的美酒作为结束。哈撒韦起身宣布："我敬在座各位；实在很高兴能和朋友们再度相聚。同时，我也敬我的内人、小孩，假使没有他们，我就不可能独自一个人活下去。也只有他们一直无微不至的照顾，我才能活到现在，等到你们抵达的这一天。"他举杯朝向家人，他们不好意思地望着他；到最后每个人开怀畅饮的同时，终于垂下了头。

哈撒韦喝干手里的酒。突然间，他向前倾倒，趴在桌上，随即滑落地面，整个过程哼都没哼一声。几个人小心安置他的身躯，医生弯腰倾听心跳。怀尔德碰了碰医生的肩膀，医生站了身，摇摇头。怀尔德只能跪在老人身旁，握住他的手。"怀尔德，"哈撒韦细小的声音几乎无法听闻，"我搞砸了这顿早餐。"

"别胡说了。"

"替我跟艾丽斯和孩子们说再见吧。"

"再撑一会儿,我去叫他们过来。"

"不,不,不要!"哈撒韦上气不接下气地说,"他们不会懂的。我也不想让他们了解!不要!"

怀尔德并没有动。

哈撒韦就这么死了。

怀尔德等了许久,然后才缓缓起身,自围绕在哈撒韦身边、个个目瞪口呆的人群之中走出。他走向艾丽斯·哈撒韦,正对着她的面容,说道:"你知道发生了什么事吗?"

"和我先生有关?"

"他刚刚过世了;是因为他的心脏。"怀尔德边说边注视着她。

"我很遗憾。"她说。

"你有什么感觉?"他问道。

"他不想让我们太过伤心。他跟我们说过,总有一天会发生这种事,而他不希望我们为此哭泣。你可知道,他并没有教我们要怎么哭。他不想让我们学会。他说,一个人所碰上最糟糕的事,莫过于知道自己有多孤单,知道如何去感伤落泪。所以我们不知道什么是哭,也不知道悲伤是什么样的感觉。"

怀尔德的眼神扫过她的双手,那温暖柔细的手掌、修剪整齐的指甲，以及两只纤细的手腕。他看着她修长、光滑的项颈，还有聪明慧黠的眼眸。最后他终于开口说道："哈撒韦先生的确把你和你的小孩做得尽善尽美。"

"听到你这样说，他一定会很高兴。他真的非常以我们为傲。才没多久，他就忘了是他自己亲手创造我们的。到后来，他深深地疼爱我们，把我们当作真的妻子儿女看待。而就某方面来说，我们的确也是。"

"你们给了他很大的慰藉呀。"

"是的，这么多年来我们都一直坐着聊天。他真的好喜欢讲话。他也喜欢这间石屋和营火。我们本来可以住在城里正常一点的房子，可是他就喜欢山上这边，生活要简朴、要摩登，随他高兴。他跟我提过关于他实验室的种种，以及他在里头所完成的丰功伟业。他把底下死气沉沉的美式城镇接上一具又一具的扩音器，只消按一下钮，整座城就会亮起来，发出各式各样的声音，仿佛有一万人住在那儿。飞机声、汽车声，还有人们高谈阔论的声响。他会坐着点燃一根雪茄，和我们聊天，然后城里的喧嚣就会传到这上头。还有几次电话铃响，会有一段录好的人声询问哈撒韦先生科学和医学方面的问题，他也会一一解答。有了这些电话、这座热闹的城市，还有我们跟他的雪茄，哈撒韦先生就很快乐了。只有一件事是他无法带给我们的。"她说，"就是让我们变老。他一天天老去，可是我们一直都是原来的模样。我猜他并不在意。我想他就是要我们维持这个样子。"

"我们会将他葬在园里,和其他四座坟墓做伴。我想他应该会喜欢那样。"

她轻轻地将手放在怀尔德的腕上。"我确定他会喜欢。"

命令下达。哈撒韦全家人也跟随小小的行列一块儿下山。两个人抬起一张担架,哈撒韦的尸身以布覆盖,躺在上面。一行人经过石屋,以及多年以前,哈撒韦就在那儿开始安排独居生活的储藏棚。怀尔德若有所思,在工作坊的门内停下脚步。

他心中纳闷不已:一个人怎么能够和一名妻子、三个小孩居住在偌大的星球上,然后他们都死了,只留下自己和清风寂静相伴。这个人该如何呢?在墓园里葬下他们,立起十字架,然后回到工作室,凭借着心灵和记忆的力量,运用巧手匠心,一点一滴,将属于妻子儿女的一切全部拼凑回来。有着下面一整座城镇可以供应所需补给,任何事情都难不倒这个才华横溢的人。

沙土裹住了他们的脚步声。正当他们转入墓地,两名弟兄早已挖好新坟。

日渐西斜,他们回到火箭上面。

威廉森对着石屋点点头:"我们要如何处置他们?"

"我不知道。"舰长答道。

"您要关掉他们吗?"

"关掉?"舰长眉宇间透露出淡淡的惊讶,"我从来没想过要做这种事。"

"您该不会想带他们一起走吧?"

"不,那没用的。"

"您的意思是要留他们在这里,像那样子,就像他们现在的情况!"

舰长递给威廉森一把枪。"如果你可以解决这个问题,你就比我还厉害了。"

五分钟后,威廉森从石屋处返回,全身汗流浃背。"在这儿,拿回您的枪吧。我现在了解您的意思了。我拿着枪走进屋内。其中一个女儿对着我笑。其他人也是一样。他老婆还倒了杯茶给我。天哪,我如果开枪打下去,就是蓄意谋杀啊!"

怀尔德点头同意。"再也没有什么能比他们更完美的了。他们被创造出来,可以维持十年、五十年,甚至两百年。没错,他们拥有相同的权利——和你、和我,和我们每个人一样活下去。"他倒干净手中的烟斗,"唔,上去吧。我们要出发了。这座城的生命已经完结,我们也不可能回过头来继续使用它。"

天色已晚，凉风吹起，人们登上火箭，只有舰长还迟疑不定。威廉森开口道："别跟我说您要回去向他们说——再见？"

舰长冷冷地看着威廉森。"不关你的事。"

怀尔德迎着晚风，顶着朦胧的黄昏景色，大步迈向小屋。火箭里的队员看着他的身影徘徊在石屋门外。接着看见一个女人的影子，舰长和她握了握手。

过了不久，他就跑步回到火箭。

每到夜里，来自死海海床的清风穿入六角形的墓园，拂过四旧一新，总共五个十字架，那低矮的石砌小屋里总会点起一盏明灯；当风儿萧萧、尘土飞扬、寒星点点的同时，屋内总是有四个人影，一名女子和她两个女儿、一个儿子，毫无缘由地照料着薪火，有说有笑。

夜复一夜，年复一年，没有原因，没有理由，那女子总会走出屋外看着天空；她扬起手靠着眉，好长一段时间注视着那个代表地球的绿色光点，浑然不知自己为何要抬头观望。然后，她回到屋里，扔一根柴薪到火堆里面；此刻晚风吹起，死寂的海洋更显死寂。

二〇二六年八月　细雨将至

客厅里，语音时钟正高声唱着：滴答，七点整，起床时间到啦，起床时间到啦，七点整！仿佛深怕没人听见。早晨的房舍空空荡荡，时钟继续运转，一而再、再而三地将声音传入这片空虚。七点零九分，早餐时间，七点零九分！厨房电炉发出嘶嘶叹息，热乎乎的炉内弹出八片烤得酥黄的吐司，另外也准备好八个半熟的煎蛋、十六片培根、两杯咖啡，以及两杯冰牛奶。

"在我们加州艾伦代尔市，"厨房天花板传来另一道声音，"今天是二〇二六年八月四日。"日期复诵了三次，好让人们记住，"今天是费瑟斯通先生的生日。今天是缇丽塔的结婚周年纪念日。保险费到期了，水费、燃气费、电费也该缴了。"

墙内某处，继电器喀嚓作响，记忆带在电眼监视下滑了过去。

八点零一分，滴答，八点零一分，该上学啦，该上班啦，快呀，快呀，八点零一分！可是没有猛烈的甩门，也没有橡胶鞋跟踩踏地毯。外面正下着雨，前门上头的百叶箱轻轻唱道："雨呀，雨呀，快快走；雨衣雨鞋要备妥……"雨点打在空屋，应声附和。

屋外车库叮的一声升起大门，露出等待主人前去驾驶的汽车。等了许久，门又摇了下来。

八点半，蛋都皱了，吐司也硬得跟石头一样。一把铝制楔子把它们刮进水槽；热水形成的涡流，将之灌入金属喉管，绞碎分解之后再一并冲走，流向远方的大海。肮脏的餐盘也被投入滚烫的洗碗机中，再度出现时，又变回原本干燥、洁白的模样。

九点十五分，时钟鸣唱道，该打扫啦。

精巧的机械鼠自墙壁里拥挤不堪的停驻处飞快地启动。屋内房间爬满了小小的、全是由橡胶和金属制成的清洁动物。它们在桌椅间横冲直撞，附有髭须的滚轮快速旋转，搓揉地毯上的绒毛，轻轻吸附看不见的灰尘。它们像是神秘的入侵者，转眼间就回到藏身的洞穴，电眼的粉红光芒也逐渐褪去。房子一尘不染，清洁无瑕。

十点整。太阳从绵绵雨丝中探出头来。原来这间房屋独自矗立在满是瓦砾和灰烬的废墟之中，是全城仅存的一栋。到了夜晚，颓圮的城市还发出辐射光辉，几英里之外清晰可见。

十点十五分。花园里的洒水器在空中划过一道道金黄圆弧，为轻柔的早晨空气带来点点晶亮。水迅速自窗格滑下，从早已焦黑的房屋西侧流至地面。那里被烧得均匀，不见白漆；除了五个地方，整面墙壁都是黑漆漆的一片。这儿是一块侧身的阴影，勾勒出一名男子正在割草的模样；这儿，仿佛照片中的影像，一个女人正弯身摘取花朵。再过去一点，两个人的形象在雷霆万钧的一刻被烙印在木墙上：一名小男孩扬手朝天，更高之处还显现出一个刚刚抛出的球形；他的对面则是一个女孩，伸出双手要接住那颗永远不会落下的球。

这五幅壁画——男人、女人、两个小孩和球——是墙上仅存的图样。其余部分均蒙上一层薄薄的焦炭。

洒水器仍静静地造出细雨，整座花园漫布闪闪流光。

直至今日，这屋子多么尽责地守护着它的宁静。它多么小心翼翼地出声询问："谁在那儿？请说口令。"由于无法从落单的狐狸或是呜呜呜叫的猫咪身上得到答案，它立刻紧闭窗户，拉起遮帘，就像一名老处女满是自我保护的念头，近乎机械的偏执。

这房舍对任何风吹草动均有所感应。假使有只飞燕挨身掠过窗子，遮帘旋即啪的一声弹到定位。鸟儿受到惊吓，马上飞走！不，就算是一只小小的鸟儿也不许碰触这栋屋子！

整间宅院就是一座祭坛，上万名大大小小的信众持续参拜，各司其职，齐声应和。只是神祇早已逝去，仪式却依旧呆呆地进行，没有用处，毫无意义。

正午十二点。

有条狗在门廊前颤抖哀鸣。

大门认得它的声音,于是敞开迎入。这条狗,曾经那么肥硕壮大,此时却瘦得皮包骨,身上满是疮疤。它在屋内四处游走,留下一道道泥渍足印。愤怒的机械鼠在后头飕飕作响,清扫泥巴,对狗带来的麻烦气恼不已。

就连门缝底下吹来一片残叶,墙底面板也会因此掀起,细小铜鼠蜂拥而出。入侵的尘埃、毛发,或纸屑,被纤细的下颚牢牢叼住,一行鼠辈如赛跑般奔回巢穴。那里有向下的管路直通地窖,脏东西就直接扔进焚化炉啸声咻咻的通风口;火炉好比邪神巴尔,坐镇在地底某个阴暗的角落。

狗儿跑上楼,歇斯底里地对着每扇门吠叫。最后,它才了解到屋子早已明了的事实:这里除了寂静,还是寂静。

它嗅了嗅空气,开始伸爪搔抓厨房门扉。门后,炉子正烤着松饼,满屋都是浓郁的烘香,以及枫糖浆的气味。

那条狗口水直流,躺卧在门边,鼻子猛力抽动,眼神快冒出火光。它狂野地绕着圆圈,咬着自己的尾巴,疯狂地回旋,最后终于累瘫在地,倒伏在起居室,足足有一个小时。

两点整,钟声唱道。

老鼠灵敏地感应到腐败的气息,像是顶着阵阵疾风的枯叶，轻轻倾巢而出。

两点十五分。

狗离开了。

地窖里，焚化炉忽然大放光亮，一团火星涌出烟囱。

两点三十五分。

天井的墙壁冒出桥牌桌，噼啪响过一阵，一张张纸牌便发放至各人的衬垫上头。橡木台备有马提尼和鸡蛋色拉三明治。音乐声也随即响起。

不过桌边依然冷清，牌也没人动过。

到了四点，桌子好似一只只巨大的蝴蝶，收合双翅，折回墙壁的夹层之中。

四点三十分。

育儿室的墙上开始缤纷闪烁。

动物们一一成形：黄色的长颈鹿、蓝色的狮子、粉红色的羚羊、淡紫色的豹，晶莹剔透，龙腾虎跃。墙是玻璃做的，呈现出色彩斑斓的幻想世界。上了油的扣链齿轮定时带动隐藏影片，四周墙壁都活了起来。育儿室的地毯织得像是长满谷物的青青草原；铝蟑螂和铁蟋蟀在上头爬来爬去；平静而炎热的空气中，红纱扎成的精巧蝴蝶在浓烈的动物体味里摇曳生姿！阴暗的风箱里，传来一波声浪，仿佛有一大窝纠结在一起的蜂巢塞在里面，以及狮子懒洋洋地呜呜轻吼。近似于长颈鹿的貛㺄狓鹿啪哒啪哒地跑过，还有一阵丛林骤雨，雨点好比兽蹄，不停落在盛夏硬挺的草地上。此时墙上画面化为枯黄野草，一英里又一英里，渐行渐远，上头则是温暖无垠的天空。动物们则纷纷走进带刺灌木丛和水坑之中。

这是属于孩子们的时间。

五点整。浴缸盛满干净的热水。

六点、七点、八点整。晚餐的菜肴像是变魔术似的出现又收走，书房里传出喀哒一响。壁炉对面的铁架燃起一道火光，有根雪茄弹了出来，上头已经焚烧了半英寸的细灰；它依然冒着烟，等待有人抽上一回。

九点整。隐藏电路开始烘暖床铺，毕竟这里的夜晚颇为寒冷。

九点零五分。书斋的天花板开始说话：

"麦克莱伦太太，今晚您想要欣赏哪一首诗？"

屋内鸦雀无声。

那声音最后说道："既然您没有表示任何喜好，我就随机选择一首。"轻柔的音乐衬托着他的话语，"莎拉·蒂斯代尔[①]的作品。就我了解，这是您的最爱……"

[①] Sara Teasdale（1884—1933），美国抒情女诗人。

细雨将至，大地芬芳，
燕儿盘旋，歌声嘹亮；

夜半池塘群蛙争鸣，
野地梅树轻摇白裳；

知更一身火红羽衣，
矮篱丝网随兴轻唱；

无人知晓残酷战事，
无人关心最终下场。

巨树小鸟，无一在意，
人类是否全数消亡；

黎明既至，春日再醒，
亦将不识吾已远扬。

石砌壁炉烈火熊熊，雪茄默默化为细灰，在烟灰缸里堆起一座小丘。寂静的墙壁之间，空荡荡的座椅面面相觑，音乐悠扬依旧。

到了十点，房屋开始步入死亡。坠落的巨大树枝击破厨房窗户。瓶瓶罐罐因而打翻、破裂，洗涤溶剂流到火炉上。不过一刹那的光景，整个房间全都起火燃烧！

"失火啦！"有个声音尖叫道。满屋子的灯光闪烁不定，天花板的水泵不停洒水。然而溶剂蔓延至亚麻地毯，火舌不断地在厨房门底舔舐、吞食，此刻所有声音一起高喊："失火啦，失火啦，失火啦！"

这房子试图自救。每扇门都啪的一声紧紧扣住，可是窗子却被热气冲碎，风使劲地吹，一面吐纳着火焰。

烈火带着亿兆颗愤怒的火星，不费吹灰之力，逐个房间攻城略地，随后攀上楼梯，房屋只能节节败退。同时墙里蹿出吱吱乱叫，四处狂奔的水鼠，发射体内水分后又连忙回头装填。墙壁本身也洒下一波波的人造雨。

可是一切都已太迟。某处有个水泵叹了几口气，抖个几下便停止不动。意欲浇灭火焰的阵雨自己倒先停了。诸多平静无波的日子里，用来填满浴缸、清洗碗盘的存水，此时全数消耗殆尽。

大火噼噼啪啪席卷楼梯，如同享用美食一般，咀嚼着二楼厅堂中毕加索和马蒂斯的画作。油绘肌肤遭受烘烤，画布渐渐变得酥脆，随即化为黑色碎屑。

现在火躺上了床，站在窗户边，帘幔也随之变色！

然后，援军来了。

毫无目标的机器人自阁楼地板的暗门中探头，绿色药剂直从龙头般的大嘴涌出。

火势退却了，就算强横如大象，看见一条死蛇也会退让三分。此时地板上二十条蛇甩着尾巴，清澈、寒冷，带有绿色泡沫的毒液正侵蚀着火龙。

然而，火也够机灵狡狯。它分派烈焰取道房舍之外，直攻水泵所在的阁楼。一声巨响！藏身顶楼，指挥水泵作战的首脑顿时爆炸，青铜碎片散落横梁。

火舌逮住机会，窜进衣橱，里头悬挂的服饰无一幸免。

屋子害怕得发抖，赤裸裸的骨架见了光，橡木支柱禁不起高热的淫威，根根瑟缩打颤；它的电线，也就是它的神经，也暴露在外，仿佛外科医生动手撕去皮肉，使得红通通的血管在灼热的空气中震动摇摆。救命啊，救命啊！失火啦！快跑，快跑哇！镜子如同脆弱的冬日薄冰，热浪一来就拦腰折断。人声不停地哀嚎着失火、失火，快跑、快跑，像是一曲悲怆的童谣；十几个声音有高有低，如同孩子们一个接着一个垂死在森林中，无人做伴，无人闻问。包覆线路如同滚烫栗子爆开的当下，人声也逐渐转弱，进而消失。一、二、三、四、五，死了五个声音。

育儿室的丛林也烧了起来。蓝狮怒吼，紫色长颈鹿腾空避难，豹子团团乱转，转换颜色。千万只动物跑在大火之前，消失在远方冒着蒸汽的河流里……

又有十个声音就此安息。火势排山倒海，一发不可收拾；幸存的语音仍全无所觉，此起彼落地报着时间、播着音乐、遥控刈草机修剪草皮，或是发了疯似的命令前门不停开开关关，遮阳大伞撑起又收回。千百个动作同时进行，就像钟表店里的时钟完全失控，一台接一台地敲击整点的报响，场面疯狂、混乱，却又协调一致。剩下几只清洁鼠高歌嘶鸣，英勇地冲出火场，带走可怕的飞灰！还有一个清高超卓的声音，无视现下光景，在炽热的书斋里大声诵诗，直到胶卷全数付之一炬，直到所有铜线枯萎消融、电路完全断绝。

房子被大火炸开，轰然一声，开始垂直下坠，喷出一圈圈的火花和浓烟。

漫天火雨夹杂残枝碎木倾盆而下的前一刻，厨房中依然可见炉子精神错乱，飞快地准备早餐：一百二十颗蛋、六片吐司、两百四十片培根，这些食物完全被火焰吞入肚内，可是炉子却毫不气馁，重新来过，一面发出歇斯底里的嘶鸣！

房屋完全崩塌，阁楼冲毁厨房和客厅，客厅闯进地窖，地窖又陷入第二层的地下室。扶手椅、影片胶卷、电线、床铺，所有一切如同尸骸一般，被丢下深渊底端乱糟糟的土冢之中，动弹不得。

此地空余寂寥和烟尘,大股大股的烟尘。

东方隐约泛起鱼肚白。废墟之中,一面墙壁依旧屹立不摇。纵使旭日高升,照耀着成堆破瓦废砾,以及蒸腾而上的热气,墙内最后的声音仍反复不断地诉说,一遍又一遍:

"今天是二〇二六年八月五日,今天是二〇二六年八月五日,今天是……"

二〇二六年十月　百万年的野餐

不管怎样，这主意是妈妈提出来的：也许办一场钓鱼之旅，全家人都可以玩得尽兴。不过这绝对不是妈妈的意思；蒂莫西知道得很清楚。这个想法一定来自爸爸，只是妈妈基于某种原因代为说项。

爸爸两脚不时翻动散乱无章的火星卵石，随口答应。于是马上就引起一阵尖叫和骚动。很快地，帐篷塞入行囊；妈妈匆忙换穿旅行用的上衣和背心裙；爸爸颤抖的双手将烟斗填满烟丝，眼睛盯着火星的天空；三名男孩高声叫喊，冲上汽艇，没人留意到父母，除了蒂莫西之外。

爸爸推动螺栓，小舟引擎的嗡嗡声立刻响彻云霄。水花向后飞溅，船儿笔直朝前，全家人齐声欢呼："好耶！"

蒂莫西和爸爸一起坐在船尾，小巧的手指就摆在爸爸多毛粗壮的大手上面；他注视着运河转折处，整艘船正驶离那支离破碎的地方；后头正是他们小小的家庭火箭，一路从地球飞来，降落于火星地表的所在。他还记得他们离开地球的前一晚：爸爸不知用什么方法，从哪儿寻获这架火箭，全家人匆匆忙忙急于动身，说是要去火星度假。就度假而言，路途实在太过遥远，不过看在两个弟弟的分上，蒂莫西并没有多说什么。他们到了火星,而现在他们却说:要做的第一件事,就是去钓鱼。

小船沿运河逆流而上,爸爸透露出古怪的神情,蒂莫西无法臆测那究竟代表什么意义。眼光锐利,却或许带着几分轻松。脸上深深的皱纹因此绽放笑容,而非愁眉深锁,亦非嚎啕哭泣。

冷却中的火箭也往反方向飞逝,转个弯就不见影迹。

"我们要走多远?"罗伯特的手掌溅起水花,看起来就像一只小螃蟹跳入紫罗兰色的流水中。

爸爸轻声说出:"一百万年。"

"哇!"罗伯特惊叹道。

"看哪,孩子们,"妈妈柔软细长的手臂指向某处,"那儿有一座死城。"

他们热切观看,兴致甚浓。死城仿佛特别为了他们,孤伶伶地躺在那边,动也不动,在火星气象员特别制造的寂静炎夏里打盹假寐。

爸爸看起来似乎因为这城是死的而心满意足。

它仅剩一落落分散四处的粉红岩石,沉睡在隆起的沙地上;还有几根倾圮的楹柱、一座与世独立的祭坛,然后又是绵延不绝的尘沙,方圆几英里均空无一物。白色荒漠包围运河,河面也是空空荡荡的蓝蓝一片。

就在此时,有只鸟飞了起来。像是扔掷飞越蓝色池塘的石头，击中某处，深深地沉入水面，终于消失不见。

爸爸看到时还吓了一跳。"我以为那是火箭呢。"

蒂莫西注视着海天交迭的深邃景象，试图要找出地球，仔细看看上头依旧持续的战争、崩坏的城市和自从他出生的那一天以来，一直不停打打杀杀的人们。可是他什么也没瞧见。战事太过遥远；从这里看去，就好比从高耸参天、安静无声的教堂底下，观看两只苍蝇在上方拱门相互搏斗、至死方休，实在没有意义。

威廉·托马斯擦了擦前额，发觉儿子的手像只年幼的蜘蛛，激动地抓着他的手臂。他将眼神对准儿子："蒂米，怎么啦？"

"我很好，爸爸。"

蒂莫西无法体会身旁那个巨大的成人身体里头究竟在想些什么。这名男子有个大大的鹰钩鼻，皮肤晒得黝黑，甚至要脱皮了——那热切的蓝色眼睛就好比他在地球上夏天放学过后所把玩的玛瑙弹珠，两条腿又粗又长，像柱子一样，外头套着宽松的马裤。

"爸爸，你在看什么，看得这么用力？"

"我正在寻找地球人的逻辑、常识、好心的政府、和平，还有责任感。"

"那些都在上面吗？"

"不，我并没有找到。已经都不在了。也许地球再也不会有这些东西。也许我们一直欺骗自己,以为它们曾经存在过。"

"唔?"

"看看鱼吧。"爸爸指着河里说道。

三个男孩摇摇摆摆,弯着柔软的脖子,一面观看,一面发出女高音般的尖叫。他们噢噢啊啊,惊叹不已。一条银色环鱼浮现在他们身旁,随波起伏,像一道虹彩般渐渐靠近,一下子包围住食物颗粒,张口吞食。

爸爸注意到这一幕,开口讲话,声音平淡、低沉。

"就像战争一样啊。战争一直游在旁边,寻找猎物,一口吞了进去。没多久——地球就不见了。"

"威廉。"妈妈提醒道。

"对不起。"爸爸道了歉。

他们静坐不动,将手伸进运河内,感受那清澈、冰凉的河水快速流过。四周只有引擎嗡嗡作响,船儿滑行水面,阳光普照,空气因此受热膨胀。

"我们要到什么时候才看得见火星人?"迈克尔高声问道。

"也许快了,"爸爸答道,"可能就在今晚吧。"

"噢,可是火星种族现在已经灭绝了呢。"妈妈提出质疑。

"不，并没有。我会找几个火星人给你们看，我是说真的。"爸爸立刻回应。

蒂莫西听了暗暗皱起眉头，但并没有插话搭腔。事情益发变得古怪。先是度假，再来是钓鱼，现在又是去看人。

其他两个男孩倒认真地架起双手，朝着七英尺深的石砌河底窥探，寻找火星人的踪迹。

"他们长什么样子？"迈克尔追问道。

"等你看到就知道了。"爸爸带着几分笑意，蒂莫西注意到他脸颊上的脉动。

妈妈的身形纤细柔弱，一头金发捆扎成辫，盘在头上以发饰固定；眼睛的色泽与阴影下沁凉深邃的河水雷同，近乎全紫，还带有点点琥珀的光辉。思绪像鱼儿一般，悠游于眼眶四周，清晰可见——有的明亮、有的黯淡、有的飞快闪过、有的缓慢而轻松；某些时候则隐晦不现，像是她抬头观望地球方位的一刻，除了原本的光彩，就再也看不出什么端倪。她坐在船头，一手搁在船缘，另一手则摆在深蓝马裤的膝盖部位。柔嫩项颈上的一道晒痕，彰显出上衣领口在该处盛开如一朵白花。

她不停朝前眺望，想看看那儿有什么动静，但实在看不清楚，于是她往回注视自己的丈夫。从他眼里的反光，她终于知道前方的一切；而且他的眼神之中，还增添了属于自己的一部分，那份果敢、坚毅，使她欣然接受，原本紧绷的脸庞松弛下来,转过头去,刹那间明白所要追寻的目标。

蒂莫西也看了。可是他所能看见的不过是紫色运河像一道笔直的铅笔线,居中穿过风蚀山丘所围绕的低矮却宽阔的谷地,直到消失在天的尽头。运河持续向前,穿过小巧玲珑的都市,假使你摇动它们,还会像枯干头骨内的甲虫一样沙沙作响。这样的城池,有一百座、有两百座,全都进入了炎炎夏日,或是沁凉夏夜里的梦乡……

他们走过千百万英里,只为了这次的郊游——不过是去钓鱼,可是火箭上头还带了把枪。不过只是度一次假,为何还带了这么多食物,就贮藏在火箭附近的隐秘处,够他们全家吃上一年又一年?度假。在这假期神秘面纱的背后,绝对不可能是一张轻柔的笑脸,而是某种僵硬、骨突,或许还恐怖骇人的恶容。蒂莫西无法揭开这面纱,而他那两个弟弟正忙不迭地欢度他们各自十岁和八岁的童年。

"还没看到火星人呢,真是胡说八道。"罗伯特两手捧着尖削的下巴,愤怒地盯着运河。

爸爸随身带着原子收音机,就绑在手腕上。它以古老的原理运作:只要把它贴在耳朵旁边,就会开始振动,说说唱唱。爸爸正听着它,他的脸看起来就像那些颓圮的火星城市,塌陷、干涸,形容枯槁。

随后他将收音机递给妈妈。妈妈听到声响,嘴巴张得老大。

"什么……"蒂莫西开口诘问,却一直无法把话说完。

就在此时,他们身后传来两次惊天动地、刻骨铭心的大爆炸,接着是六波较小的冲击。

爸爸猛一抬头,立即加速。小舟颠簸跳跃,飞快前进。罗伯特受到惊吓,尖叫连连;迈克尔倒满心欢喜,抱住妈妈的大腿,紧盯着水花连珠炮似的冲刷他的鼻尖。

爸爸突然来了个急转弯,放慢速度,进入一条细小的支流,直朝一座散发着蟹肉气味、老旧半毁的石砌码头而去。小船迎面撞上,力道之大,使得大家都摔向前方,幸亏没人受伤。爸爸早已屈身观察运河上的涟漪是否描绘出他们藏身的路线。水波横越河面,拍击石岸折回河中,又再度交叠在一起,抵消平息;阳光下波纹片片,最后全都消失无踪。

爸爸倾听着,其他人也一样。

爸爸回荡的呼吸声,犹如拳头击打在湿冷码头缘石的声响。阴影之中,妈妈那一双像猫一样灵活的眼睛正打量着他,试图发现一些蛛丝马迹,得以明了接下来又有什么事情发生。

爸爸终于放松心情,呼了一口大气,对着自己笑了。

"是火箭没错。我太神经过敏了。就是火箭的缘故。"

迈克尔问道:"究竟是怎么了,老爸,发生了什么事?"

"噢，我们刚刚把火箭给炸了，就这样。"蒂莫西回答道，他试着以客观、平实的口吻说出，"我以前听过火箭爆炸的声音。我们的刚刚爆了。"

"为什么我们要炸掉自己的火箭？"迈克尔继续追问，"嗯，爸爸？"

"笨哪，那是游戏的一部分！"蒂莫西说道。

"游戏！"迈克尔和罗伯特喜欢这个字眼。

"老爸在上头装好炸药，所以它就会爆炸，这样就没人知道我们去哪里，或是在哪儿降落。以防他们有可能跟过来看，知道了吗？"

"噢，原来是个大秘密！"

"被我们家的火箭吓成这样，"爸爸向妈妈坦白招认，"我太紧张了。其实会去设想还有其他火箭也是挺傻的。除了那一架，或许吧，假如爱德华兹和他太太真能开着他们的船一路过来的话。"

他再度将收音机放在耳边。两分钟后，像丢垃圾一样甩下手臂。

"终于结束了。"他对着妈妈说道，"收音机刚刚失去了原子讯号。最近这几年，世界上的电台剩不到几家，如今它们全都不见了。大气完全静默，恐怕这样的日子会持续很久。"

"会有多久？"罗伯特提问。

"也许——你的曾孙会再度听到的。"爸爸回答道。他就坐在那儿,可是三个小孩完全笼罩在他的情绪当中;先是因受挫而惊恐,而后坦然接受,顺从命运的安排。

最后,他再度将小舟移入运河,全家人继续驶往原来的方向。

天色渐渐暗了。日已西沉,一连串的死城坐落在他们前方。

爸爸轻声细语,对孩子们诉说。以往他总是疾言厉色,遥不可及,可是他现在却拍拍他们的头;只消一个字、一句话,他们便能心领神会。

"迈克尔,挑一座城吧。"

"什么,爸爸?"

"挑一座城哪,儿子。从我们经过的这么多城市里头挑一个出来。"

"好吧,"迈克尔说道,"我要怎么挑?"

"挑你最喜欢的那一座。罗伯特和蒂莫西,你们也是。挑出你们最喜欢的城市。"

"我想要一座里头住着火星人的城市。"迈克尔要求道。

"你会有的,"爸爸说,"我保证。"他的嘴巴应着孩子的话,眼神却看向妈妈。

不过二十分钟的光景,他们就经过了六座城。爸爸没再多提爆炸的事;他似乎把和儿子一起取乐,使他们高兴,当作第一要务。

迈克尔喜欢他们通过的第一座城，不过立刻遭到大家否决，因为每个人都怀疑仓促做出的第一个决定是否正确。没人喜欢第二座城；那是一个地球人的屯垦区，由木头所搭建，大半已腐朽成细屑。蒂莫西喜欢第三座，因为它很大。第四、第五座太小了，而第六座获得大家一致赞同，连妈妈也惊呼连连：哟！哇！你看那边！

五六十栋大型建筑依然挺立在那边；尽管蒙上一层灰，街道仍铺设完整；广场上还可见到一两座离心式喷泉间歇喷出水花。余晖下的水柱，是城里头唯一生机盎然的景象。

"这就是我们所要的城市。"众人异口同声。

爸爸将小船开进码头，随即跳上岸边。

"我们到了。这座城就是我们的。从现在开始，我们就要住在这里！"

"从现在开始？"迈克尔还是不敢相信。他起身张望四周，然后眯着眼往回远眺原本停靠火箭的地方。"那火箭呢？明尼苏达呢？"

"在这里。"爸爸说道。

他将那只小巧的收音机靠在迈克尔白皙的耳侧。"听吧。"

迈克尔仔细聆听。

"什么也没有啊。"他说。

"那就对了。什么都没有,什么也都不会再有了。没有明尼阿波利斯,没有火箭,也没有地球。"

一想到这致命的真相,迈克尔忍不住就哽咽出声。

"等等,"爸爸马上接下去说,"迈克尔!我会给你更多更多,作为交换!"

"什么?"迈克尔感到好奇,止住眼泪;不过要是爸爸进一步所揭露的事实,像刚刚一样令人气馁不振,他已经准备好要继续哭泣。

"我要给你这座城,迈克尔。它是你的了。"

"我的?"

"你跟罗伯特还有蒂莫西,你们三个都会有属于自己的城市。"

蒂莫西从小舟一跃而起。"看哪,大伙儿,那边所有的一切,全都是给我们的!"他跟爸爸一起玩这个游戏,玩得很盛大,玩得很高明。等到整件事都告一段落,每件事都安顿下来,他就要独自找个地方好好哭个十分钟。不过现在游戏仍在进行,这仍然是一次全家的出游,他们必须一直跟两个弟弟玩下去。

迈克尔和罗伯特一起跳上岸。他们搀扶着妈妈。

"要小心你们的妹妹呀。"爸爸嘱咐道,直到后来大家才知道他的意思。

他们快速进入巨大的粉色石城,看着太阳下山。由于死城总有办法让人轻声细语,他们彼此间自然也只得悄声对话。

"接下来这五天,"爸爸静静说道,"我会回去我们停靠火箭的地方,取回藏在废墟里的食物,顺便在那儿寻找伯特·爱德华兹和他的妻子、女儿。"

"女儿?"蒂莫西诧异问道,"有几个?"

"四个。"

"我可以预见将来会有些麻烦。"妈妈缓缓点头。

"女生,"迈克尔摆出一张古老火星人石像的脸,"又是女生。"

"他们也是搭火箭来的吗?"

"是的。如果他们真能抵达的话。家庭火箭原本设计只能开到月球,而不是火星。我们运气很好,才能安然度过这段旅程。"

"你在哪儿得到这架火箭的?"趁着两个弟弟向前奔跑的时机,蒂莫西悄悄问道。

"我存起来的,蒂姆,我已经存了二十年了。我把它藏得远远的,希望永远都用不上。我想我应该将它交给政府,拿来打仗,可是我一直在想着火星……"

"还有野餐!"

"没错。这是你跟我之间的秘密。我等到最后一刻,目睹地球上的一切都将成为泡影，于是下定决心打包上路。伯特·爱德华兹也藏了一架，可是我们认为各自出发会比较安全，以防有人企图将我们给打下来。"

"为什么你要炸掉火箭，爸爸？"

"这样我们就再也回不去了。再者，假如那些坏人来到火星，也不知道我们就在这里落脚。"

"那也就是你一直看着天空的原因吗？"

"是啊，很笨吧。他们绝对不会跟来的，因为他们没有交通工具。我只不过是太提心吊胆了些。"

迈克尔跑了回来。"爸爸，这真的是我们的城市吗？"

"孩子啊，整颗星球都是我们的。整颗星球哪。"

他们一家人站在那儿：山丘之王、层峰之巅、普天之下的统治者、至高无上的霸主和统领，试着想了解拥有全世界所代表的意义，思量这整个世界究竟有多么巨大。

夜色很快地降临在这片稀薄的大气；爸爸离开他们身处的间歇式喷泉广场，只身步入小舟；回程时，两只大手捧着一整叠文件。

他将文件七横八竖地堆在一处老旧庭院里，然后点火焚烧。为求取暖，全家人蹲在火光旁边，开心地笑了。蒂莫西看着小小的字母如同受到惊吓的动物一般仓皇跳跃，而熊熊火焰却无情地吞噬着它们。纸张皱缩犹如老人的皮肤，数不尽的文字就这么葬身火海：

"政府公债；营运表，一九九九年；论宗教歧视；物流的科学；泛美联盟的问题；股市报告：一九九八年七月三日；战争文摘……"

原来这就是爸爸坚持要携带这些文件过来的目的。他坐在那边，一份接一份喂给火焰，心满意足地将它们的内容叙述给儿子听。

"该是跟你们说一些事情的时候了。我不认为对你们隐瞒这么多，是件公平的事。我不知道你们会不会懂，可是我一定要讲，就算你们只能了解其中的一部分。"

他又向火堆扔出一页。

"我现在烧掉的是一种生活方式，同样的生活方式在地球上已经被烧得一干二净。请原谅我用政客的口吻说话。再怎么说，我还是一个卸任州长，不过我很正直，这一点倒是遭到许多人的怨恨。地球上的生活从来就不曾平静下来，好好做些有用的事情。科学发展得太快，跑得太前面，使得人们迷失在一片机械的荒野之中，就好像小孩子一直不断地做出新的花样：精密的机具、直升机、火箭，等等；他们强调错误的东西，强调机械本身，而不是如何去利用、去管理这些机械。战争越打越大，终于把地球给毁灭了。那就是无声的收音机所传达的讯息。那就是我们所要逃离的境地。

"我们很幸运。不会再有火箭遗留下来。你们现在应该知道这根本就不是一次钓鱼的旅行。我一直拖着不讲。地球已经是过去式了。接下来的几百年,不会再有星际航行,也许永远不可能再有。不过那种生活方式已经证明自己的错误,并且亲手做了了断。你们还小,我会一天又一天地对你们诉说这些,直到你们能体会为止。"

他停了一下,将更多文件投入火中。

"如今就只剩下我们,还有少数几个即将在这几天降落的人而已。不过已经足以重新开始,足以扭转地球上的一切,重新走向一条新的道路……"

火舌突然冒起,加强他说话的力道。所有文件均焚烧殆尽,仅余最后的一份。所有地球上的教条和律法都烧成灼烫的细灰,只消风一吹,就了无痕迹。

蒂莫西看清楚最后一件被爸爸丢进火堆的东西。那是一幅世界地图,在高温下蜷缩、扭曲,轰的一声,化作一只热烘烘的黑蝴蝶,翩然而逝。蒂莫西转过身,不忍目睹。

"现在我要带你们去看火星人。"爸爸说道,"来吧,大家一起过来。这儿,艾丽斯。"他牵着妈妈的手。

迈克尔大声哭泣。于是爸爸将他抱起,扛着他,一行人穿过废墟,走向运河。

还是这条运河。明天或者后天,他们未来的妻子,现在还只是几个带着笑脸的小女孩,将会跟随她们的爸爸妈妈，搭乘小船来到这里。

黑夜笼罩着他们，星星探出头来。不过蒂莫西却找不到地球。它已经西沉了。那可以让他好好地想一想。

步行途中，有只夜鸟在断垣残壁之间啼叫。爸爸开口了："妈妈和我会教导你们。我们可能会失败，但我希望不会。我们已经有很多东西要看、要学。多年以前，甚至在你们还没有出生的时候，我们就已经计划好这次旅行。我想，就算没有战争，我们还是会来到火星，建立一套属于自己的生活标准，并且亲身实践。那时我在想：大概还要再过一百年，火星才真的会被地球文明所毒化。现在当然……"

他们已经抵达河边。它又长又直，沁凉湿润，伴着夜色波光粼粼。

"我一直都想看到火星人。"迈克尔说道，"他们在哪儿，爸爸？你保证过的。"

"他们就在那儿。"爸爸自肩膀放下迈克尔，手直直朝下，指向河面。

火星人就在那儿。蒂莫西开始颤抖。

火星人就在那儿——在运河当中——水面映出的倒影。蒂莫西、迈克尔、罗伯特、妈妈跟爸爸。

水里涟漪荡漾，火星人静静地凝视他们，好久、好久……

Ray Bradbury
THE MARTIAN CHRONICLES

Copyright © 1946，1948，1949，1950，1958 by Ray Bradbury，1997 renewed by Ray Bradbury
This edition arranged with Don Congdon Associates，Inc.
through Big Apple Agency，Inc. ，Labuan，Malaysia.
Simplified Chinese edition copyright © 2013 by Shanghai Translation Publishing House
All rights reserved，including the right of reproduction in whole or in part in any form.

图字：09－2010－290(1)号

图书在版编目（CIP）数据

火星编年史：全新特别版/(美)雷·布拉德伯里
(Ray Bradbury)著；林翰昌译.—上海：上海译文出版社，2022.6
（雷·布拉德伯里科幻经典系列）
书名原文：The Martian Chronicles
ISBN 978－7－5327－9004－3

Ⅰ.①火… Ⅱ.①雷…②林… Ⅲ.①幻想小说－美国－现代 Ⅳ.①I712.45

中国版本图书馆 CIP 数据核字(2022)第 072147 号

火星编年史	Ray Bradbury 雷·布拉德伯里 著 **The Martian Chronicles** 林翰昌 译	出版统筹 赵武平 责任编辑 邹 滢 装帧设计 @broussaille 私制

上海译文出版社有限公司出版、发行
网址：www.yiwen.com.cn
201101 上海市闵行区号景路 159 弄 B 座
浙江新华数码印务有限公司印刷

开本 787×1092 1/32 印张 10.25 插页 5 字数 134,000
2022 年 8 月第 1 版 2022 年 8 月第 1 次印刷

ISBN 978－7－5327－9004－3/I·5596
定价：79.00 元

本书中文简体字专有出版权归本社独家所有，非经本社同意不得转载、摘编或复制
如有质量问题，请与承印厂质量科联系。T：0571－85155604